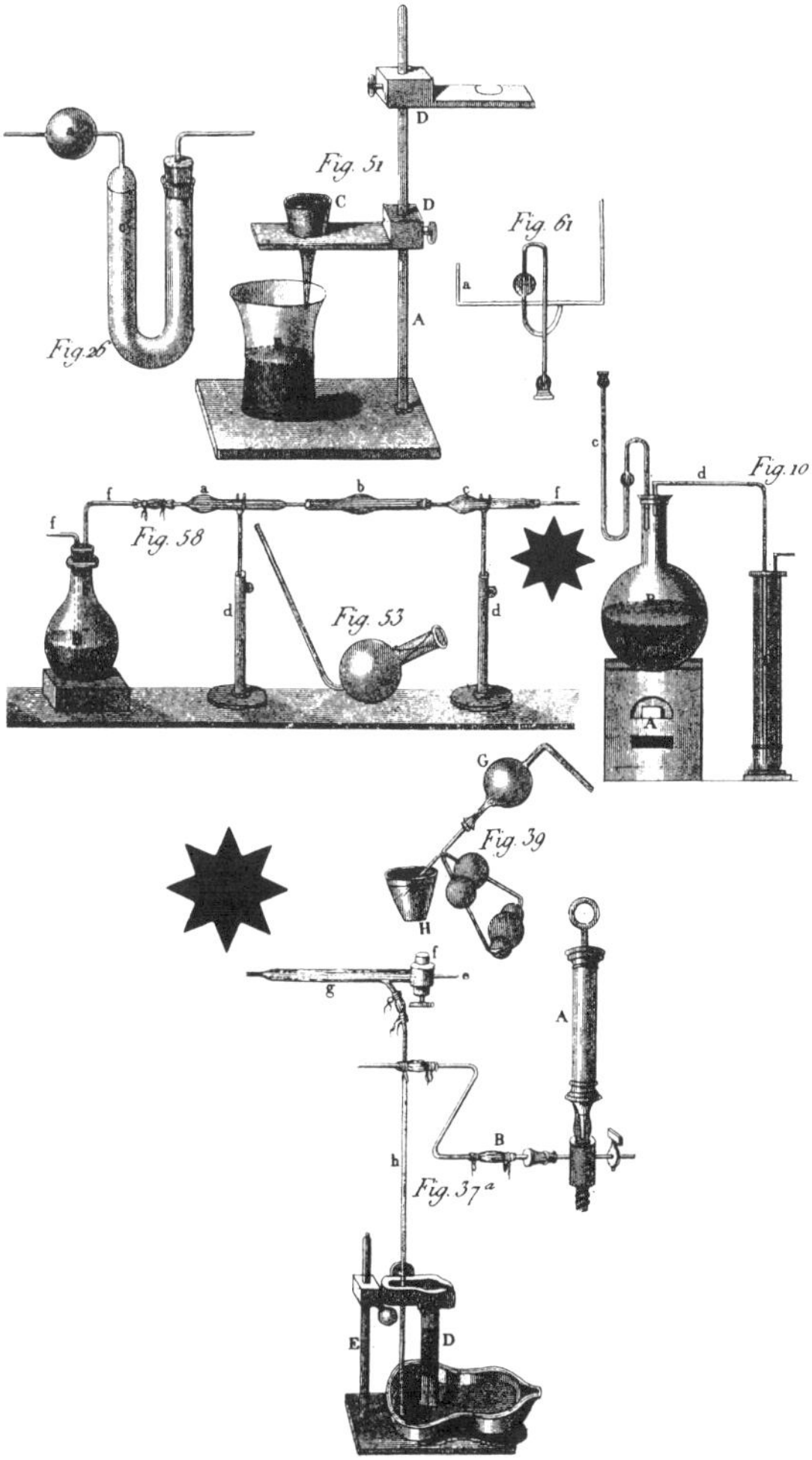
Fig. 51
Fig. 26
Fig. 61
Fig. 10
Fig. 58
Fig. 53
Fig. 39
Fig. 37^a

IL SISTEMA PERIODICO

周期律——元素追想

プリーモ・レーヴィ◆著

竹山博英——訳

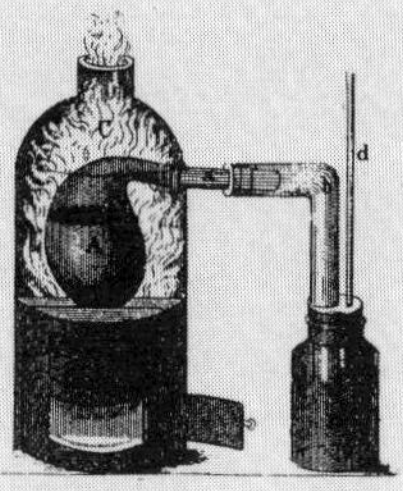

周期律——元素追想◆目次

IL SISTEMA PERIODICO——PRIMO LEVI

本文中〔 〕内は訳注

過ぎ去った災難を語るのは楽しいことだ。《イベルゲクメネ・ツォレス・イツ・グート・ツ・デルツェイルン》

周期律

——元素追想

・I・ アルゴン

Argon

私たちの呼吸する大気には、いわゆる不活性ガスが含まれている。それらは「新しいもの」「隠されたもの」「怠惰なもの」「よそもの」といった、学術的な起源の、奇妙なギリシア語の名を持っている。それらはまさに、不活発すぎて、自分の状態に満足しきっているから、いかなる化学反応にも介入してこないし、他のいかなる元素とも結合しない。だから、まさにこのために、何世紀もの間、見すごされてきたのだ。やっと一九六二年になって、ある熱心な化学者が、長い間、様々な工夫をこらして、「よそもの」(クセノン)を、非常に活発で貪欲なフッ素と結合させることに成功した。この企てはとても素晴らしく思えたので、この化学者にはノーベル賞が授けられた。これらのガスは高貴なガスとも呼ばれる。だが本当にすべての高貴な人々が不活発で、不活発なものが全員高貴なのか、話し合う余地があるだろう。あるいはこれらは希ガスとも呼ばれる。だがその一つのアルゴン、「怠惰なもの」は、大気中に一％というかなりの割合で存在しているのである。この量は、それがなければこの地上に生命の影もない二酸化炭素に比べると、二〇倍から三〇倍なのである。

私が祖先について知っているわずかなことがらが、このガスを思い起こさせるのだ。その全員が実際に不活発であったわけではない。そうしたことは許されていなかった。むしろ、かなり活発だったし、そうであらざるをえなかった。それは生きる糧を得るためであり、「働かざるもの食うべからず」という支配的な道徳観のためであった。だがその内面では、疑いの余地なく不活発であった。無欲な思弁、機知に富んだおしゃべり、さしたる理由もない、理屈っぽい、優雅な討論へと、すぐに流れてしまうからだった。彼らに帰せられることがらが、かなり変化に富んでいるにしても、どこか静的で、威厳に満ちた傍観者的態度、人生という大河の岸辺に自ら望んで（あるいは承知の上で）引退する態度が共通に見られるのは、決して偶然ではないはずである。高貴で、不活発で、希《まれ》なのだ。彼らの歴史は、イタリアやヨーロッパの他の著名なユダヤ人共同体の歴史に比べると、かなり貧しい。彼らは一五〇〇年頃、スペインから、プロヴァンスを経由して、ピエモンテ地方にやって来た。そのことは、いくつかの特徴ある姓名や地名が示しているように思える。たとえばベダリーダはベダリデスから、モミリアーノはモンメリアンから、セグレ（これはスペイン北東部のレリダを通り、エブロ川に合流する支流の名である）、フォアーはフォアから、カヴァリオンはカヴァイヨンから、ミリアウはミラウから派生している。モンペリエとニームの間の、ローヌ川河口付近にある、ルネレという小さな町の名は、ヘブライ語でヤレアク（「月」の意）と翻訳され、そこからピエモンテ化されたヘブライ語の姓、ヤラクができた。

我らが祖先はトリーノで拒絶されたり、冷たくあしらわれて、ピエモンテ地方南部の様々な農業地帯に定住し、絹の技術を導入したのだが、最盛期でも、非常に数の少ない少数派の状態を超えることはなかった。彼らはさほど愛されなかったし、ひどく憎まれもしなかった。激しく迫害された、という情報は伝えられていない。しかしながら、嫌疑と、漠然とした敵意と、嘲笑の壁が、彼らを実質的に残りの人々と分けていたに違いなかった。それは一八四八年の解放と、その結果としての都市移住の数十年後まで、続いたのだった。もし私の父の、ベーネ・ヴァジェンナでの幼年時代の話が事実だったらの話なのだが。つまり、父の同年代の子供たちは、学校を出ると、（悪気はないのだが）父をからかったというのだ。上着の端をこぶしで握って、ろばの耳の形を作り、「豚の耳、ろばの耳、ユダヤ人の好物だ」と節をつけてはやしたてたのである。耳へのほのめかしは勝手につけたもので、もともとその仕種は、敬虔なユダヤ人がシナゴーグで交わしていたあいさつのパロディだった。ユダヤ人たちは「聖書」の読書に呼ばれた時、祈禱用のマントの端を互いに見せあっていた。その房飾りは典礼によって、数、長さ、形が詳細に規定されており、宗教的、神秘的意味がこめられていた。だが子供たちは自分の仕種の起源をもはや知らなかった。ここでちなみに思い出すのは、祈禱用のマントへの侮蔑は反ユダヤ主義と同じくらい古いことだ。SSたちは流刑囚から押収したこのマントでパンツを作らせ、強制収容所《ラーゲル》に囚われていたユダヤ人の囚人に配ったのだった。

いつもそうであるように、拒絶は両方の側で見られた。少数者の側からは、キリスト教徒全体に、均衡のとれた防御壁が築かれた（たとえば「非ユダヤ人《グィーム》」〔「非ユダヤ人」の男性単数形はグーイ、女性単数形はグイア、複数形はグイームである〕「非割礼者《ナレリム》」といった言い方である）。それは穏やかで牧歌的な風景を背景に、選ばれた民という聖書的で叙事詩的な状況を、地方的尺度で再現していた。私たちのおじたち（バルバ）やおばたち（マニェ）の気だてのよい機知は、この根本的な位相のずれに育まれてきた。彼らは煙草臭い賢明な家父長であり、家庭的な家の女王であったが、自らを誇らしげに「イスラエルの民」と定義していた。

この「おじ」という言葉は非常に広い意味で使われる、ということを注意しておいたほうがいいだろう。私たちの間では、たとえ遠い関係でも、年老いた親戚なら誰でもおじと呼ぶことになっている。そして共同体の老人の全員か、ほとんどが、結局のところ親戚なので、おじたちの数は多くなってしまうのだ。かなりの年齢に達したおじたちの場合は（ノアの時代から、私たちは長生きの種族だから、よくあることである）、「バルバ」、あるいはその女性形の「マニャ」という属詞が少しずつ名前と融合する傾向を示し、創意に富む縮小辞と競い合い、ヘブライ語とピエモンテ方言の音声的類似ですなおに受け入れられ、奇妙な響きを持つ複雑な通称に固定化していった。それは、その名を持ったものの様々な事件、思い出、発言などとともに、後世にそっくりそのまま受け継がれた。こうして、バルバイオトゥ（エリアおじ）、バルバサキン（イサクおじ）、マニャイエタ（マリアおば）、バルバムイシン（モーセおじ、このおじはパイプをよりしっかりとくわえるために、下の門歯を二本、放浪の歯医者に抜いてもらった、という話が伝わっている）、バルバスメリン（サムエムおじ）、マニャヴィガイア（アビガイルおば、このおばは嫁入りの時、白いらばに乗って、カルマニョーラから、凍結したポー川をさかのぼり、サルッツォに入ったのだった）、マニャフリーニャ（ゼフォラおば、ヘブライ語で「鳥」を意味するツィポラに起源を持つ、素晴らしい名前である）などの名が生まれたのだった。ノーヌ・サコブ（ヤコブおじいさん）は遠い時代の人だったに違いない。彼は服地を買いにイギリスに行ったことがあり、「チェックの服」を着ていたのだ。その弟のバルバパルティンは（ボナパルトおじ、ユダヤ人には今でも多い名前で、ナポレオンから与えられた初めての束の間の解放を記念している）、おじの資格を失ってしまった。それは主が（主に祝福あれ）、彼に耐え難い妻を与えたので、おじは洗礼を受け、修道士になり、妻からなるべく離れていられるように、中国に伝道師として発ってしまったからである。

ノーナ・ビンバ（ビンバおばあさん）は美人で、だちょうのえり巻きを巻き、しかも女男爵だった。彼女とその家族は全員、ナポレオンによって男爵に叙された。それはナポレオンに「金《マノード》を貸したからだった」。

バルバルニン（アロンおじ）は背が高く、がっしりしていて、急進的思想の持ち主だった。彼はフォッサーノからトリーノに逃げ出し、様々な仕事をした。おじは「ドン・カルロス」の端役としての出演契約をカリニャーノ劇場と結び、家族に初日の上演に来るよう、手紙を書いた。ナタンおじとアッレグラおばが来て、天井桟敷に位置を占めた。幕が上がると、おばは息子がペリシテ人のように全身武装しているのを見て、できる限りの大声で叫んだのだった。「ルニン、何をしてるの！　サーベルを捨てなさい！」

　バルバミクリンは純真な人だった。アクィでは尊敬され、保護されていた。それは、純真な人は神の子で、「脳なし《ラカ》」などとは呼ばないからだ。だが「七面鳥撒き《ビアンタビビーニ》」と言われていた。それはある不信心者《ラシャン》が彼をからかい、七面鳥《ビビーニ》は桃のように種を撒く、羽をうねに植えると、木の枝で育つ、と信じこませた時からだった。要するに七面鳥はこの家庭的で、機知に富み、温和で、きちんと整理された世界で、奇妙に重要な位置を占めていた。それはおそらく七面鳥がうぬぼれ屋で、ぶざまで、怒りっぽいので、正反対の性質を示したり、物笑いの種になるのに適しているからだった。あるいは、もっと単純に、復活祭の時に、七面鳥を殺して、半ば儀礼化している有名な「七面鳥肉だんご」を作るためかもしれなかった。たとえばパチフィコおじは七面鳥を一羽飼っていて、可愛がっていた。おじの家の前には音楽家のラッテス氏が住んでいた。七面鳥は鳴いて、ラッテス氏を悩ませていた。氏はパチフィコおじに七面鳥を黙らせるよう頼んだ。おじは答えた。「おっしゃる通りにしましょう。七面鳥さんや、黙りなさい」

　ガブリエルおじはラビで、バルバ・モレヌ、つまり「我らが師なるおじ」として知られていた。おじは年老いて、ほとんど目も見えなくなっていた頃、焼けつくような太陽の下を、徒歩で、ヴェルツオーロからサルッツォに帰ったことがあった。その時、馬車が来るのを見て、呼び止め、乗せてくれるよう頼んだ。だが御者と話しているうちに、それが霊柩馬車で、キリスト教徒の死んだ婦人を墓地に運んでいることが、徐々に分かってきた。それは忌むべきことだった。というのは「エゼキエル書」四四章二五節にあるように、死者にふれたり、死者の横たわる部屋に入っただけで、聖職者は汚れを負い、七日間不浄とされるからだった。おじははね起きると、叫んだのだった。「わしは死人《ペガルタ》と旅をしてしまった。御者よ、止めてくれ!」

ニュル・グラッシアディウ氏とニュル・クルンブ氏は敵＝味方同士で、言い伝えによると、はるか大昔から、モンカルヴォ市の狭い道の両側に、向かいあって住んでいた。ニュル・グラッシアディウ氏はフリーメーソンで、大金持ちだった。彼はユダヤ人であることを少し恥じていて、ある非ユダヤ人《グィア》と、つまり地面まで届く金髪を持った、キリスト教徒の女と結婚したが、この女は間男をしていた。この非ユダヤ人《グィア》は、ユダヤ人でなかったにもかかわらず、マニャ・アウシリアと呼ばれていた。それはある程度、追随者たちから受け入れられていたことを意味する。彼女はある船長の娘で、その船長はニュル・グラッシアディウ氏に、ガイアナ産の極彩色の大きなおうむを贈ったが、そのおうむはラテン語で「自分自身を知れ《ノスケ・テ・イプスム》」と言うのだった。ニュル・クルンブ氏は貧しくて、マッツィーニ〔一八〇五〜七二。共和主義的立場から、イタリア統一に寄与した愛国者〕主義者だった。おうむがやって来た時、彼は羽が抜け落ちた鳥を買い、言葉を教えた。おうむが「自分自身を知れ《ノスケ・テ・イプスム》」と言うと、鳥は「もっとずるくなれ《ファーテ・フルブ》」と応ずるのだった。

だがガブリエーレおじの死人《ペガルタ》についても、ニュル・グラッシアディウの非ユダヤ人《グイア》についても、ノーナ・ビンバの金《マノード》についても、そして次に述べるハヴェルタについても、説明が必要である。ハヴェルタとは、形も意味も間違って使われているヘブライ語で、非常に含みの多い言葉だ。本来はハヴェル（仲間）の、任意に作られた女性形で、「家政婦」の意味だが、下層の出の女で、信仰、習慣が異なるが、私たちの屋根の下に宿さざるをえない、という付随した意味を含んでいる。ハヴェルタは不潔で、身持ちの悪い傾向があり、家の主人たちの習慣や会話に、当然のことながら、悪意ある好奇心を示す。そこで主人たちは、その面前で特殊な隠語を使うよう強いられた。上述の言葉以外に、もちろんハヴェルタ自体も、その隠語に属していた。この隠語は今ではほとんど消え失せている。二世代ほど前までは、数百の言葉や言い回しがあったのだが。それらはだいたいがヘブライ語を語幹に、ピエモンテ方言の屈折語尾と語形変化を持っていた。それらをざっと調べてみるだけでも、非ユダヤ人《グィーム》の面前で、非ユダヤ人《グィーム》について話すために作られた、秘密を保持し、包み隠す、犯罪者用語的機能が明らかになるのである。あるいは、非ユダヤ人たちが作った禁域と弾圧の専制政体に、理解できない侮辱や呪いの言葉で、大胆に応ずるためのものだったのだ。

　その歴史的意義は乏しい。数千人の人々によって話されただけだからだ。だがその人間的意義は大きい。境界に位置し、移り変わった言葉がほとんどすべて、そうであるのと同じことである。それは事実、感嘆すべき喜劇的な力を持っている。というのは、ごつごつしていて、簡素で、簡潔で、賭け事以外のためには書かれたことのないピエモンテ方言が会話の織り糸をなしているのに、それにはめこまれるヘブライ語は、祖父たちの遠い言語からかすめ取られたもので、神聖で、壮重で、地層のように積み重なり、氷河の床のように何千年もの年月に磨かれているので、その対比から喜劇的な力が生まれてくるのである。だがこの対比は別のものも反映している。それは離散《ディアスポラ》の運命を背負った、ヘブライ文化の本質から出てくるものである。つまり「人々」（これは「非ユダヤ《グィーム》人」のことである）の間に散り散りになり、神聖なる召命と流浪の日々のみじめさとの狭間でぴんと張りつめている状態、そしてもっと一般的な、別のもの、つまり人間の状態に本来あるもの、人間が肉体と精神、神の息吹と塵が混ざりあった、ケンタウロスのような怪物であることから生まれてくるもの、こうしたものを反映しているのである。ユダヤの民は離散後、長い間、苦痛を持ってこの矛盾を生き、そこから、賢明さ以外に、「聖書」や「予言者の書」に欠けているユーモアを引き出したのだ。それにはイディッシュ語が浸透しており、自らの謙虚な限界の範囲内で、この土地での祖父たちの風変わりな話し言葉として使われていたのだが、私はそれが消え去る前に、ここで書き止めたいと思う。それは温和で、懐疑的な話し言葉で、うわの空でいると冒瀆的に聞こえるかもしれないが、神、つまりヌッスニュル、アドナイ・エロエヌ、カドシュ・バルクーへの、品位と愛情にあふれる信頼感に満ちているのである。

その起源が卑しいことは明らかである。たとえば、必要がないので、「太陽」「人間」「昼間」「町」に相当する言葉はないのだが、「夜」「隠す」「金銭」「牢獄」「夢」（だがほとんど「夢で《バハロム》」という成句で使われるだけで、断定的な言い方が、話し相手や、自分自身に、正反対の意味で受け取られるよう、茶化して付け加えられるのだ）「盗む」「縛り首にする」といった言葉を表現するものは存在するのである。さらには、時々人を判断するのに使われる、侮蔑の言葉がかなりあるが、一番典型的に使われるのは、夫と妻がキリスト教徒の店先で、買おうかどうか迷って立っている時である。たとえば「ヌン・サロード」という言葉がある。これはヘブライ語の「ツァラ」(災難)の威厳の複数だが、もはやそのようには理解されず、価値のない商品や人間を表わすのに使われている。これには優雅な「サルディン」という縮小形があるのだが、「サロードで文《センサ》なし《マノード》」という残酷な言い方も忘れられてはならないと思う。これは醜くて持参金のない娘を、結婚の媒酌人が表現する言葉なのだ。「ハシルード」は「ハシール」(豚)から来た抽象的集合名詞で、「きたないこと、不潔な行為」に似た意味がある。ヘブライ語には「ユー」の音はないのだが、「ウト」という屈折語尾があり、抽象語を作るのに使われるのだが(たとえば「メレク」、王、から「マルクート」、王国、が作られた)、今述べた「ハシルード」のように、隠語で用いられる時の、強烈な侮蔑的含意は感じられない。これらの隠語が当然のごとく典型的に用いられるのは、店の中で、商人と店員が客に対する場合だ。前世紀のピエモンテ地方では、布地の取り引きはしばしばユダヤ人の手にあり、そこから専門的な隠語が生まれた。そして必ずしもユダヤ人でなかった店員が後に主人になっても、隠語は伝えられ、多くの支店に普及し、今日でも生きていて、人々に話されている。だが人々はヘブライ語を使っていると小耳にはさむと、びっくりするのだ。たとえば今でも

「水玉模様の服《ナ・ヴェスタ・ア・キニーム》」という言い方をする。「キニーム」とはしらみのことである。ユダヤ人が過ぎ越しの祝祭の時、数えあげ、歌う、エジプト脱出時の災悪の、三つ目のもののことだったのである。

そして品性を欠く言葉の控え目な取り合わせがある。本来の意味で子供の面前でも用いるだけでなく、悪口の代わりにも使うものなのだ。後者の場合、それに相応するイタリア語やピエモンテ方言に比べると、前に述べた、理解されないという長所のほかに、人を傷つけずに気を晴らせるという利点もある。

もちろん風俗の研究者にとってより興味深いのは、カトリック教に関する事物をほのめかす、わずかの言葉である。この場合、もとのヘブライ語の形は非常に大きく崩れているのだが、それには二つの理由がある。第一に、秘密を守ることが非常に強く要求されたからだ。その意味が非ユダヤ人に分かってしまうと、冒瀆罪を科せられる危険があったからである。第二には、言葉を崩すことは、この場合、言葉の持つ神聖で魔術的内容を否定し、消し去り、その結果としてあらゆる超自然的力を取り去るという、明確な目的を持ったからである。同じような理由で、悪魔は、どんな言語でも、その名を言わなくとも指示できるような、多数の暗示的で婉曲語法的な呼称で呼ばれるのである。

（カトリック）教会は「トゥネヴァ」と呼ばれていた。その語源はつきとめられなかったが、おそらくその発声以外はヘブライ語には関係ないと思える。一方シナゴーグは、誇り高き謙虚さをこめて、単純に「スコーラ」、つまり学び教育を受ける場、と呼ばれ、それと平行してラビは、本来の「ラビ」あるいは「ラベヌ」（我らがラビ）とは呼ばれず、モレーヌ（我らが師）、あるいはカカーム（賢者）と言われた。実際のところ、スコーラでは、誰も非ユダヤ人の忌むべきカルトゥルムに傷つけられることはない。カルトゥルム、あるいはカントゥルムとは、カトリック教徒の儀礼と盲信的態度のことで、多神教的であるほかに、図像にあふれているため、耐え難いものと考えられている。「あなたにはわたしのほかに、ほかの神々があってはならない。偶像も、どんな形も作ってはならない……それらを拝んではならない」（「出エジプト記」二〇章三、四、五節）とあるから、要するに偶像崇拝なのだ。この憎しみのこもった言葉も、その語源は分からないのだが、ヘブライ語起源でないのはほとんど確実だ。しかし他のヘブライ＝イタリア語の隠語の中に「カルト」という形容詞があり、「盲信家の」という意味を持っていて、主に偶像崇拝を行なうキリスト教徒を指すのに使われている事実もある。

ア・イッサは聖母のことである（単純に「女性」を意味する）。初めから予想がつくことなのだが、まったく分からなくて、謎に満ちているのは「オド」という言葉である。これはどうしても必要に迫られた時、キリストを指す言葉で、声をひそめ、あたりをうかがいながら発するのである。キリストについてはなるべく話さないほうがいい。それは「神殺しの民」の神話がなかなか死に絶えないからである。

そのほかにも数多くの言葉が、儀礼や宗教書からそれぞれ取られていた。前世紀生まれのユダヤ人は、それらを、ヘブライ語の原典で、多少なりとも迅速に読み、かなりの部分を理解していたのである。だが隠語では、その意味領域を勝手に広げ、ゆがめる傾向があった。「詩篇79」に表われ（「どうかあなたを認めないものたちに、あなたの名を呼び求めない王国に、あなたの怒りをまき散らして下さい」）、「まき散らす」の意味がある、「シャフォーク」という言葉から、私たちの遠い母たちは「セフォークをする」という家庭的な言い方を作った。それは子供の嘔吐を優雅に表現するものだった。単数形が「ルアク」で複数形が「ルコード」の、「息」という意味の言葉から、「風が吹く《ルアク》」という表現が作られた。これは「創世記」の神秘的で感嘆すべき二行目の文章（「神の風が水の上を息づいていた」）に見られる有名な言葉であり、様々な生理学的意味に使われた。ここでも「選ばれた民」が「創造主」に聖書的な親しみを持つ点がうかがえる。その実際の適用例としては、レジーナおばが、ポー街のカフェ・フィオリーノで、ダヴィデおじと座っていた時の言葉が語り伝えられている。「ダヴィディン、杖を鳴らしなさいよ、風の《ルコード》音が聞こえないように」この言葉は夫婦間の愛情あふれる親密さを証明している。杖は当時、今日なら一等車で旅行するのと同じで、社会的地位の象徴だった。たとえば私の父は、平日用の竹製と、日曜日用の、柄に銀メッキが施された籐製の杖を持っていた。それは体を支えるためではなく(その必要はなかった)、快活に空中で振り回したり、歩行をじゃまする無礼な犬を遠ざけるためだった。要するに、庶民との区別をはっきりさせるための、笏のようなものだったのだ。

「ベラカ」とは祝福のことだ。敬虔なユダヤ人はこれを一日に一〇〇回以上は唱えようと努め、大喜びでそうする。それはあらゆるベラカで、「永遠なる主」の恵みがたたえられ、感謝されるので、「永遠なる主」との何千年にもわたる会話を行なうことができるからである。レウニンおじいさんは私の曾祖父だった。彼はカザーレ・モンフェッラートに住んでいたが、偏平足だった。家の前の小道は小石だらけで、歩くのがつらかった。ある朝、外に出ると、小道が舗装されていた。彼は心の底から「非ユダヤ人《グィーム》に祝福《アブラカ》あれ、舗装をしたぞ！」と叫んだのだった。呪いの言葉には、奇妙な「メダ・メシュナ」

（文字通りには、変な死に方）という言い方が使われた。だがこれは実際にはピエモンテ方言の「畜生め《アッシデント》」の移し替えであった。レウニンおじいさんは、意味の分からない、「雨傘みたいな災難《メダ・メシュナ》に会っちまえ」という言い方をしていたとのことである。

私はバルバリクのことは忘れられないだろう。時間的、空間的にも近く、言葉の本来の意味でのおじに、一世代の差でなれなかっただけだからである。彼については個人的な思い出があり、今まで述べてきた「ある行為に固定されている」神話的な人物ではなく、その思い出は枝分かれしていて、入り組んでいた。この章が扱っている不活性ガスのたとえは、バルバリクにこそぴったりなのだ。

彼は医学を学び、優秀な医者になったが、世間が気に食わなかった。彼の気に入ったのは、人間、特に女性で、それと草原と大空だった。労苦、馬車の走る騒音、出世するための策略、日々のパンを得る煩わしさ、取り決め、勤務時間、締め切りは嫌いだった。つまり、一八九〇年の、カザーレ・モンフェッラートの町のあわただしい生活を特徴づけるものがいやだったのだ。彼は町を脱出したかったのだろうが、そうする気力がなかった。友人たちや、彼を愛し、彼も熱意のない好意で受け入れていたある女性が、大西洋航路の客船の船医に応募するよう説得した。彼は簡単に審査に通り、ジェノヴァ＝ニューヨーク間の航海をしたのだが、ジェノヴァに帰るやいなや、辞表を提出した。それは、アメリカが「あまりにもうるさい《ブルデル》」からだった。

その後、彼はトリーノに住みついた。何人もの女性を得たが、みな彼を救い出し、結婚したいと思ったにもかかわらず、彼のほうは、結婚も、設備の整った診療所と規則的な職業生活も、あまりにも負担が重いと考えた。一九三〇年頃には、内気で、動作が不自由で、格好はみすぼらしく、恐ろしいほど近眼の、小柄な老人になっていた。体の大きい、品のない非ユダヤ人《グィア》の女と一緒に住んでいて、気の向いた時に、弱々しい態度で別れようとしていた。彼はその女をそのつど「気違い《スティア》」「雌ろば《ハモルタ》」「ばかでかい獣《グラン・ベェマ》」と呼んでいたが、とげとげしさはなく、説明し難いやさしさが、一筋、こめられていた。この非ユダヤ人《グィア》女は彼を「洗礼《サムデ》させようとまでした」（文字通りには、身をほろぼす、の意味）。彼はそれをいつも拒否していた。宗教的な確信があるのではなく、決断力と関心がないためだった。

バルバリクには一二人を越える兄弟姉妹がいたが、彼らは彼の伴侶を「マニャ・ムルフィーナ」（モルフィネおば）という、皮肉たっぷりの残酷な呼び方で呼んでいた。皮肉たっぷりだというのは、その女性が、可哀相に、非ユダヤ人《グィア》で、子供がなかったので、非常に限定された意味以外は「おば《マニャ》」ではありえず、むしろ、反対に、「非おば」で、家族から除外され切り離されていたからだった。残酷だというのは、おそらく誤っていると思うのだが、彼女がバルバリクの処方箋を悪用しているという、いずれにせよ無情なほのめかしを含んでいるからだ。

二人はボルゴ・ヴァンキリアの不潔で乱雑な屋根裏部屋に住んでいた。おじは優秀な医師で、人間味あふれる叡智と直観的な診断能力を持っていたが、一日中安物のベッドに横になり、本や古新聞を読んでいた。近眼だったので、コップの底のように厚いレンズの眼鏡をかけ、本を指三本分の近さまで近づけなければならなかったが、注意深い、疲れを知らない読書家で、記憶力は良く、興味は多岐にわたっていた。彼は患者が呼びに来ると起き上がるのだが、間断なくそうしていた。それはめったに診察料を取らなかったからだ。彼の患者は郊外の貧しい人々で、報酬として、卵半ダース、菜園の野菜、すり切れた靴などを差し出していた。おじは市電に乗る金がなかったので、患者のところに歩いて行った。道を歩いていて、近眼でぼやけた目で、娘を見つけると、近づいて、眺め驚くのもかまわずに、手のひらの幅ほどの近くにまで顔を寄せ、ぐるりと回って、眺め回すのだった。ほとんど何も食べず、たいていは、その必要がなかった。九〇歳以上まで生きて、思慮分別と威厳をもって死んだ。

　フィーナおばあさんは、バルバリクと同じように世間を拒んでいた。彼女は全員がフィーナという名の四人姉妹の一人だった。このように名前に変わったことが起きたのは、四人の姉妹が次々に、ブラの同じ乳母のもとに送られたからだった。その乳母はデルフィーナという名で、自分の「乳飲み児」をみな同じ名で呼んだのだ。フィーナおばあさんはカルマニョーラの住居の二階に住んでいて、素晴らしいレース編みを作っていた。六五歳の時、軽い不快感《カウダーナ》を覚えた。当時、婦人にはよく現われた症状だが、今日では不思議なことに見られなくなってしまった。その時から二〇年間、つまりその死に至るまで、部屋から一歩も外に出なかった。土曜日には、ゼラニウムをいっぱいに飾ったバルコニーで、血の気のない、弱々しい姿で、「シナゴーグ《スコーラ》」から出てくる人々に手を振った。だが語られていることから判断すると、若い時は別人のようだったらしい。つまり夫が家に、学識ある著名なモンカルヴォのラビを客人として連れてきた時、食料庫に他に何もなかったので、豚のあばら肉をこっそりと食べさせたというのである。その弟のバルバラフリン（ラッファエーレおじ）は、おじ《バルバ》に昇進する前は「チェリンのモーセの息子《フイエウル》」として知られていた。彼は中年になっていて、軍用品の納入で金《マノード》を稼ぎ、大金持ちになったが、ガッシノのドルチェ・ヴァラブレーガという飛び切りの美人に恋をした。しかし打ちあけられずに、恋文を書いても発送せず、自分自身に情熱的な返事を書いていた。

元おじ《バルバ》のマルキンも、不幸な恋愛をした一人だった。彼はスザンナ（ヘブライ語で「ゆり」の意味がある）に恋をした。彼女は活発で敬虔で、がちょうのサラミソーセージを作る古くからの処方を心得ていた。このサラミソーセージは外側にがちょうの首を使うので、「聖なる言葉《ラソン・アコデシュ》」（この章で扱っている隠語のことである）には「首」を意味する言葉が三つも生き残っている。初めのマハネは、一般的な言葉で、技術関係や全般的な場合に用いられる。二番目のサヴァルは「真っ逆さまに《ア・ルタ・ド・サヴァル》」といった比喩的表現にしか使われない。三番目のカネクには深い含みがあり、首を生命の通路と示唆し、それがふさがれる、閉じられる、切られる、というふうに使われる。そして「首《カネク》がふさがれちまえ」という呪いの言葉にも用いられる。カニケッセとは「首をつる」という意味である。

ところでマルキンは、スザンナの謎に満ちた厨房＝工房でも、販売する店でも、彼女の店員であり、助手であった。その店の棚には、サラミソーセージ、聖具一式、護符、祈禱書が雑然と並べられていた。スザンナはマルキンをはねつけた。そこで彼は忌まわしくも、ある非ユダヤ人《ゴイ》にサラミソーセージの処方を売った。だがその非ユダヤ人《ゴイ》は処方の価値を評価しなかったと考えるべきである。スザンナの死後（それは歴史時代のことだった）、その呼び名と伝統にふさわしい、がちょうのサラミソーセージは、市場で見つけられなくなったからである。この軽蔑すべき報復によって、マルキンおじは「おじ」と呼ばれる権利を失ったのだった。

誰よりも距離があり、驚くほど不活発で、信じられないような伝説の厚い経帷子《かたびら》に包まれ、繊維の一本一本がおじとしての性質に化石化していたのが、母方の祖母のおじの、キエーリのバルバブラミンであった。若い時から大金持ちで、土地の貴族から、キエーリからアスティ周辺に至るまでの数多くの酪農場を買い集めていた。おじの親戚たちはその遺産をあてにして、自分の財産を宴会、舞踏会、パリ旅行に浪費していた。おじの母のミルカおば（「女王」の意味がある）が病気になったことがあった。おばは夫とさんざん言い争った末に、ハヴェルタを、女中を、雇い入れるよう説き伏せられた。それまで、そうしたことは断固として拒否していたのだった。先を読んでいたおばは、家に女を入れたくなかったのだった。バルバブラミンはまさにきちょうめんにも、このハヴェルタを恋するようになった。おそらく彼にとって、近づくのを許された、聖女でない初めての女だったのだろう。

彼女の名前は伝わっていないが、その様子は分かっている。美しく、ぴちぴちしていて、素晴らしいカラヴィオド（乳房のことである。古典ヘブライ語にこの言葉はないが、カラヴは乳のことである）を持っていた。もちろん非ユダヤ人《グィア》で、横柄で、読み書きができなかったが、料理がとても上手だった。彼女は「農婦《プナルタ》」で、家の中を裸足で歩いていた。おじはこうしたことすべてに恋をした。彼女の足首、その自由な話し方、調理してくれる料理。娘には何も言わなかったが、父母に結婚するつもりだと宣言した。両親は怒り狂い、おじは床に伏した。二二年間、そのまま床に伏していたのだ。

その年月に、バルバブラミンがしたことについては、いろいろな説がある。その大部分を、寝て、賭けをして過ごしたのは確かだ。はっきりと分かっているのは経済的に破綻したことだ。なぜなら、国庫省債券の「利札を切らず」、数多くの酪農所の経営をあるマムセル（ならずもの）に委ねたからだった。その男は自分の手先に、一口のパンと引きかえに酪農所を売ってしまったのだった。ミルカおばの予言通りに、おじはこうして親戚全体を破滅に引きずって行き、今でもみながその結果を嘆いているのである。

おじは本を読み、勉強をして、賢く、公正だとみなされ、ベッドでキエーリの名士たちの代表団と会い、抗争を決裁した、と言われている。またそのベッドに通ずる道はハヴェルタにも知られており、自ら望んだ隔離は、初めの頃は、町のカフェでビリアードをするための夜の出撃で中断された、とも言われている。だが要するにおじはほとんど四半世紀間、床に伏していたのであり、ミルカおばとサロモーネおじが死んだ時に、ハヴェルタと結婚し、やっとベッドで決定的に寝ることができた。というのは、もはや体が弱っていて、足が立たなくなっていたからだった。おじは貧しくなって死んだが、年齢は重ね、名声は高く、心は平安だった。一八八三年のことだった。

がちょうのサラミソーセージのスザンナは、父方の祖母のマリアおばあさんのいとこだった。マリアおばあさんは、一八七〇年頃撮影された何枚かのスタジオ写真では、着飾った、小さな、魅力的な女性であり、私のはるか遠い幼年時代の記憶では、しわだらけで、怒りっぽく、投げやりで、信じられないほど耳が遠い、小柄な老女である。今日でも、説明がつかないのだが、たんすの一番高い段から、彼女の貴重な遺物が出てくる。それは虹色のスパンコールが縫いつけてある黒いレースのショール、気品のある絹のししゅう、四世代にわたるしみに痛みつけられたテンのマフ、彼女のイニシアルが入っている大きな銀製の食器などである。まるで、ほぼ五〇年後に、彼女の落着きのない霊魂が私たちの家を訪れているかのようだった。

彼女は最盛期には「つれない女《ストラッサクール》」として知られていた。若くして未亡人になったのだが、私の祖父は祖母の浮気に絶望して自殺した、という噂が流れた。祖母は三人の子供をスパルタ式に鍛え、勉強させた。だが年をとると、ひげをはやした、口数の少ない、いかめしい様子の、あるキリスト教徒の老医師との結婚を受け入れ、美しくて、言い寄られる女がそうであるように、若い時は王侯のように金使いが荒かったのに、それ以来、吝嗇と、奇矯な傾向を見せるようになった。年を重ねるにつれて、祖母は家族愛とは完全に無縁になっていった（それにさほど深く感じていたわけではなかったようだ）。医師とポー街の暗くて陰気な部屋に住んでいて、冬は小さなフランクリン・ストーブでかすかに暖かくするだけで、すべてが都合がいいと言って何も捨てなかった。チーズの皮も、チョコレートの銀紙もとっておいた。それで銀色の玉を作り、「黒人を解放するため」にと伝道会に送っていた。おそらく最終的な決定を誤るのを恐れていたためだろう、一日おきにピオ五世街の「シナゴーグ《スコーラ》」とサントッタヴィオの教区教会に通っていた。不敬にも告解をしに行っていたと思える。一九二八年に、八〇歳を越えて亡くなった。その時、近所の女たちが髪をふり乱し、黒い服を着て、祖母と同様に半分正気を失って、集まってきたのだが、それを率いていたのは、マダム・シリンベルグという醜い老女だった。祖母は腎臓閉鎖に苦しみながらも、シリンベルグを、最後の息をつくまで監視していた。それはシリンベルグがマットレスの下に隠してあるマフテク（鍵）を見つけて、金《マノード》とハファシム（宝石のこと、それは後ですべて偽物であることが分かった）を持ち去るのではないかと心配していたからだった。

祖母が亡くなった時、息子たちやその嫁たちは、とまどいと嫌悪感を覚えながら、部屋を侵略していた家庭用品の遺品の山を、何週間もかけて選別したのだった。マリアおばあさんは洗練された品物と不快なごみを何の区別もなく保存していた。浮き彫りを施した、いかめしいくるみ材のたんすから、光に目がくらんで、南京虫の一群が出現し、その後から新品のリンネルのシーツ、すり切れ、つぎが当てられ、透けて見えるまで使いこまれた別のシーツが出てきた。そしてカーテン、ダマスコ織りの「両面使用」のベッド・カバー、はち鳥の剝製のコレクションが姿を現わした。それはさわるとすぐに粉々になってしまった。地下室には何百本もの貴重なワインが眠っていたが、みな酢になっていた。医師のマントは新品が八枚あり、ナフタリンが詰めてあったが、ただ一枚、祖母が使うのを許していたマントは、つぎ当てや繕いだらけで、えりはあかで光り、ポケットにはフリーメーソンの盾形のバッジが入っていた。

祖母のことを私はほとんど覚えていない。父はママンと呼び（三人称でも）、独特の、貪欲な風変わり趣味を発揮して、祖母のことを好んで語ったが、そこには息子の慈愛がかすかに入り混じっているのだった。父は日曜日ごとに、私を連れて、徒歩で、マリアおばあさんに会いに行った。私たちはゆっくりとポー街を歩き、父は立ち止まってあらゆる猫を愛撫し、あらゆる松露のにおいをかぎ、すべての古本のページをめくった。父はいつもポケットを本でいっぱいにしている技師《インジェニエ》で、計算尺でハムの掛け算の勘定を検算してしまうので、すべてのハム・ソーセージ屋に知られていた。父はそれを気安く買っているわけではなかった。宗教的というよりも迷信深くて、カシェルートの掟〔ユダヤ教には独特の清浄観があり、豚は不浄で食べてはならない動物とされている〕を破るのに当惑を覚えていたが、ハムは大好物だったので、ショーウインドーの誘惑を受けると、いつも屈してしまい、ため息をつき、小声でののしり、私を横目で見るのだった。それは私の批判を恐れるか、共犯意識を期待しているかのようだった。

ポー街のアパルトマンの薄暗い階段の踊り場に着くと、父は呼びりんを鳴らし、扉を開けに来た祖母の耳に大声で叫ぶのだった。「この子はクラスで一番だよ！」祖母ははた目に分かるほどいやがりながら、私たちを中に入れ、使われていず、ほこりだらけな部屋を次々と通って私たちを導いた。その部屋の一つには不吉な道具がまき散らされていたが、それが半ば放棄された医師の診察室だった。医師はほとんど姿を見せず、私ももちろん会いたくなかった。それは、父が母に、どもる癖のある子供が連れて来られた時、舌の下の筋をはさみで切った、と話しているのを聞きつけて以来だった。祖母はきれいな応接間にまで導くと、片隅からいつも同じチョコレートの箱を取り出し、一つ私にくれた。チョコレートは虫が食っていて、私はひどくとまどいながら、それをポケットに落としこむのだった。

・2・ 水素

Idrogeno

一月のことだった。昼食が終わると、エンリーコが呼びに来た。彼の兄が山に行って、実験室の鍵を残していったのだった。私はすぐに服を着て、路上にいる彼のもとに降りて行った。

歩いているうちに、兄が鍵を残していったのではないことが分かった。それは要約した、ぼかした言い回しで、話しの通ずるもの同士での言い方だった。彼の兄はいつもと違って、鍵を隠さず、持って行きもしなかったのだ。それにエンリーコに鍵を使わないように警告し、命令にそむいた時の脅しの言葉を言うのも忘れていた。結局はこういうことだった。何ヵ月も待った末に、ようやく鍵が手に入ったのだった。私とエンリーコはまたとない機会を逃がすまいと心に決めていた。

私は一六歳で、エンリーコに魅せられていた。彼は活動的ではなかったし、学校の成績もよくなかったが、クラスの誰にもない徳性があり、誰もしないことをしていた。彼には内に秘めた不屈の勇気があり、自分の将来を見極め、それを実現しようとする先見の明を持っていた。私たちは時にはプラトン的で、時にはダーウィン的で、後にはベルグソン的になった論議を果てしなく続けていたが、彼は(馬鹿にしていたわけではないが)それに加わろうとしなかった。彼は下卑た言い方はせず、自分の男性的な運動能力を自慢することなく、嘘はつかなかった。自分の限界を自覚していたが、「いいかい、あいつは本当に馬鹿だと思うよ」と隠口をきかれることはなかった(私たちは鬱積を吹き飛ばしたり、慰めを見い出したりするために、お互いにこう言いあっていたのだ)。

彼は空想力に乏しく、陳腐なことしか考えられなかった。私たちと同じように、夢見て生きていたが、彼のものはロマンチックでも、宇宙的でもなく、賢明で、突飛さに欠け、実現可能で、現実に密着していた。天上に昇り(勉強やスポーツで目立つこと、新しい友人を作ること、未成熟な束の間の愛を交わすこと)、地の底に落ちる(落第点を取ること、後悔すること、不意に自分に劣った点を見い出し、それが決定的で永遠のものと思うこと)といった、私が苦しんだような激しい振幅を、彼は知らなかった。彼の目標はいつも到達可能だった。進級を夢見て、興味のないことを辛抱強く勉強していた。顕微鏡がほしい時は、競走用の自転車を売り払った。棒高飛びをしようと決めると、一年間、毎晩体育館に通い、それを自慢するでもなく、脱臼もせずに、目標だった三メートル五〇を飛ぶと、きっぱりとやめてしまった。大人になって、ある女性を欲しいと思い、手に入れた。静かに生活できる金を欲しいと思い、うんざりするような退屈な仕事を一〇年間続けて、それを手に入れたのだった。

私たちに迷いはなかった。化学者になるのだった。だが二人の期待や希望は違っていた。エンリーコは妥当にも、化学に、生計を得て安定した暮らしができる手段を求めていた。私はまったく別のものを探していた。私にとって化学は形の定まらない雲のような未来の潜在力、私の未来を黒い渦巻きになって覆い、炎のきらめきで裂け目をのぞかせるような雲、シナイ山を覆い隠したような雲だった。私はモーセのようにその雲から、私の律法を、自分自身や周囲や世界を律する秩序を待ち望んでいた。私は慎しみのない貪欲さで本を呑みこみ続けていたが、本には飽き飽きしていて、至高の真理に通ずる新たな鍵を探し求めていた。そうした鍵は存在するに違いなく、しかも私たちや世界をそこなう何か恐ろしい陰謀のために、学校からは決して得られないと私は信じこんでいた。学校で私は与えられる何トンもの概念を勤勉に消化してはいたが、私の血管は熱くならなかった。私は春にふくらむつぼみや、花崗岩の中にきらめく雲母や、自分自身の手を見て、心の中で叫んでいた。「これも理解してやる、みな分かってやる、だが彼らが望むのとは違ったやり方で。近道を見つけてやる、鍵を開ける道具を作ってやる、扉をこじ開けてやる」私たちのまわりのものすべてが謎で、謎解きを迫ってくる時に、存在や認識についての論議を聞くのは、気疲れと嫌悪感を催させた。古びた木の机、窓ガラスや屋根の向こうに輝く太陽、六月の大気中をあてもなく飛んでゆく冠毛。そうだ、哲学者や世界中の軍隊が総がかりでも、この蚊さえ創造することができなかったのだ。いや、理解することさえできなかった。これこそ恥辱であり、嫌悪の的だった。他の道を探す必要があった。

私とエンリーコは化学者になるはずだった。神秘の内奥を、自分の力と工夫で浚渫するつもりだった。プローテウスの喉首を締めあげ、プラトンからアウグスティヌス、アウグスティヌスから聖トマス、聖トマスからヘーゲル、ヘーゲルからクローチェへと行なわれた、とめどのない変身をやめさせるつもりだった。プローテウスに真実を語らせようともくろんでいたのだ。

これが私たちの計画だったので、機会をみすみす逃がすようなことはできなかった。

エンリーコの兄は怒りっぽい謎めいた人物だった。エンリーコは兄について進んで語ろうとしなかったが、化学を学ぶ学生で、ある建物の中庭の奥に実験室を作っていた。それはクロチェッタ広場から発する、狭く、曲がりくねった奇妙な小路の奥にあり、その界隈は幾何学的に配置されたトリーノの街並みの中で、哺乳類の発達した体組織内に取り残された、原初的な器官のように異彩を放っていた。実験室も、祖先返り的な痕跡ではなく、非常に貧しいという意味で、原初的なものだった。そこにはタイル張りの作業台、わずかのガラス器具、二〇ほどの試薬の入ったガラスびんがあるだけで、ほこりと蜘蛛の巣に覆われ、薄暗くて冷え冷えとしていた。歩きながら私たちは何をすべきか話しあった。ようやく「実験室に入る」というのに、考えは定まっていなかったのだ。

それは「持てるもののとまどい」だと思えたが、もっと根の深い、本質的な当惑だった。大昔からの私たちの萎縮に、私たちの家族、私たちの集団の萎縮に結びついた当惑だった。私たちは自分の手で何ができたろうか？　ほとんど何もできなかった。女たちは違う。母や祖母たちは生き生きした機敏な手を持っていて、縫い物や料理ができた。ピアノを弾いたり、水彩画を描いたり、ししゅうをしたり、髪を編むことができるものもいた。だが私たちは、そして私たちの父たちは？

私たちの手は不器用であるのと同時に、力も弱かった。退化していて、無感覚だった。体の中で、最も訓練がほどこされていない部分だった。初めに遊びという基本的な体験をすると、後は書くことしか学んでいなかった。木の枝に震えながらしがみつくことは知っていた。自然な欲求にかられたために、そして種の起源に帰り、それに漠然とした賛辞をともに（私とエンリーコが）捧げるために、木登りをしていたからだ。だがハンマーの荘重でつりあいのとれた重さは知らなかった。また厳重に禁じられていた刃物の刃先の凝縮された力、木の英知を示す木目、鉄、鉛、銅のそれぞれ異なる柔らかさを知らなかった。もし人間が物を作り出すものなら、私たちは人間ではなかった。私たちはそのことを知っていて、苦しんでいた。

実験室のガラス器具に私たちは魅せられ、おじけづいた。ガラスは壊れるから、手に触れてはいけないものだった。だが親密に触れてみると、他のものとは違う、特有の、神秘ときまぐれだらけの物質であることが明らかになった。この点では水に似ていたが、同じ属性はなかった。しかし水は日常的な習慣や様々な必要性から、人間に、生命に結びついており、その独特な性格は慣れという衣裳の下に隠れている。だがガラスは人間の作り出したもので、歴史も浅い。そのガラスが私たちの初めての犠牲、あるいは初めての敵になった。実験室には直径の異なった、長短様々の作業用ガラスの管があり、みなほこりをかぶっていた。私たちはブンゼン・バーナーをつけて、作業に取りかかった。

ガラス管を曲げるのは簡単だった。それを火であぶるだけでよかった。しばらくすると炎が黄色くなり、同時にガラスがかすかに輝き出した。こうなると、ガラスは曲げられた。曲げられた角度は完璧とは言えなかったが、何かが実際に起こったのであり、新しい形、思い通りの形が作り出されたのだった。潜在力は行為となった。これこそアリストテレスが望んだことではなかっただろうか?

銅や鉛の管も曲げることができた。だがガラス管は独特の性質を持つことがすぐに分かった。柔らかくなった時に素早く両端を引くと、非常に細い繊維になったのだ。それは極端に細くすることができて、バーナーの炎の上昇気流で上空に舞い上げられてしまうほどだった。まるで絹のように細くて柔らかだった。それではガラス塊の持つ無慈悲な固さはどこに消えてしまったのか? 絹や綿も固まりにしたら、ガラスのように堅くなるのか? エンリーコは祖父の故郷で、かいこが大きく成長し、まゆを作りそうになって、木の枝をやみくもにぎこちなく登ってゆくところを、漁師たちがつかまえると話してくれた。つかまえると、二つにちぎり、胴体を引っぱって、粗製の太い丈夫な絹糸を作り、釣り糸にするとのことだった。私はその話を鵜呑みにしたのだが、おぞましいのと同時に魅惑的に思えた。殺し方の残酷さと、自然の奇跡を空費するやり方がおぞましかったが、神話上の創造主が賦与した、先入観にとらわれない、大胆なひらめきの行為が魅惑的だった。

ガラスの管は吹いてふくらますこともできたが、これはさほど簡単ではなかった。管の端を閉じて、反対側から力を入れて吹くと、ほぼ球形の美しい玉ができたが、ガラスは道理に合わないほど薄くなった。少しでも息を吹き入れ過ぎると、ガラス玉はしゃぼん玉のように虹色になったが、これが破滅の印だった。ガラス玉は乾いた音をたてて破裂し、破片は卵の殻のようなかすかな音を発して床に散らばった。ある意味ではそれは正当な罰だった。ガラスはガラスで、石けん水の振舞いをまねるべきではなかったのだ。こじつければ、この事態にイソップ寓話の教訓を見ることも可能だった。

一時間ガラスと格闘して、私たちは疲れきり、気落ちしていた。二人とも焼けたガラスを見つめすぎたので、目は血走り、ちかちかして、足は冷え、指はやけどだらけになった。それにガラスを扱うのは化学ではなかった。私たちは別の目的を持って実験室に入ったのだった。私たちの目的は、化学の教科書にいとも気楽に書いてある現象の少なくとも一つでも、自らの手で起こし、自らの目で観察することだった。たとえば一酸化二窒素を作ることだった。それはセスティーニとフナーロの教科書では、正確さと信頼性に欠ける、催笑ガスという言い方がされていた。本当に催笑性があるのだろうか?

一酸化二窒素は硝酸アンモニウムをゆっくりと暖めることで得られる。だがそれは実験室にはなかった。だがアンモニアと硝酸はあった。私たちは予防用の計算ができなくて、リトマス試験紙が中性になるまで両者を混ぜあわせた。そのため混合液は沸騰して、白い煙をもくもくと吐き出し始めた。私たちはその混合液の水分を蒸発させようとして、火で熱することにした。実験室はすぐに息の止まるような煙で満たされてしまった。催笑性があるどころではなかった。私たちは幸運にも熱することを止めた。その爆発性のある化合物をうかつに熱すると、どんなことになるのか、まったく知らなかったのだ。

簡単でも、楽しいことでもなかった。私はあたりを見回し、片隅に何のへんてつもない乾電池を見つけた。私たちのできることが見つかった。水の電気分解だった。確実な成果の得られる実験で、家で何度も実行したことがあった。エンリーコも失望しないはずだった。

私はビーカーに水を入れ、食塩を一つまみ溶かし、空のジャムのびんを二つ、ビーカーの中に逆さにしてすえつけた。そして覆いのついた銅線を二本見つけ、乾電池の電極に結び、一方の端をジャムのびんの中に入れた。その端から、細かな泡が列を作って立ち昇り始めた。よく見ると、陰極からは陽極の倍の量の泡が立ち昇っていることが分かった。私は黒板によく知られた化学式を書き、そこに書かれていることが実際に起きている、とエンリーコに説明した。エンリーコは納得したようではなかったが、もう暗くなってきて、体は冷えきっていた。私たちは手を洗い、焼き栗を少し買って、家に帰った。電気分解の装置はそのままにしておいた。

翌日も実験室は私たちの意のままになった。素直に理論に従うかのように、陰極のびんはガスでほとんど一杯になり、陽極のびんは半分ほどまで満たされていた。私はできる限りもったいをつけて、電気分解の理論こそは違うが、定量比例の法則の確認を目的としたその応用実験は私の発明であり、自分の部屋でこっそりと行なった辛抱強い実験の成果であると、エンリーコに何とか信じこませようとした。だがエンリーコは素直でなくて、すべてを疑ってかかった。「本当に水素と酸素だなんて、いったい誰が言ったんだ？」彼は無礼にもこう言った。「塩素じゃないのか？　塩を入れたじゃないか」

　彼の反論は侮辱だと思えた。私の断言をエンリーコが疑うなんて、許せなかった。私は理論家だった。私だけがそうだった。彼が実験室の所有者で（ある意味での、単なる名義移転者としてだけだが）、それ以外の特性を誇る状態にはなかったが、それでも批判は控えるべきだった。「それじゃ、確かめてみよう」私はこう言うと、陰極の側のびんを注意深く持ち上げ、口を下にしたまま手に持ち、マッチをすって、火を近づけた。小規模だったが、乾いた音の激しい爆発が起こり、びんが砕け散った（幸運なことに私は顔の前ではなく、胸のところでびんを持っていた）。私の手には、まるであざけり笑うかのように、ガラスびんの底だけが円環状に残った。

　私たちは爆発の原因を議論しながら、実験室を出た。私の足はまだ少し震えていた。私は思い返して恐怖を新たにし、仮説を確認し、自然の力を解き放ったことで、ある種の馬鹿げた誇りを感じていた。本当に水素だったのだ。それが凝縮されたおかげで、永遠の静けさのうちに、諸宇宙が形成されたのであり、今でも太陽や星々が燃えているのである。

・3・ 亜鉛

Zinco

私たちは五ヵ月間、P教授の一般無機化学の講義を、いわしのようにぎっしりと詰めこまれて拝聴し、様々な感情を味わった。だがそれはみな目新しく、刺激的だった。P教授の講義は大学の原動力でも、真実への扉を開く鍵でもなかった。Pは懐疑的で皮肉屋の老人で、あらゆる修辞を敵視しており（そのために、ただそれだけのために反ファシストでもあった）、頭がきれて、頑固で、独特の底意地の悪い鋭敏さを備えていた。

彼が偏見に満ちた冷酷さをむきだしにして行なった、様々な試験の逸話が語りつがれていた。彼の好みの犠牲者は女性全般と、修道女、聖職者、そして「兵士のような服装」のものたち全員だった。彼が化学研究所や彼個人の実験室を管理する時の、狂人のような吝嗇ぶりについて、あやしげな伝説がささやかれていた。地下室に使用済みのマッチ箱を大量にためこみ、用務員に捨てるのを禁じているとか、今でもマッシモ・ダゼリオ通りに、偽の異国趣味という愚かな刻印を押している研究所の不思議な煙突群は、はるか昔の若かりし時に、秘密のけがらわしい再利用の大饗宴を毎年行なうために、彼が作らせたもので、一年分のぼろきれや濾紙をみな燃やし、彼自ら、吝嗇家の辛抱強さを発揮して灰を分析し、一種の再生の儀礼の中で、貴重な元素をすべて（たぶんより貴重さの劣るものも含めて）取り出すのだが、それに参加できるのは忠実きわまりない助手のカゼッリだけだ、といった伝説だった。また彼は大学での全研究を、ある立体化学の理論を否定するために費しているとも言われていた。それも実験ではなく、出版活動を通じて。実験は別のものが、彼の仇敵が、世界のどこかで行なっていた。彼の仇敵はその結果を少しずつ「スイス化学公報《ヘルウエティカ・キミカ・アクタ》」に発表しており、彼は一冊ずつその雑誌を引きちぎっている、というのだった。

こうした噂話が本当か、保証はできない。だが彼が演習実験室に入ってきた時、ブンゼンバーナーの炎がみな長すぎると注文をつけたのは事実だった。むしろ消していたほうが賢明だったのだ。また硝酸銀を作らせるのに、学生のポケットの中の鷲の模様のついた五リラ銀貨を使わせ、塩化ニッケルを作るのに、裸の女性が空を飛んでいる二〇チェンテジミ硬貨を使わせたのは事実だった。そしてただ一度だけ、彼の研究室に入るのを許された時、黒板に美しい書体で、「生者としても死者としても葬式は望まない」、と書かれているのを見たのも事実なのだ。

私はP教授が好きだった。その講義の抑制された厳密さが気に入っていた。試験の時に、定められたファシストのシャツの代わりに、手のひらほどの大きさの、奇妙な黒いよだれ掛けをつけ、侮辱をあらわに示すやり方が面白かった。そのよだれ掛けは彼が不意に体を動かすたびに、上着の襟からはみ出してしまうのだった。私は彼の二冊の教科書を評価していた。それは徹頭徹尾明晰で、簡潔で、人類全般と、特になまけ者で愚かな学生に対する、不愛想な侮辱に満ちていた。というのも、すべての学生はその定義からして、なまけもので愚かだったからだ。そして至上の幸運から、そうでないことを示したものは、彼の同輩になり、短いが貴重な賛辞にあずかるという名誉を受けるのだった。

不安な待機の五ヵ月がようやく過ぎて、八〇人いた新入生の中から、なまけぐせや愚かさの目立たない二〇人が選別された。男が一四人と女が六人で、目の前に演習実験室の扉が開かれることになった。それが正確には何なのか、私たちの誰一人として、はっきりと分かっていなかった。私には、彼一流の発明品、野蛮人の通過儀礼の近代化版、技術的改訂版に思えた。そこでは彼の臣下はみな不意に本と机から引き離され、涙を流さずにはいられない煙や、手を焼く酸や、理論と一致しない実技の真っ只中に放り出されてしまうのだった。私はこの通過儀礼の有用性、必要性に異議を唱えようとは思わない。だが彼がそれを始めた乱暴なやり方に、Ｐの人を侮辱する才能や、位階上の距離をとろうとする召命や、彼の羊の群れである私たちへの軽蔑を見て取るのは、難しいことではなかった。要するに、彼が発したり書いたりした言葉の一言たりとも、私たちが選んだ道を行くのを励まし、危険や罠を示し、狡知を伝えるための旅の糧として使われることはなかったのだ。私はＰが根本的には野蛮人、狩人なのだとしばしば考えた。狩に行くものは、銃を手にすることしか、いやむしろ、投げ槍と弓を持つことしか関心がないし、森に分け入ることしか考えていない。成功、不成功はただ自分一人だけにかかっている。ただ手に取って出発する。その時が来た時、腸卜占術や卜占術は現実のものにはならない。理論は無用で、実践しながら学ぶ。他人の経験は役に立たない。重要なのは自分の力を試すことだ。優秀なものは勝利し、目や腕や嗅覚の弱いものは家に戻って職を変えるのだ。事実、私の言った八〇人のうちで、三〇人は二年目で職を変え、残りの二〇人はずっと後でそれにならったのだった。

実験室は整頓され、清潔だった。そこは一日のうちで、一四時から一九時までの五時間、使用されていた。学生はみな入口で助手から実験手順のパンフレットをもらい、「売店」に行って、粗野なカゼッリから、なじみ深いものや異国情緒たっぷりの材料を受け取るのだった。あるものには一片の大理石、あるものには一〇グラムの臭素、別のものにはわずかの硼酸、また別のものには一握りの粘土、といった具合だった。カゼッリはこうした聖遺物を渡す時、疑い深い態度を隠そうとしなかった。それは科学のパン、Pのパンであり、最終的には彼のもの、彼が管理するものであった。私たち未経験の冒瀆の徒が、いったいどんな不適切な使い方をするのか、分かったものではなかった。

カゼッリは辛辣かつ挑発的な愛し方で、Pを愛していた。四〇年間も彼に忠誠を尽くしてきたらしかった。カゼッリはPの影であり、地上の受肉であり、代理職を果たすものがすべてそうであるように、興味深い人間類型であった。つまり自分では持たない権威を代表する人たち、聖具室番人、美術館案内人、守衛、看護人、弁護士や公証人の助手、商業上の代理人といった人たちと同じだった。こうした人たちは擬似形態水晶のように、多かれ少なかれ、主人の人間性を自分自身の鋳型に流しこむ傾向がある。時にはそれに苦しむが、それを楽しむほうが多い。彼らは自分なりに行動することと、「職務を果たすこと」という、二つの行動様式をはっきりと区別している。時には主人の人間性が深く入りこんで、通常の人間的接触を阻害することがある。そんな時は独身を守ることになる。事実、最高の権威に接近し服従する修道院生活では、独身が規則と定められ、受け入れられている。カゼッリは無口で控え目な男だったが、その悲しげだが傲慢そうな目は次のような言葉を語っていた。

——彼は偉大な科学者で、その「召使」である私もいくらかは偉いのだ。

——私は卑しい身の上ではあるが、彼の知らないことを知っている。

——私は彼自身よりも彼のことを知っている。彼の行動が予見できるのだ。

——私は彼を動かすことができる。彼を守り、保護しているのも私だ。

——私は彼を愛しているから悪く言える。きみたちにはこうしたことは許されない。

——彼の理論は正しいが、それをいいかげんに実行し、「かつてはこうではなかった」と言う。もし私がいなかったら……

……実際のところ、カゼッリはPよりもひどい吝嗇と保守主義を発揮して、研究室を運営していたのだった。

初日に私は硫酸亜鉛を作る巡りあわせになった。それはさほど難しくはないはずだった。初歩的な化学量論的計算をし、粒状の亜鉛にあらかじめ薄めておいた硫酸を注ぐ。そして濃縮し、結晶化し、真空乾燥し、洗浄して、再結晶化させればよかった。ジンコ、ジンク、ツィンク〔亜鉛のイタリア語、英語、ドイツ語読み〕。それで洗濯用の桶が作られる。それはさほど想像力をかきたてる元素ではない。色は灰色で、塩類は無色、毒性はなく、目を引くような色彩反応はない。要するに退屈な金属なのだ。二、三世紀前から人類に知られており、銅のように栄光に包まれた大長老ではないが、新発見の興奮を身にまとっている新しい元素でもない。

カゼッリに亜鉛を手渡されて、私は実験台に戻り、作業を始めた。私は好奇心を覚えていたが、同時に「おじけづき」、何となくいらいらしていた。まるで一三歳の時に「寺院」に行って、ラビの前でバール＝ミツヴァの祈りをヘブライ語で唱えた時のようだった。待ち望み、少し恐れていた時が来たのだった。「精神」の偉大なる敵対者である「物質」との約束の時間が訪れた。「物質《ヒューレ》」、その言葉は奇妙にも、メチル、ブチルなどのアルキル基の語尾に、防腐処理されて保存されているのだ。

亜鉛の伴侶となるもう一つの原材料、つまり硫酸はカゼッリからもらう必要がなかった。いたるところにごろごろしていたのだ。だがもちろん濃硫酸だった。水で薄める必要があった。だが注意しなければならない、とすべての教科書にただし書きがあった。逆にする必要がある。つまり水の中に硫酸を注ぐので、反対のことをしてはいけない。さもないと、無害な外貌を持つこのどろりとした液体は、すさまじい反応を示すことになる。このことは高校の生徒でも知っていた。こうしてから、亜鉛を薄めた硫酸の中に入れるのだった。

パンフレットには、初めに読んだ時に見逃がしてしまったある事項が書いてあった。亜鉛は非常に敏感で、繊細で、酸には簡単に屈し、あっという間に解かされてしまうのだが、純度の高い時は大きく違った反応を示すのだった。亜鉛は純粋なら、酸の攻撃にも執拗に抵抗した。このことから、相反する哲学的考察が引き出せた。一つは鎖帷子《かたびら》のように悪から身を守ってくれる純粋性の賛美、もう一つは変化への、つまり生命へのきっかけとなる不純性の賛美だった。私はうんざりするほど教訓的な第一の賛美を拒絶し、はるかにふさわしいと思えた第二の賛美をあれこれと考えてみた。車輪が回り、生命が増殖するためには、不純物が、不純なものの中の不純物が必要である。周知のように、それは耕地にも、もし肥沃であってほしいのなら、必要なのだ。不一致が、相違が、塩やからしの粒が必要なのだ。ファシズムはそれを必要とせずに、禁じている。だからおまえはファシストではないのだ。ファシズムはみなが同じであるように望んでいるが、おまえは同じではない。だが汚点のない美徳など存在しないし、もし存在するなら、忌むべきなのだ。だから試薬びんの中の硫酸銅の溶液を手に取り、硫酸に一滴加え、反応が起こるか見守ってみる。亜鉛は目を覚まし、水素の泡が作る白い膜に身を包まれ始める。そら、始まった。魔法がかかった。もうそのままにしておいて、実験室を歩き回り、他のものたちが何をしているか、何か目新しいことがあるか、見ることができる。

他のものたちは種々雑多なことをしていた。与えられた聖なる「物質《ヒューレ》」を前にして、口笛を吹いて何げない様子を装ったりしながら、一心に作業をするものたちがいた。だが実験室をぶらついたり、緑に包まれたヴァレンティーノ公園を窓ごしに眺めたり、片隅で煙草をふかしながら、おしゃべりするものたちもいた。

片隅に暖炉の覆いがあり、その前にリータが座っていた。私はそのそばに近づき、彼女が私と同じメニューを料理しているのが分かって、一瞬、喜びを覚えた。それは、しばらく前から私が彼女にまとわりつき、頭の中で気のきいたきっかけのせりふを考えていたが、いざとなると言い出せずに、翌日送りにしていたからだった。私の性来の臆病さと不信のためにそうしていたのだが、リータの訳の分からない、接触をいやがる態度にも原因があった。彼女はやせこけていて、青白く、悲しげだったが、芯は強そうだった。高得点で単位を取っていたが、私が持っていたような、学問の対象への純粋な渇望は持ちあわせていなかった。友人は一人もいなくて、誰も彼女の個人的なことを知らなかった。口数はひどく少なかった。こうしたことのために、私は彼女に引かれ、講義の最中は彼女の脇に座ろうとしたが、彼女は打ちとけず、私は欲求不満になり、試されているような気分になった。また私は絶望もしたが、それはもちろん初めてのことではなかった。事実、当時、私は永遠の独身状態を強いられ、女性のほほえみを空気のように必要としていたのに、永遠に否定されている、と信じこんでいた。

その日、決して無駄にしてはならない機会が訪れたのは確かだった。その時私とリータとの間には橋ができていた。亜鉛の橋で、ひどくもろかったが、渡ることはできた。さあ、最初の一歩を踏み出すんだ。

リータにまつわりついているうちに、二つ目の幸運なきっかけが見つかった。彼女のバッグから、くちばしに本をくわえた烏の口絵がある、赤い縁取りの、黄色がかった表紙の、おなじみの本が突き出していたのだ。題は何だろう? 「魔」と「山」しか見えなかったがそれで十分だった。それはここ何ヵ月かの私の旅の糧だった。ハンス・カストルプが魔法にかかった山で不思議な隠遁生活を送る、時の停止した物語だった。私はまるで自分がその本を書いたかのように、どきどきしながら、リータに感想を訊いた。だがすぐに彼女が、まったく違った風にその小説を読んでいることに気づいた。まさに恋愛小説として読んでいたのだ。彼女はハンスがショーシャ夫人とどれだけの関係になるか興味があって、古典学者のセッテンブリーニとユダヤ人のイエズス会士ナフタとの、政治的、神学的、形而上学的な魅力あふれる会話を、無慈悲にも読みとばしていた。

だがそれは大したことではなかった。むしろ話し合うべきテーマだった。それは根本的で本質的な話し合いになるかもしれなかった。というのは、私がユダヤ人で、彼女がそうでないからだ。私は亜鉛の反応を促す不純物、塩やからしの粒だった。確かに不純物だった。それはちょうどこの頃に『人種の防衛』誌が発刊され始め、純粋性について大論争が起こり、私は純粋でないことを誇りにしていたからだ。本当のことを言うと、その頃まで私はユダヤ人であることをさほど気にかけていなかった。自分の意識の中でも、キリスト教徒の友人と接していても、私は自分の生まれを、奇妙だが無視していいものと考えていた。鼻が曲がっていたり、そばかすがあったりするという、笑って見逃がせるささいな違いだと思っていた。ユダヤ人とは、クリスマスになってもクリスマス・ツリーを飾らず、サラミソーセージを禁じられているのに無視して食べ、一三歳になってヘブライ語を少し覚えるが、やがて忘れてしまうものだった。前に述べた雑誌によると、ユダヤ人はけちで悪賢いとのことだった。だが私は特にけちでも悪賢くもなく、父も同じだった。

要するにリータと話すことはたくさんあったのだが、私の話に彼女はのってこなかった。リータはぼくとは違う、彼女はからしの粒ではない、と私はすぐに気づいた。彼女は病気がちの貧しい商人の娘だった。彼女にとって大学は知識の殿堂ではなかった。学位と仕事と稼ぎに通ずる、つらく険しい道だった。彼女自身も子供の時から働いていた。父を助けて、村の店の店員として働き、品物を届けたり、集金するために、自転車でトリーノに出かけてきていた。こうしたことは私との距離を作り出しはしなかった。むしろ彼女を賞賛させるよう作用した。それは彼女についてのほかのことも同じだった。手入れのしていない手、地味な服、相手をしっかりと見つめる目、現実に根ざした悲しげな態度、私の話を聞く時の控え目な様子……

こうして私の硫酸亜鉛はうまく濃縮せずに、硫酸のほとんどが息の詰まるような蒸気になって蒸発してしまい、白い粉になってしまった。私はそれをほったらかしにし、リータを家に送ってゆくと申し出た。外は暗くて、家は遠かった。私の企てていたもくろみは客観的には控え目なものだったが、私には前例のない大胆な行為に思えていた。私は行程の半ばまで躊躇していた。せわしない、脈絡のない話で、自分自身や彼女を酔わせていたが、燃えさかる石炭の上にいるような気がしていた。ようやく私は感情の高ぶりに震えながら、腕を彼女の腕の下に差し入れた。リータは身を引かなかったが、腕を組み返してくることもなかった。だが私は自分の歩調を彼女に合わせ、勝ち誇った、陽気な気分になった。私は暗闇や、虚無や、不意にやってきた敵意の時代と戦い、ささやかだが、決定的な勝利を収めたような気がした。

・4・ 鉄

Ferro

化学研究所の壁の外は夜だった。ヨーロッパにはたそがれが訪れていた。チェンバレンはミュンヘンでいいようにあしらわれ、ヒトラーは銃弾を一発も撃たずにプラハに入り、フランコはバルセロナを屈服させ、マドリッドに腰をすえていた。小悪党でしかないファシズムのイタリアは、アルバニアを占領していた。迫り来る破局の前兆は、家々や、道路や、ひそひそ話や、眠りこんだ良心の上に、ねばりつく露のように凝結していた。

だが研究所の厚い壁の中に夜は侵入してこなかった。専政体制の傑作であるファシズムの検閲それ自体が、私たちを世間から隔絶し、体を麻痺させるような白い辺獄に押し込めていた。私たちの中の三〇人ほどは初めての試験という厳しい仕切りを越え、二年級の定性分析実験室への入場を許された。私たちは足音を気にしながら教会に入る時のように、煙った暗い大広間に足を踏み入れた。亜鉛の実験をした実験室は、ままごとのような、子供の遊びとしか思えなかった。あの時は、結果はぱっとせずに、不純物も混じっていたかもしれないが、とにもかくにも、何らかの結果はいつも表われていた。よほどの馬鹿か、つむじ曲がりでない限り、マグネサイトから硫酸マグネシウム、臭素から臭化カリウムが作り出せた。

だがここではそうはいかなかった。情況はずっと厳しく、母なる物質《マテリア・マーテル》との対決はより直接的で、はるかに難しかった。午後の二時になると、D教授は苦行僧のような固い表情で、私たちの一人一人に未知の粉末を一グラムきっかり、さりげなく渡すのだった。次の日までに定性分析は終わっていなければならなかった。つまり、いかなる金属や非金属が含まれているか、報告しなければならなかった。それも調書のように、文書で、正否をはっきり書く必要があった。疑念やためらいは許されていなかったからだ。いかなる場合も、選択し、決断することを求められた。それはファシズムとは相容れない、熟慮と責任感を必要とする企てであり、からっとした清潔なにおいを放っていた。

物質の中には、鉄や銅のように、逃げ隠れの下手な、開けっぴろげで単純なものがあったが、ビスマスやカドミウムのように、とらえどころのない、油断ならないものもあった。また体系的探究という方法が強いるやり方、先祖伝来のやっかいな規則があった。それは櫛や地ならしローラーのようなもので、(理論上は)いかなる物質もその網の目をくぐることができなかったが、私はむしろそのつど、自分なりのやり方を作り出そうとしていた。持久戦を戦う時の、神経をすり減らすような、決まりきった任務よりも、略奪向きの、その場で考えついた素早い一撃を好んでいた。それは水銀を水滴状に抽出したり、ナトリウムを塩化物に変え、くぼんだガラス板の上に置いて顕微鏡で識別したりすることだった。それぞれのやり方によって、「物質《マテリア》」との関係は変わり、弁証法的になった。それは対決であり、差しの勝負であった。だが対決するものは同等ではなかった。一方には問いただすものとして、まだ羽のはえていない、無力な化学者がいた。その味方といったら、アウテンリースの教科書だけだった。(というのも、Dは困難な場合にしばしば助けを求められたが、慎重に中立を保持していたからだ。つまり意見を述べようとしなかったのだ。これは賢い振舞いだった。というのは意見を言うと間違う可能性が出てくるからだ。教授は間違ってはならなかった)そしてもう一方には、謎に答えるものとして「物質」がいた。それはうわべは受け身を装っていて、「全能者」のように老練で、驚嘆すべきまでに策略に満ちていて、スフィンクスのように重々しく、明敏であった。当時私はドイツ語をかじり始めていたが、「元素《ウルシュトッフ》」(文字通りは「原物質」という意味を持つ)という言葉と、その頭を飾っている接頭辞ウルに魅了された。それはまさに遠い起源、時空をへだてた遠い距離を表わしていた。

だが化学研究所でも、酸や苛性ソーダや火事や爆発から身を守る方法を、多くの言葉を費して教えてくれるものはいなかった。研究所のそっけないしきたりに従って、私たちの中から肉体的かつ職業的に、生き残るのに適したものを選び出す自然淘汰を当てにしているかのようだった。排気口はわずかしかなく、各々が体系的分析をする際に、教科書の指示通りに、かなりの量の塩酸やアンモニアをきちょうめんに蒸発させていたので、実験室にはいつも塩化アンモニウムの白い霧が濃くたちこめていた。それは、小さくきらめく結晶となって、窓ガラスの上に付着していた。また致死性の大気のたちこめる次亜硫酸の部屋には、親密さを求めるカップルや、おやつをこっそりと食べようとするものが入りこんでいた。

霧がたちこめた、あわただしさだけが感じられる静かな部屋の中に、ピエモンテ訛の声が響き渡った。「きみらに大きな喜びを告げよう。我らの手にあるのは鉄だ」それは一九三九年三月のことで、その数日後に、同じような荘重な告示によって(「我らは教皇を得た」）教皇選挙会議が終わり、聖ピエトロの玉座にエウジェニオ・パチェッリ枢機卿がついたのだった。枢機卿には多くの人が期待をかけていた。だがそれは何かが、あるいは誰かに、期待をする必要があったからだった。この冒瀆の言葉を吐いたのは、無口のサンドロだった。

私たちの中で、サンドロは孤立していた。彼は中背で、やせていたが、筋肉質で、寒さが厳しい日でもコートを着なかった。ビロード製のすり切れたニッカーボッカーをはき、粗羊毛の登山靴下をその下につけ、時にはレナート・フチーニ〔一八四三〜一九二一。トスカーナの農民の世界をリアリズムの手法で描いた作家〕ばりの袖なし外套をはおってきた。大きな手はたこだらけで、横顔はごつごつと骨張っていた。顔は陽に焼けていて、生え際の下の額は狭かった。髪は短かく刈りこんでいて、ブラシのようだった。足取りは、農夫に特有の、大胆な、ゆっくりとした歩き方だった。

何ヵ月か前に人種法が布告されていたため、私もまたのけものにされていた。キリスト教徒の学友たちは礼儀正しくて、彼らの中でも、教授たちも、誰一人として私に敵意ある言葉や態度を示すものはいなかった。だが彼らが遠ざかるのは感じられた。そして私も昔からの振舞いに従って、距離を置くようになった。彼らが私を見つめる視線には、わずかであったが、それと感じとれるほどの、不信と猜疑のひらめきがあった。きみは私をどう思っているんだ？　きみにとって私は何だ？　半年前と同じ人間か、ミサに行かない同僚か、あるいは「自分たちのことでは冗談を言わない」ユダヤ人か？

私はサンドロとの間に何かが生まれつつあるのを見て、驚きかつ喜んだ。それは似たもの同士の間に生まれた友情ではなかった。それどころか、生まれの違いが、お互いに交換すべき「商品」を豊かなものにしていた。見知らぬ遠い土地の商人同士の出会いのようだった。だが二〇歳の若者によく見られる、不思議な親密さはなかった。サンドロとはこの親密さを持てなかった。彼が心が寛く、繊細で、粘り強く、時には高慢になるくらいに勇気のあることはすぐに分かった。だがとらえどころのない、人に打ちとけないところがあって、私たちが脳裡や他の場所にひしめいているものをすべて、互いに押しつけあう必要や本能や慎しみのなさを持つ年頃だったにもかかわらず（その期間は長く続くこともあったが、初めて妥協をすることで終わるのだった）、彼の慎しみの殻の中からは何も漏れ出てこなかった。たまに劇的なまでに短かい暗示をする以外は、濃密で豊かだと感じられはしたが、彼の内面をうかがわせるものは、何もなかった。何十年も一緒に住んでいても、その聖なる外皮の内側に入りこむことを許さない猫のようだった。

私たちには与えあうものが沢山あった。二人は陽イオンと陰イオンのようだ、と言ってみたが、サンドロはその比喩を受け入れる気配を見せなかった。彼はセッラ・ディヴレアの出だった。やせた美しい土地で、父は建設工だった。彼は夏の間、羊飼いをしていた。比喩的な意味での魂の牧者ではなく、本物の羊の番をしていた。彼は幸せだった。それは牧人の理想郷を頭に描いているのでも、奇行を好むからでもなく、大地や草を愛し、心が豊かだったからだ。彼には奇妙な物まねの才能があって、雌牛や雌鶏や雌羊や犬のことを話す時は、顔つきを変え、その目つき、動き、声をまね、ひどく陽気になり、まるで魔術師のように、獣に変身したかと思えるのだった。植物や動物のことは教えてくれたが、家のことはほとんど話さなかった。父は彼が子供の時に死んでいた。貧しくて純朴な人たちだったが、サンドロの頭が良かったので、家に金を持ってくるようにと、勉強させることに決めたのだった。彼はその役割をピエモンテ人特有の気まじめさから受け入れていたが、熱中しているところはなかった。中学、高校と、最小の努力で最大の成果をあげながら、その長い道のりをこなした。彼はカトゥルスにもデカルトにも興味がなく、進級と、日曜日にスキーや岩登りをすることだけに心を砕いていた。化学を選んだのは、ほかの学問よりもよさそうに思えたからだ。それは目に見え、手で触れられる物を扱う仕事で、大工や農夫よりも労苦が少ない生活手段だった。

私たちは物理学を一緒に勉強し始めた。私が当時もやもやと暖めていた考えを説明しようとすると、彼はびっくりした。人間が何万年もの間試行錯誤を繰り返して獲得した高貴さとは、物質を支配するところにあり、この高貴さに忠実でありたいからこそ、私は化学学部に入学した。物質に打ち勝つとはそれを理解することであり、物質を理解するには宇宙や我々自身を理解する必要がある。だから、この頃に、骨を折りながら解明しつつあったメンデレーエフの周期律こそが一篇の詩であり、高校で飲みこんできたいかなる詩よりも荘重で高貴なのだった。それによく考えてみれば、韻すら踏んでいた。もし紙に書かれた世界と、実際の事物の世界との間に橋を、失われた輪を探すのなら、遠くで探す必要はなかった。アウテンリースの教科書に、煙でかすんだ実験室に、私たちの将来の仕事の中にあった。

そして最後に、根本的なことがあった。彼は物事にとらわれない正直な青年として、空を汚しているファシスト流の真実が、悪臭を放っているのを感じないだろうか、物事を考えられる人間に、何も考えずに、ひたすら信ずるよう求めるのは恥辱だと思わないだろうか？　あらゆる独断、証明のない断言、有無を言わさぬ命令に嫌悪感を覚えないだろうか？　確かにそう思う。それなら、私たちが学んでいることに新たなる威厳や尊厳を感じられないはずはない。生きるのに必要な栄養物以外に、私たちが糧としている化学や物理学が、私たちの探しているファシズムへの対抗物だということが無視できるはずはない。というのも、それは明白明瞭で、一歩一歩が証明可能だからだ。ラジオや新聞のように、虚偽や虚栄で織り上げられたものではないからだ。

サンドロは斜めに構えながらも、私の言うことを注意深く聞き、美辞麗句に走ろうとするたびに、短かい言葉でやさしく私をたしなめようとした。だが彼の頭の中で何かが育っていた（それは私のためだけではなかった。その頃はたくさんの決定的な事件が起きていた）。何かが彼の心を乱していた。というのは、彼は古くて新しい人間だったからだ。今まではロンドンやキップリングやサルガリしか読んだことがなかったのに、急に猛然たる勢いで本を読み始めた。彼はすべてをむさぼり、記憶した。彼の中ですべては自然な生活態度になって吸収された。私たちはともに勉強し、彼の平均点は二一点から二九点にはね上がった。彼は無意識のうちに感謝の念を表明したのか、復讐の念もあったのか、同時に私の教育にもたずさわり始めた。私に何が欠けているか、分からせようとした。私は彼が正しいと思った。物質が私たちの教師であり、しかもそれ以上のものがなかったので、政治の学校であることも可能であった。だが彼は私を導く別な物質、別な教師を持っていた。それは定性分析実験室の試料ではなく、正真正銘の時を超越した「原物質」、近くの山々の岩や氷だった。彼は私が物質について語る必要書類を持たないことを、いとも簡単に示してみせた。私はエンペドクレスの四元素と今までにいかなる取り引きや親交を得ただろうか？　ストーブの火の起こし方は知っていた？　急流の渡り方は？　山の高みの吹雪は？　草花の芽ばえは？　いいや。だから彼も私に何か根本的なものを教えることができたのだった。

こうして友情が生まれ、私にとって、熱狂にかられた季節が始まった。サンドロは鉄でできているようだった。鉄と遠い血縁関係を結んでいた。彼の父の父たちはカナヴェーセ渓谷の鍛冶屋《フレ》や鍋職人《マニン》で、木炭の炉で釘を作り、馬車の車輪に赤く焼けた鉄の外輪をはめこみ、耳がつぶれるまでに鉄板を叩いていた。そしてサンドロ自身も、岩の間に赤い鉄の鉱脈を認めると、友人に出会ったかのように思うのだった。冬の間は、不意に思い立つと、ポケットの片方にアーチチョークを一つ、もう片方にサラダ菜を詰め、無一文のまま、赤錆びた自転車にスキーを縛りつけ、朝早く発って、雪のあるところまでペダルをこぐのだった。そして夜になって戻るか、干草小屋で寝て、あくる日に帰ってきた。吹雪と飢えに苦しめば苦しむほど満足で、体の調子も良くなるのだった。

夏に一人で山に出かける時は、連れとしてよく犬を連れて行った。それはいじけた顔をした黄色の雑種だった。実際のところ、サンドロが動物のまねをしながら話してくれたのだが、その犬は小犬の時に猫にひどい目に会わされていた。生まれたばかりの一腹子の子猫たちに近づいたところ、母猫は腹を立て、うなり声をあげ、毛を逆立てた。だが犬はまだそうした警報の意味を学んでいなくて、間抜けのようにその場に残っていた。母猫は犬に襲いかかり、後を追いかけ、追いつくや、顔をかきむしった。犬はその傷跡を終生持つことになった。犬は名誉を失ったと感じた。そこでサンドロはぼろきれでボールを作り、それが猫だと言って、毎朝面前に突き出し、恥辱を晴らし、犬としての名誉心を回復するようにさせたのだった。そして同じ治療上の目的から、気晴らしができるようにと、犬を山に連れて行った。犬をロープの端に縛り、もう一方の端を自分の体に結ぶと、犬を岩の張り出しにしゃがみこませ、自分は岩場を登った。ロープが尽きると、犬をそっと引っ張り上げた。犬はやり方を覚え、顔を上げ、夢を見ている時のように低い声で鳴きながら、四本の足で垂直に近い岩壁を登るのだった。

サンドロは腕力に全幅の信頼を置いて、技巧よりも本能を頼りに岩場を登っていた。

そして岩の突起をつかみながら、鉱物学の授業で見分け方を学んだ珪素、カルシウム、マグネシウムなどに皮肉なあいさつを投げかけた。彼は体内に貯えたエネルギーを何らかの方法で使い切ってしまわないと、一日を無駄にしたような気がした。もしそうできると、目つきがずっと鋭くなった。ずっと座り続けの生活をすると、目の後ろに脂肪がたまり、不健康になる。体を使えば脂肪は消費され、目はきちんと眼窩に収まり、良く見えるようになる、と彼は説明した。

自分の冒険については、ほとんど口を開こうとしなかった。（私のように）人に語るために何かをする種類の人間ではなかった。大言壮語は好きではなかった。言葉自体が好きでなかった。岩登りと同様に、しゃべり方も誰からも習わなかったようだった。他の人に少しも似ないしゃべり方をした。物事の核心しか語らなかった。

必要な時は三〇キロのリュックサックを背負うことができたが、普段は何も持たなかった。前にも言ったように、ポケットだけで十分だった。中には野菜、パン、小さなナイフ、時にはぼろぼろになったイタリア登山教会のガイドブック、そして緊急時の修理用の針金は一巻、いつも入れていた。ガイドブックは内容に信頼を置いて持ち歩いているのではなかった。むしろ逆の理由からだった。縛りつけられるような気がするので、それを認めていなかった。それだけでなく、雪や岩と紙との間に生まれた雑種、不純な生き物のように思っていた。ガイドブックを持って行ったのは、馬鹿にするためだった。自分や仲間がひどい目に会っても、間違いが見つかると喜んだ。彼は二日間何も食べずに歩くことができたし、一ぺんに三食食べて、すぐに出発することもできた。彼にとってどんな季節もよい季節だった。冬はスキーをした。設備が整った、上流階級用のスキー場ではなかったが。そうした場所からは二ことと三こと馬鹿にしたような言葉を吐いて遠ざかった。斜面を登る時のあざらしの皮を買う金がなかったので、粗い麻の布を縫うやり方を教えてくれた。それはスパルタ式の道具で、水を吸ってしまい、凍ると干し魚のようになり、降下する時は腰のまわりに結びつける必要があった。彼はまるで野蛮人のように、本能的に道を見つけるかのようにして、人の気配のまったくない、新雪の中でのへとへとになるようなスキー行に私を引っ張っていった。夏は避難小屋を渡り歩き、太陽と風と労苦に酔い痴れ、人の触れたことのない岩肌で手のひらの皮をすり減らした。だが有名な峰や、記憶に留められるような冒険はしなかった。彼はそうしたことにまったく興味がなかった。自分の限界を知り、力を試し、向上すること、それだけが問題だった。そしてさらにずっと無意識的だったが、一刻一刻と近づいていた鉄の末来に向けて準備する（そして私を準備させる）必要も感じていた。

山でサンドロを見ることは、ヨーロッパに覆いかぶさっている悪夢を忘れさせ、世界との和解をもたらした。それは彼向けにあつらえられた、彼の場所だった。顔つきや鳴き声をまねてみせたテンジクネズミと同じだった。山に入ると彼は幸せになった。その幸福感は輝き渡る光のように静かで、他人にも伝わってきた。それは私の中に、天や地を共有するという新たな感覚を呼び起こした。そして私の自由への欲求、力の充満、私を化学へ押しやった、事物を理解する渇望が、その中に流れこむのだった。私たちは明け方に、マルティノッティ避難小屋から目をこすりながら外に出た。すると周囲が一望のもとに開けて、朝日を浴びたばかりの山々は暗褐色と純白に輝き、立ち去ったばかりの夜の間に作り出されたかのように真新しく、同時に年を数えられないほど古くも思えるのだった。それは孤島であり、地上の別の場所だった。

それにいつも山の高みや離れた場所に行く必要はなかった。春や秋は、訓練用の岩場がサンドロの王国になった。いったい、今でも人が通っているか知らないのだが、トリーノから二、三時間自転車をこいでいく距離にいくつもあった。ヴォルクマン岩稜のあるパリアイオ峰、クミアーナ牙稜、パタニュア岩峰（裸の岩、の意味を持つ）、プローズバリュアなどで、家庭的な、控え目な名を持っていた。最後のズバリュアは、サンドロ自身が、決して紹介しようとしなかった彼の神話的な兄が発見したらしかった。サンドロのわずかな言葉から察すると、彼の兄は、サンドロが人類の大部分に取っているような態度を、彼に取っているようだった。ズバリュアはピエモンテ方言のズバリュエ、つまり、ぞっとさせる、という言葉から派生していた。ズバリュアは、いばらと伐採林がはえた低い丘から一〇〇メートルほど急に突き出した花崗岩の三角柱で、ダンテの粘土の老人のように、基部から頂上まで亀裂が入っていて、登っていくとだんだん幅が狭くなり、登攀者は亀裂から外の壁に出なければならなくなるのだが、その場所が、ぞっとさせる、のだった。当時はサンドロの兄が思いやりから残したハーケンが一本、打ちこまれていた。

こうした岩場は奇妙な場所で、私たちのような物好きの愛好家が数十人ほど通ってくるだけだったが、サンドロはそのすべての名か顔を知っていた。私たちは技術的な困難を少なからず覚え、汗のにおいに引かれてきた牛ばえのやかましい羽音に煩わされながら、確固たる固さを持つ岩壁をよじ登るのだった。時には岩場に草付きの棚があり、しだやいちごがはえていたが、秋には黒いちごが実る時もあった。岩の割れ目に根をおろした、いじけた灌木の幹を手がかりに利用することもまれではなかった。何時間かたつと頂上に達したが、頂と言えるものではなく、大方はのどかな牧草地で、雌牛たちがつまらなそうに私たちを眺めているのだった。下りは新旧の牛の糞が落ちている細道を、自転車のあるところまで、数分間で、やみくもに駆け降りるのだった。

またずっと厳しい山登りをすることもあった。平穏な気晴らしは決してしなかった。景色を楽しむ四〇歳までには、まだ時間があるさ、とサンドロは言っていた。彼は二月のある日、「いっちょう行ってみるか?」と言った。彼一流の言い方で、天気がいいから、何週間か前から計画していた、M峰への冬山登山に夕方出発できる、ということを意味していた。私たちは安宿に泊まり、翌日、はっきりとしない、あまり早くない時間に出発した(サンドロは時計が好きではなかった。それが発する無言の絶え間ない警告を、気まぐれな干渉のように感じていた)。私たちは雄々しく霧の中に分け入り、一時頃、輝き渡る太陽の光の中に出た。そこはある峰の岩稜だったが、正しくないほうの峰だった。

一〇〇メートルほど下り、稜の半ばでトラバースし、別の岩稜を登り直そう、と私は提案した。さもなくば、もう来てしまったのだから、このまま間違ったほうの峰を登ることで満足しよう、正しい峰より四〇メートルほど低いだけなのだから。だがサンドロは素晴らしい不服従の精神を見せ、わずかの言葉だが、力強く、私の二番目の意見がい い、だが「簡単な北西稜を通って」（これは前に述べた登山協会のガイドブックから、あてこすりのため引用したのだ）、同様に三〇分ほどでM峰に着けるはずだ、と言った。もし道を間違えるぜいたくすら許されないのだとしたら、二〇歳まで齢を重ねたかいがないというものだ。

その簡単な岩稜は、夏だったら本当にやさしくて、初心者向けだったろう。だが私たちには条件が悪かった。太陽の側の岩は水に濡れ、陰の側は蒼氷に覆われていた。岩の突起の後に腐った雪だまりが現われ、腰までもぐってしまうのだった。私たちは五時に頂上に着いた。私は息も絶え絶えで、サンドロは人をいらだたせるような、不吉な高揚感にとらわれていた。

「どうやって降りようか？」

「ひとつ見てみようじゃないか」と彼は答え、意味深長につけ加えた。「どうしようもなくなったら、熊の肉を食えばいい」そう、私たちはあまりにも長いと感じたその夜に味わったのだ、熊の肉を。私たちは凍りついたザイルに助けられ、邪魔されながら、二時間かけて降下した。ザイルは堅くなって、悪意があるかと思えるほどもつれあい、ありとあらゆる岩場の突起に引っかかって、岩の上でロープウエイのケーブルのような音を出した。七時にようやく凍りついた池のほとりにたどりついたが、空は暗くなっていた。わずかばかり残っていた食べ物を食べ、風の側に石を積んで役に立ちそうもない壁を作り、体をぴったり寄せあって、地面に横になり、眠った。まるで時間もまた凍りついたかのようだった。私たちは何度も立ち上がり、血のめぐりを良くしようと体を動かしたが、時間はまったく進んでいなかった。風が間断なく吹きつのり、空には、いつも同じ場所に、亡霊のような月が輝き、その前をちぎれ雲がいつも同じように、幻のように走り過ぎていくのだった。私たちはサンドロの愛読書のランメルの指示通りに靴を脱ぎ、リュックサックの中に足を入れた。空ではなく、雪から発しているかと思えた、薄明の陰気な光が差し始めると、私たちはしびれた四肢を伸ばして立ち上がった。徹夜と飢えと寝床の固さのために、頭はさえ、目は異様に輝やいていた。靴は完璧に凍りつき、叩くと鐘のように鳴った。足を入れるために、鶏のように靴を抱くはめになった。

　だが私たちは自力で谷まで下った。旅館の主人は私たちの高ぶった顔つきを盗み見しながら、どのように夜を過ごしたか、あざけるように訊いたが、私たちはなまいきにも、素晴らしい岩登りだったと答え、勘定を払って、意気揚揚と引きあげたのだった。これが熊の肉だった。長い年月がたった今は、少ししか食べられなかったことが残念に思える。というのは、人生が与えてくれた良きことの中で、たとえぼんやりとでも、その肉の味を味わせてくれたものはほかになかったからだ。それは強壮で自由な自分を感じさせる味、過ちを犯す自由、自分自身の運命の主人であることを感じさせる味だった。このために私は、意識的に困難な状況に陥らせてくれたサンドロに感謝している。今述べたものを含めた、いくつかの冒険の無謀さは、外見だけのものであった。後になってそれらが私の役に立ったことは、今ではよく分かっているのだ。

それらは彼には役立たなかった。つまり長くは役立たなかった。サンドロとは、行動党ピエモンテ州軍事司令部の最初の犠牲者となった、サンドロ・デルマストロのことだ。極度の緊張状態が数ヵ月続いた後の一九四四年四月、彼はファシスト軍に捕えられた。だが彼は屈せずに、クーネオの警士本部から脱走しようとした。後頭部に機関銃弾を撃ちこまれて、彼は殺された。殺したのはある恐ろしい少年死刑執行人だった。サロ共和国が少年院で徴兵した、一五歳の哀れな殺し屋たちの一人だった。サンドロの遺体は通りの真ん中に長い間放置されていた。ファシストが埋葬するのを禁じたためだった。

今では、ある人物を言葉で覆い尽くし、本の中で生き返らせるのは、見こみのない企てであることは分かっている。特にサンドロのような人物は。語るべきでも、記念碑を立てるべき人物でもなかった。彼は記念碑をあざ笑っていた。彼は徹頭徹尾行動の人で、それが終わってしまえば、何も残らなかった。まさに言葉以外は、何も。

・5・ カリウム

Potassio

一九四一年の一月に、ヨーロッパと世界の運命は決まったように思えた。ドイツが負けると思っていたのはわずかの夢想家だけだった。愚かなイギリス人たちは「祖国を失ったことにまだ気づかずに」、頑固にも爆撃に耐えていたが、彼らは孤立していて、戦線のいたるところで手ひどい痛手をこうむっていた。ドイツ占領下のヨーロッパにおけるユダヤ人の運命を楽観できるのは、あえて目と耳をふさいでいるものだけだった。私たちはフランスから秘密裡に持ちこまれたフォイヒトヴァンガーの『オッペンハイム兄弟』や、パレスチナから来たイギリスの『白書』をすでに読んでいたが、そこには「ナチの残虐さ」が描かれていた。私たちはその半分しか信じなかったが、それだけで十分だった。多くの難民がポーランドやフランスからイタリアにやって来ていて、その話を聞くことができた。彼らは恐るべき沈黙のベールの下で行なわれている虐殺について、詳細を知らなかったが、一人一人がヨブのもとに駆けつけ、「私だけが語るために逃げ出したのです」と訴えた使者のようだった。

だが、もし生きようとするなら、もし何らかの形で血管を流れる若さを利用しようとするなら、あえて目をつぶるしか方便は残されていなかった。イギリス人と同じように、何ごとにも「気づかない」ままにいて、あらゆる脅威を、感じとれないか、あるいはすぐに忘れ去ってしまうような頭の片隅に追いやるしかなかった。もちろん理論上はすべてを投げ捨て、逃げ出し、国境をまだ開放していたわずかの国々の中の、遠い神話上の国に移住することもできた。マダガスカルや英領ホンジュラスといった国々だ。だがそうするには多額の金と途方もない決断力を必要とした。しかし私も、家族も、友人たちも、いずれも、それを持ち合わせていなかった。それに物事を近い距離から細かく見ている限りでは、それほど破局的には思えなかった。私たちの周囲のイタリア、つまり（まれにしか旅行しなかった時代の）ピエモンテ州やトリーノには、敵はいなかった。ピエモンテ州は私たちの真の故郷で、そこに自分自身の姿があった。晴れた日には遠望でき、自転車でたどりつける距離にあるトリーノ周辺の山々は私たちのもので、かけがえがなく、労苦と忍耐とある種の叡智を教えてくれたのだった。要するにピエモンテに、トリーノに私たちの根があった。それは太くたくましくはなかったが、深くて、四方に伸び、奇妙にもつれあっていた。

「アーリア人」であろうと、ユダヤ人であろうと、私にも、私たちの世代全般にも、ファシズムに抵抗すべきであり、それは可能だ、という考えはまだしっかりと意識されていなかった。当時の私たちの抵抗は受身で、拒絶や孤立や伝染の拒否に限られていた。能動的な戦いの芽は、私たちの時代まで生き延びていなかった。それは数年前に最後の鎌の一撃によって刈り取られ、その時にトリーノ出身のエイナウディ、ギンズブルグ、モンティ、ヴィットリオ・フォア、ジーニ、カルロ・レーヴィ〔いずれも反ファシズム運動に従事し、後にそのシンボルとみなされた〕といった証人や中心人物が牢や僻地に送られたり、亡命や沈黙を強いられたりしたのだった。これらの人々の名は私たちに何の意味も持たなかった。彼らについてほとんど何も知らず、私たちを取り囲んでいたファシズムに敵対するものはなかった。だから無から始める必要があった。私たち流の反ファシズムを「作り出し」、芽から、根から、私たち自身の根から育てる必要があった。私たちは自分たちの周囲を探し、さほど遠方には通じていない道に入りこんだ。聖書、クローチェ〔一八六六〜一九五二。自由主義的立場から、ファシズムに批判的姿勢を見せた哲学者〕、幾何学、物理学、こうしたものが確実さの源泉と見えたのだった。

私たちは「タルムード・トーラ」校、つまり律法の学校と誇らしげに呼ばれていた、ユダヤ教の古びた初等学校の体育館に集まり、互いに講師役になって、聖書の中に正義と、不正と、不正をくじく力を見つけようとした。新たなる圧政者はアハシュエロスやナブコドノゾルの再来とみなされた。だがカドシュ・バルクーは、「聖者よ、祝福されよ」と名づけられた方は、奴隷たちの鎖を断ち切り、エジプト人の戦車を沈めた方は、どこにいたのか？　モーセに法を告げ、エズラやネーミアらの救済者に霊感を与えた方は、もう誰にも霊感を与えず、私たちの頭上の空は空っぽで、沈黙していた。その方はポーランドのゲットーを絶滅させるままに放置した。そこで、私たちは孤立している、地上にも天上にも頼るべき味方はいない、抵抗する力は自分自身の中に見い出すしかない、という考えが、私たちの中に曖昧な形で、ひそやかに忍び入ってきたのだった。だから自分の限界を知ろうとした衝動も、あながち馬鹿げたものではなかったのだ。つまり何百キロも自転車で走り、未知の岩壁を激しい勢いで忍耐強くよじ登り、自ら望んで飢えや寒さや労苦に耐え、忍耐と決断の修業をつんだことだ。はたしてこのハーケンは岩の割れ目に入るか、入らないか、このザイルは体重を支えられるか、支えられないか。こうしたことも確実さを形成する根拠となったのだった。

化学は私にとって化学であることを止めた。化学は私たちを物質《マテリア》の中枢に導いていった。物質《マテリア》は、ファシズム好みの精神《スピリト》が私たちの敵であるがゆえに、私たちの同盟者であった。だが純粋化学の四年次になると、化学自体が、あるいは少なくとも私たちに与えられたものが、自分の疑問に答えられない事実を無視できなくなった。臭化ベンゼンやメティル・ヴァイオレットをガッターマンの著書通りに準備するのは面白く、楽しいことだったが、アルトゥーシの料理書通りに料理を作るのとさして変わりなかった。なぜこの方法を取るのか、他の方法ではだめなのか？　高校でファシズムの教義が啓示した真理をむりやり詰めこまれたので、証明なしに啓示された真理はみな私には退屈であったり、疑わしかったのだ。化学の理論は存在していたのか？　いや、そうではなかった。だからさらに先に進む必要があった。「いかに《クィア》」に満足するのではなく、根源に、数学や物理学にさかのぼる必要があった。化学の起源は下賤なものだった。あるいは少なくとも曖昧なものだった。錬金術師たちの巣窟、彼らの考えや言葉の忌むべき混乱状態、明らかな黄金への関心、山師や魔術師にふさわしい狡猾なごまかし。一方物理学の起源には、アルキメデスやユークリッドの、勇気あふれる西欧の明晰さがあった。だが私は「天が落ちても」物理学者になれなかった。学位なしでなるしかなかった。というのはヒトラーもムッソリーニもそれを禁じていたからだ。

四年次の化学の教程には短期間の物理学の演習が組みこまれていた。それは粘性、表面張力、回転力の測定などの単純なものばかりだった。授業を行なっていたのは若い助手だった。背が高く、やせていて、やや猫背で、親切で、驚くべきほど内気で、私たちには不慣れな振舞いをした。他の教授たちはほとんど例外なしに、自分の教える教科の重要性と卓越性を確信していた。何人かは誠心誠意そう信じていたのであり、他の教授たちは明らかに個人的優越、自分の縄張りの問題としてとらえていた。だがその助手は私たちに釈明し、私たちの側に身を置くかのような態度をとっていた。そのわずかにとまどったような、気品に満ちた皮肉っぽい微笑はこう語っているように思えた。「この旧式の使い古しの器具ではたいしたことはできないし、こうしたことが意味のない無益なことで、英知は別のところにあることは私にも分かっている。だがこれはきみたちが、そして私もしなければいけない仕事なのだから、どうかあまり器具を壊さずに、できるだけのことは学んでほしい」要するに、授業に出ていた女学生はすべて、彼を恋するようになったのだった。

私は当時、数ヵ月間、指導教授を見つけようとして、絶望的な努力をしていた。何人かは口をゆがめたり、尊大な口調で、人種法により禁じられていると答えた。他のものたちは曖昧でつじつまの合わない口実を述べ立てた。私はある晩、四番目か五番目の拒絶の回答を礼儀正しく受け流し、自転車で家路についていた。だが体に落胆と挫折感が外套のようにまつわりついているのを感じていた。私はヴァルペルガ・カルーソ街を気の乗らないままに走っていた。ヴァレンティーノ公園からは冷たい霧が押し寄せ、吹き抜けて行くのだった。もう夜になっていて、灯火管制で紫色に塗られた街灯の光は、霧や闇を突き破る力がなかった。わずかの通行人は足早に通り過ぎていった。その中で一人、私の注意を引くものがいた。その通行人は私の行く方向に大股でゆっくりと歩いていた。背をややかがめて歩く姿は助手に似ていた。助手本人だった。私はどうしていいか分からなくて、彼を追い越したが、勇気をふるい起こして引き返した。だがやはり、あえて声をかけようとしなかった。彼について何を知っていただろうか？　何も知らなかった。無関心だったり、偽善者だったり、敵であったかもしれなかった。だがせいぜいもう一度拒絶されるだけのことだと考え、彼の研究所の実験作業に加えてもらえないか、率直に訊いてみた。助手はびっくりして私を見た。彼は予期していた長広舌をふるう代わりに、聖書の言葉で単刀直入に言った。「私の後についてきなさい」と。

実験物理学研究所の内部は、幾世紀にも及ぶほこりと亡霊に満ちあふれていた。ガラス戸のついた戸棚がずらりと並び、その中には黄ばんだ書類がぎっしりと詰まっていて、ねずみや紙魚《しみ》に食われるままになっていた。それらは前世紀にまでさかのぼる食《しょく》の観察記録、地震の記録、気象通報などだった。廊下の脇の壁には、長さが一〇メートル以上もある、途方もないラッパがくくりつけてあったが、誰もその出所や目的や使い方を知らなかった。たぶん最後の審判の日を告げるためのもので、その時、姿を隠していたものがすべて姿を現わすのだろう。またアール・ヌーヴォー風の蒸気発生装置やヘロンの噴水など、何世紀も前から教室で見せ物に使われてきた、時代遅れの古ぼけたがらくたが一揃いあった。それは概念よりも振りつけが物を言う、俗流物理学の、痛ましくも無邪気な一例であった。奇術やトリックではなかったが、それと境を接するものだった。

助手は住居にしている一階の小部屋に私を迎えた。そこはわくわくさせるような未知の異なった器具類で占領されていた。分子の中には双極子をもっていて、電磁場の中で小さな磁石の針のような行動を示すものがある。ゆっくりとある方向を示したり、ほとんど反応しないものもある。条件によって、ある種の法則に大きく従ったり、わずかしか従わなかったりする。小部屋にあった機械装置は、そうした条件や欠落の多い反応を解析するためのものだった。それらは使ってくれる人を待っていた。助手は他の問題で忙しく（宇宙物理学の問題だ、ときちょうめんに説明した。その答えは私の体の芯を走り抜けた。私は目の前に正真正銘の宇宙物理学者を目にしていたのだった）、測定すべき物質を精製するのに必要なある種の操作方法に慣れていなかった。そのために化学者が必要で、歓迎すべき化学者とは私のことだった。彼は喜んで私に戦場と道具を委ねた。戦場とは二メートル四方の机とテーブルで、道具は一連の機械装置から成っていたが、中でも重要なのはヴェストファル天秤とヘテロダインだった。前者はもうよく知っていた。後者とはすぐに友だちになった。それは要するに無線受信機で、わずかな周波数の違いを感知するようになっていた。それは実際のところ、不意に同調しては、野良犬のように大声で吠え立てた。操作者が椅子で体の位置を変えたり、手を動かしたり、誰かが部屋の中に入ってくるだけでそうなった。それに一日の一定の時間帯には、モールス信号や、変調雑音や、声音の変わった、切れ切れの人の声が飛びこんできて、秘密情報の飛び交う込み入った世界をかい間見せるのだった。人の声は訳の分からない外国語だったり、イタリア語でも、意味不明の、暗号だった。それは戦争時の大混乱した無線通信だった。山や海の彼方の、船や飛行機上にいる未知のものから、また別の未知のものへと、伝達される死の通報だった。

山や海の彼方にはオンサーガーという名の賢人がいる、と助手は説明した。助手はこの人物が、液状である限り、あらゆる条件下での極性分子の行動を解明できる方程式を練り上げた、ということしか知らなかった。方程式は稀釈した溶液では有効だった。だが濃縮溶液や、純極性液や、純極性液の混合液で、その方程式の有効性を確認したものはいなかった。彼はこの実験を私に提案した。私は熱狂して、前後の見さかいなしにそうすると答えた。つまり一連の混合液を用意し、オンサーガーの方程式に合致するか、調べようとしたのだ。まず第一歩として、私は助手のできないことをしなければならなかった。当時は分析用の純粋な物質は手に入れにくかった。だから何週間かは、ベンゼン、クロロベンゼン、クロロフェノール、アミノフェノール、トルイジンなどの精製に専念しなければならなかった。

助手がどういう人物か知るには数時間接するだけで十分だった。三〇歳で、結婚したばかりで、トリエステ出身だが、祖先はギリシア人で、四ヵ国語に通じ、音楽と、ハクスレイ、イプセン、コンラッド、それに私のお気に入りのトーマス・マンを愛していた。物理学も愛していたが、ある目的を持った活動にはすべて疑いを抱いていた。だから気高いまでに怠惰であり、本性からファシズムを嫌悪していた。

彼の物理学への態度は私を当惑させた。彼は実験室で目の中に浮かべていた、「二次的な無意味な活動である」という考えをはっきりとした言葉で表明して、いささかのためらいもなく、私の最後の幻想のかけらを打ち砕いてしまった。私たちの慎ましい実験だけでなく、物理学全体が、その本性からして、召命において、見せかけの宇宙に規範を与えるよう定められているという意味で、二次的なものである。一方、真実、現実、事物や人間の内奥の本質は他の場所にあり、一枚のベールに、あるいは七枚のベールに被われている（何枚と言ったか、はっきりと思い出せない）。彼は物理学者、正確に言えば宇宙物理学者で、勤勉であり、熱意にあふれているが、幻想は抱いていない。真実ははるか彼方にあり、望遠鏡では近づけない。入会儀礼を受けたものだけが接近可能だ。それは長い道で、彼は苦労しながら、深い驚きと喜びを覚えつつ、その道のりをたどっている。物理学は散文だ。優雅な頭の体操、被創造者の鏡、人間が惑星を支配する鍵だ。だが被創造者の度量、人間、惑星の度量はどれくらいあるのか？　彼の道ははるかに長く、まだ入会儀礼を終えたばかりだ。しかし私は彼の弟子だ。彼に従うべきなのだろうか？

それは恐ろしい要求だった。助手の弟子になることは、私には一刻一刻、喜びが得られることを意味していた。それは以前には経験したことのない、曇りのない関係で、しかも相互に利益があるという確信から、より強固なものになるはずだった。私はユダヤ人で、最近の様々な変革により疎外され、懐疑的になっていた。暴力を憎んでいたが、まだそれと正反対の暴力が必要だとは確信していなかった。こうした私は、彼にとって理想の対話者、いかなるメッセージも書きこめる白い紙であるはずだった。

だが私は助手が用意してくれた巨大な幻想のかけらを飲みこもうとしなかった。その頃、ドイツ軍はベオクラードを破壊し、ギリシアの抵抗を打ち砕き、空からクレタ島に侵入していた。それが「真実」であり、「現実」であった。逃げ道はなかった。少なくともこの私にはなかった。地上に足をつけ、それ以上のものがないので双極子で遊戯をし、ベンゼンを精製し、未知の未来に向けて備えるほうが良かった。だがその未来はすぐ目前に迫っていて、悲惨なものになるのは確かだった。それに戦争と爆撃でひどい状態に陥った研究所でベンゼンを精製するのは、決して簡単なことではなかった。何でも自由にしていい、と助手は私に言った。地下室から屋根裏部屋までくまなく探し、どんな道具や材料でも自分のものにしていい。だが何かを買うのはだめだった。彼自身もそうできなかった。完全なる自給自足体制だったのだ。

地下室で私は九五％純度の、工業用ベンゼンの大びんを見つけた。何もないよりましだった。だが手引書は、まず精留し、次に水分を徹底的に除くために、カリウムで最終的な蒸留を行なうよう指示していた。精留とは部分的に蒸留することを意味した。規定よりも高温か低温で沸騰する部分を捨て、一定の温度で沸点に達する中心部分を集めることだった。私は無尽蔵の地下室の中で、必要なガラス器具類を見つけた。それには編みレースのように美しいヴィグルー蒸留管も含まれていた。ガラス職人の超人的な忍耐と熟練の作品だったが、その能力には疑問があった（私たちの間ではこう言っていたのだ）。湯煎はアルミ製の鍋で自作することになった。

蒸留はすてきな作業だ。何よりもまず、それは哲学的で静かな、ゆっくりとした仕事だからだ。それをしながらも、別のことを考えられる。自転車で走るのとよく似ていた。次に蒸留は物の姿を変える。液体から（目に見えない）蒸気に、そしてまた液体に戻る。だがこの往復運動で、つまり上にのぼり、下にさがることで、純粋な状態に達する。それは曖昧で魅惑的な状態で、化学から出発しながら、はるかなる彼方まで達するのだ。そして最後に、蒸留の作業を実際に始めると、もう何世紀もの間、宗教行為のようにして行なわれてきた儀式を繰り返しているという認識に達する。その作業の中で、不完全な物質から本質が、精髄が得られる。その代表例は、魂を喜ばせ、心を暖めるアルコールだ。私は満足できる純度の精留ベンゼンを得るのに丸二日間かかった。この作業には火を使うので、私は自分から人気のない、がらんとした、二階の小部屋に身を追放した。そこにやってくる物好きはいなかった。

今度はナトリウムを使って二度目の蒸留をすることになった。ナトリウムは退化した金属だ。日常的な言葉からではなく、ただ化学的意味での金属だ。固くもなく、弾性もなく、蠟のようにもろい。光沢もない。いや、正確に言うと、狂人のような注意を払って保存さえすれば光沢はある。だがそうでなければ、一瞬のうちに空気と反応し、表面にざらざらの醜い皮膜ができてしまう。また同じように一瞬のうちに水と反応する。浮いたまま（水面に浮かぶ金属なのだ）狂ったように踊り、水素を放出する。私は研究所の内奥を探し回ったが、無駄だった。アストルフォ〔アリオストの叙事詩『狂乱のオルランド』（一五三二）に登場する騎士で、狂気に陥ったオルランドの失われた正気を月世界で見つけた〕が月世界で見つけたような、ラベル付きのガラスびんを何ダースも、訳の分からない化合物を何百も、そして明らかに何世紀も前から手も触れられていない、無名の、はっきりしない沈澱物をたくさん見つけたが、ナトリウムはなかった。だがカリウムの入った小びんがあった。カリウムはナトリウムの双子のような物質だ。そこで私はその小びんを持って、自分の隠者の住まいに引き返した。

私はベンゼンのフラスコに「えんどう豆の半分ほどの大きさ」（と手引書にあった）のカリウムを入れ、全量を入念に蒸留した。そして作業の終わる間際に火をしかるべく消し、装置を取りはずし、フラスコの底に残ったわずかの液体がさめるのを待ち、先のとがった長い鉄の棒で、「えんどう豆の半分ほどの」カリウムを突き刺し、外に引き出した。

カリウムは前に述べたように、ナトリウムとよく似た物質だが、火や水とはずっと激しく反応する。周知のように（私も知っていたのだが）、水と接触すると、水素を放出するだけではなく、燃え上がる。だから私はその小さなかけらを聖人の遺骨のように取り扱った。それを乾いた濾紙の上に置き、包みこんで、研究所の中庭に降り、小さな墓を掘って、悪魔にとりつかれた小さな死体を葬ったのだ。土をよく踏み固めてから、私はまた仕事に戻った。

空になったフラスコを手に取り、蛇口の下に持っていって、蛇口をひねった。乾いた爆発音がすると、フラスコの首から炎が上がり、流しの近くの窓まで達して、カーテンが燃え上がった。原始的なものでもいいから、ともかく火を消すものを探そうともたついていると、鎧戸の板もこげ始め、部屋は煙でいっぱいになった。椅子を何とか引き寄せ、カーテンを引きちぎることができた。それを床に投げつけ、激しい勢いで踏みつけた。その時は煙で目は半分見えなくなり、血管が額で激しく脈打っているのが感じられた。

事が終わり、火のついた布きれがみな消しとめられると、私は膝の力が抜けたまま、呆けたように、その場にぼう然と立ちつくした。その災難の跡は目に入ってはいたが、はっきりと意識することはできなかった。やっと息がつけるようになると、下に降りて、何が起きたか助手に話した。悲惨な境遇の中で幸福な時を思い出すことほどつらいことはない、というのが事実なのだとしたら、静かに机に向かい、平穏な心の状態で、激しい不安を思い出すのはとても深い満足が得られる、というのも同じように真実である。

助手は私の報告に礼儀正しく耳を傾けていたが、物珍しげな態度が見えた。いったい誰がそうした航海に乗り出すように強いたというのか？　誰がそうした注意を払ってベンゼンを蒸留しろと命じたのか？　結局、それは私のためになった。門外漢に、つまり神殿の中に入らずに、門の前でぐずぐずと遊んでいるものに、よく起こることなのだ。だが彼は何も言わなかった。その時は（いつものようにいやいやだったが）位階に従って距離を取り、空のフラスコに火がつくはずはないと強調した。だから空でなかったに違いない。少なくともベンゼンの蒸気は中にあったはずだ。もちろん口から入った空気もあったろうが。だが冷えたベンゼン蒸気が自然に発火することはない。ベンゼンと空気の混合体を燃やしたのはカリウム以外にはない。だが私は外に引っぱり出していた。すべてを？

すべてです、と私は答えた。しかし疑いが湧いてきて、事故の現場にまた上っていった。床にはフラスコのかけらがまだ散乱していた。その一つをよく見ると、白いしみがかすかについているのがかろうじて見て取れた。フェノールフタレインで試験してみると、アルカリ性だった。水酸化カリウムだった。犯人は見つかった。カリウムの微細な小片がフラスコのガラスに付着したに違いなかった。それは私が注ぎ入れた水に反応して、ベンゼンの蒸気を爆発させるのに十分な量だったのだ。

　助手は楽しんでいるような、かすかに皮肉をこめた目つきで私を見た。何かするよりもしないほうがいい、行動よりも瞑想のほうがいい、悪臭と爆発と意味のない小さな秘密のこねあわせである私の化学よりも、不可知なものへの入口である彼の宇宙物理学のほうがいい。私はより地に足を降ろした、より具体的な、別の種類の道徳について考えた。これは戦う化学者だったら誰でも確信していることだと思う。つまり、ほとんど同じ（ナトリウムはカリウムとほとんど同じである、だがナトリウムだったら何も起こらなかっただろう）、実質的には同一、おおよそ同じ、別の見方からは同じ、ということを信用しないこと、あらゆる代用品や応急修理を疑ってかかることだ。その差はわずかかもしれないが、鉄道のポイントのようにまったく別の結果をもたらすことがある。化学者の仕事の大部分は、この種の差に注意し、それをよく理解し、結果を予想することから成り立っている。だがそれは化学者だけの仕事ではないのだ。

・6・ ニッケル

Nichel

私は机の引き出しに縁飾りのついた羊皮紙を保存していた。それには優雅な書体で、ユダヤ人種のプリーモ・レーヴィに評点一一〇点と賛辞付きで化学の学位を授与する、と書かれていた。つまりそれは栄誉と嘲笑、赦免と断罪が入り混じった、両刃の剣のような書類だった。一九四一年の七月に引き出しに収めたのだが、今では一一月も終わっていた。その間に世界は破局に陥っていた。しかし、私の周囲では何も起きていなかった。ドイツ人はポーランド、ノルウェー、オランダ、フランス、ユーゴスラヴィアに侵略の手を伸ばし、ナイフがバターを切るようにして、ロシアの平原に侵入していた。アメリカはイギリス人の援助に乗り出さずに、孤立するままにしていた。私は仕事が見つからずに、何か少しでも金になる仕事を見つけようと身をすり減らしていた。隣りの部屋では、腫瘍に生命力を奪われた父が、最後の日々を生きていた。

ドアのベルが鳴り、背が高くやせた若者が現われた。国王軍の中尉の軍服を着ていた。彼が魂を冥府に導くヘルメスか、お告げの天使のような使者であることはすぐに分かった。つまり彼は、意識している、していないにかかわらず、みなが待ち望んでいるもの、今までの人生を変える、天からの通達をもたらすものだった。だが人生を良く変えるのか悪く変えるのか、口を開くまでは、見当がつかないのだった。

彼が口を開くと、強いトスカーナ訛が聞こえた。レーヴィ学士を訪ねてきたのだった。それは、信じられないことに、私のほうだった（まだ「学士」と呼ばれることに私は慣れていなかった）。彼は洗練された態度で自己紹介すると、仕事をしてくれないかと申し出た。誰が私を推薦したのだろうか？　もう一人のヘルメスであるカゼッリだ。他人の評判を守る、頑固一徹の管理人なのだ。私の卒業証書に付いた「賛辞」は何らかの役に立ったわけだった。

私がユダヤ人であることを中尉は承知していたようだったが（私の姓を見ればほとんど疑問の余地はなかった）、さして気に止めている様子はなかった。むしろそうした状況が気に入っていて、人種隔離法に背くことにぞくぞくするような、微妙な喜びを感じているようだった。要するに彼はひそかな同盟者で、私の中に同盟者を求めていたらしかった。

彼が申し出た仕事は謎に包まれ、魅力的だった。「ある所に」鉱山があり、そこでは二%の有用物が抽出され（それが何かは言わなかった）、九八%が不用物として近くの谷に捨てられている。その不用物の中にニッケルが含まれている。微量だが、値段が高騰しているので、回収は考慮に値する。彼にはあるアイデアが、一連のアイデアがあるのだが、兵役についていて、時間がない。私は彼の代わりに実験室でそのアイデアを試し、もし可能なら、その後、彼とともに工業化を検討する。私がその「ある場所」に移らなければならないことは明らかだった。彼はその場所を簡単に説明した。私の移住は二重の秘密を保った上で行なわれなければならなかった。まず第一に、私の保護のために、私の名や忌まわしい出自は知られてはならなかった。その場所は軍の管理下にあったからだ。第二に、彼のアイデアを保護するために、私は名誉にかけて、誰にもそれをもらしてはならなかった。一つの秘密が別の秘密を強化するのは明らかで、私のカースト外の地位が、ある程度は彼に都合が良かったのだった。

それでは彼のアイデアとは何か、その場所はどこなのか？　中尉はわびた。私が原則を受け入れるまで、多くを言えないのは明らかだった。いずれにせよ、アイデアとは不用物をガス状の状態で攻撃することであり、場所はトリーノから数時間で行けるところだった。私は手早く家族と相談した。家族は同意した。父が病いに倒れ、家ではすぐに金が必要だった。私自身は少しもためらいを感じなかった。何も活動できずに消耗していたが、自分の化学の知識には自信があり、それを実際に試してみたかった。それに中尉は私の興味を引いたし、好感が持てた。

中尉がいやいや制服を着ているのはよく分かった。彼が私を選んだのは、有用性を考えただけではないのに違いなかった。戦争とファシズムのことは、陽気さの中に悪意をこめて、控え目に話した。それを理解するのは難しくはなかった。それはイタリア人のある世代全体が持っていた皮肉な陽気さだった。ファシズムを拒絶するにはあまりにも頭が良くて正直だったが、積極的に反対するにはあまりにも懐疑的で、しかも姿を見せつつある悲劇を受動的に受け入れ、明日に絶望してしまうにはあまりにも若すぎた世代の陽気さだった。もし未来を先取りしたような人種法が制定されなかったなら、もし私が早めに成熟を強いられ、選択を余儀なくされなかったなら、私もその中に属していたに違いなかった。

中尉は私の同意を受け入れ、間髪を入れずに、翌日駅で会うことを約束した。だがどんな準備が必要なのだろうか？　多くはいらなかった。もちろん身分証明書は必要なかった（後で分かるように、私は名なしか、偽名で、秘密裡に働くはずだった）。厚手の服は山用のものでよかった。白衣、そしてもし望むなら、本。残りのものについては何も難しいことはなかった。暖房つきの部屋と実験室があるし、鉱夫の家で食事ができるし、同僚はみないい人たちばかりだった。だが、分かりきった理由から、あまり仲良くならないように、と忠告するのだった。

私たちは出発し、汽車から降りて、目のさめるように美しい樹氷の森の中を、五キロほど登って鉱山に着いた。中尉はせっかちで、私を監督にそっけなく紹介した。監督は背が高く、活力あふれる若い技師だったが、輪にかけてせっかちで、しかも私の事情はもう承知していた。実験室に案内されると、そこには変わった人物が待っていた。一八歳ぐらいの大柄な娘で、髪は火のように赤く、目は緑色で、やぶにらみで、好奇心と狡猾さをその底に宿していた。彼女が私の助手になるはずだった。

その日の食事は、例外として、事務所の建物の広間でとることになったのだが、その最中にラジオが、日本軍の真珠湾攻撃とアメリカへの宣戦布告を伝えた。会食者たちは

（中尉の外に事務員が何人かいた）様々な形でそのニュースを受けとめた。中尉を含めた何人かは私に用心深い視線を投げながら、慎重な態度を示した。不安げな意見を述べるものもいた。また日本軍やドイツ軍の折り紙付きの無敵さを、好戦的に主張するものもいた。

こうして「ある場所」は実在の空間に位置を占めたのだが、その魔力を少しも失わなかった。あらゆる鉱山は魔術的雰囲気を常にたたえている。大地の内奥には地の精や小鬼《コボルド》（コバルト）や幽鬼《ニッケル》（ニッケル）がひしめいていて、寛大にも、宝をつるはしに掘りあてさせるかと思うと、価値の低い黄鉄鉱を黄金のように輝かせたり、亜鉛に錫の衣裳を着せたりして目をくらまし、あざむくのだった。実際、多くの鉱物の語源には、「あざむき、ごまかし、目くらまし」などの意味が含まれているのだ。

その鉱山にも独特の魔力、野生の魅力があった。岩と藪しかない、ずんぐりした不毛の丘をえぐるようにして、四〇〇メートルほどの直径の人工の噴火口が、巨大な円錐形の深淵が口を開いていた。『神曲』の一覧表の中の、地獄の略図にそっくりだった。その円周に沿って、毎日、発破が何本も続けて爆発していた。円錐の傾斜は、爆破された岩石が下まですべり落ちるか、急激な勢いをつけないよう、最小限に抑えられていた。穴の底にはルシフェルの代わりに、頑丈な開閉式の扉があった。その下には垂直の狭い井戸があり、細長い水平の坑道に通じていた。その坑道は丘を貫き、工場の上部で外に出ていた。坑道の中には密閉された汽車が走っていた。小さいが馬力のある機関車が貨車を開閉式の扉の下に一台ずつ置き、貨車がいっぱいになると、星を求めて、外に引っぱり出すのだった。

工場は坑口の下の丘の斜面に階段状に作られていた。鉱石はそこにある巨大な砕岩機で砕かれていた。監督は子供のような情熱をこめて、それを指し、説明してくれた。それは逆さまになった鐘、あるいは西洋ひるがおの花のような格好をした、直径四メートルほどの鋼鉄のかたまりだった。その中心には巨大な鐘の舌が吊り下げられて揺れていた。その鐘の舌は下から操作するようになっていた。舌はかろうじて目に見えるほどしか揺れていなかったが、汽車から降り注いでくる鉱石を一瞬のうちに砕いてしまうのだった。鉱石は砕かれると、下のほうに沈んでゆき、また砕かれて、人間の頭ぐらいの大きさになって下から出てきた。作業は大破局《アポカリプス》の時のような騒音の中で行なわれ、その砂ぼこりは平野のほうからも見えた。鉱石はさらに砂利石大に砕かれ、乾燥、選別が行なわれる。このけた外れの作業の最終目的を確かめるのには、たいした時間はかからない。中に閉じこめられたわずか二%の石綿を岩から取り出すことなのだ。一日に何千トンと出るそれ以外の岩は、ごちゃごちゃのまま谷に捨てられていた。

谷は年年、砂利と砂ぼこりからなる緩慢なだれに埋め尽くされていった。中にまだ含まれている石綿のために、砂利の表面はややすべすべして、ゆったりと均質に見えた。遠目は氷のようだった。表面に黒い岩がつき出している、その灰色の舌は、年に数十メートルほど、倦むことなく、骨を折りながらも、下のほうにゆっくりとすべり落ちていた。それは谷の両岸に大きな圧力をかけ、岩に斜め方向の深い割れ目を何本も走らせ、下のほうに作られたいくつかの建物を年に数センチ移動させた。私は静かに漂流しているために、「潜水艦」とあだ名されていた、そうした建物の一つに住むことになった。

石綿がいたるところに灰色の雪のように降り積もっていた。もし本を机の上に何時間か置いておき、持ち上げると、ネガのように黒く跡が残った。屋根は厚い砂ぼこりの層に覆われ、雨の日はスポンジのように雨を吸いこみ、不意に音を立てて地面にすべり落ちるのだった。鉱夫頭はアンテオ〔大地の巨人、アンタイオスのイタリア名〕という名だった。でっぷりと太った巨人で、黒いひげをはやし、まさに母なる大地からその活力を引き出していたかのようだった。彼が語ってくれたところによると、何年も前に雨が降り続いて、採掘場から何トンもの石綿を洗い流したことがあった。石綿は円錐の底の、開閉弁の上にたまり、固まって、いつの間にか栓のようになってしまった。だが誰もそのことに注意を払わなかった。雨は降り続き、円錐はじょうごのようになって、栓の上に二千立方メートルほどの水が湖のようにたまったが、それでも誰も気にとめなかった。アンテオは良くない状況だと思い、当時の監督に何か策を講じるように言いつのった。彼は優秀な鉱夫頭として、水中発破を湖の底で即座に爆発させることを考えていた。だがこのほうがいい、あのほうがいい、危険かもしれない、弁が傷む、重役会の意見を訊かなければ、などと議論が出て、誰も決断を下さないうちに、鉱山自体が、その邪悪な本性を発揮して、決着をつけてしまった。

賢人たちが論議を重ねている時に、鈍い爆発音が聞こえた。栓が抜けて、水が井戸から坑道に入りこみ、貨車もろとも機関車を押し流し、工場を破壊したのだ。アンテオは洪水の跡を示した。傾いた坑道面から二メートルも上のところにあった。

作業員や鉱夫（地元の俗語では《年少者《ミノーリ》》と言っていた）は、二時間ほど山道を行ったところにある、近くの村から来ていた。事務職員は現場に住んでいた。平原までは五キロしかなかったが、鉱山はあらゆる点で独立した小共和国だった。あの配給と闇市場の時代に、そこでは食料配給の問題などなかった。どのようにしていたかは分からないが、みなが何でも持っていた。多くの従業員は四角い事務所の建物のまわりに菜園を作っていた。また鶏小屋を持っているものもいた。その鶏が他人の菜園に入りこみ、畑を荒らす事件が何度か起きて、煩わしい争いごとや復讐がなされたのだった。それはその場所の静けさや、監督のそっけない性格にあわなかった。彼は自分なりの考え方に従って問題を解決してしまった。フロベール銃を一丁買い入れ、事務所の壁に釘でかけ、他人の鶏が自分の畑をつっついているのを見たら、銃を取って二度撃てることにしたのだった。ただし現行犯の現場をつかまえなければならなかった。もし鶏が畑の中で死んだら、死体は撃った人のものになった。これが取り決めだった。こうした措置がとられた直後は、多くのものが銃を取りに走り、弾を発射するのが見られた。直接関係のないものはみな賭をしていた。だがそのうちにこうした境界侵犯はなくなった。

このほかにも驚くような話を聞かされた。たとえばピスタミリオ氏の犬の話だ。ピスタミリオ氏はもう何年も前にいなくなっていたのだが、その思い出は生き続けていて、ありがちなことだが、伝説の金色のベールがかかっていた。彼は有能な現場主任で、若くはなかったが、独身で、良識にあふれ、誰からも尊敬されていた。彼の犬は美しいシェパードで、同じように正直で評判が良かった。

あるクリスマスの日に、下の谷のほうの村で、一番太った七面鳥が四羽姿を消したことがあった。だがしかたがなかった。泥棒か狐のしわざだと思われ、そのままうやむやになった。だが次の年の冬になると、一一月から一二月にかけて、七羽の七面鳥が消えてしまった。憲兵隊に告発がなされたが、謎は解けなかった。だがある晩ピスタミリオ氏が飲みすぎて、口をすべらせてしまった。七面鳥泥棒は彼と犬だったのだ。日曜日に彼は犬を連れて村に行き、農家を回って、どこの七面鳥が一番太っていて、警戒が手薄か、犬に見させたのだ。彼は一軒ごとに犬に一番良いやり方を教えた。鉱山に帰り、夜になると犬を放した。犬は本物の狼のように壁沿いにはって進んで、姿を見られないようにして農家に近づき、鶏小屋の囲いを飛びこえたり、下に穴を掘って、物音も立てずに七面鳥を殺し、共犯者のもとに運んできたのだ。ピスタミリオ氏は七面鳥を売ったことはなかった。一番信頼できる説によると、愛人たちに配っていたそうだ。年老いた、醜い愛人たちがたくさんいて、ピエモンテ州のプレアルプス地方の全域に散らばっていたのだ。

私はたくさんの話をきかされた。鉱山の五〇人の住民全員がお互いに、組み合わせ理論のように、二対二で反応しあっていたようだった。つまりおのおのが他の残りの全員と、特にそれぞれの男が未婚既婚を問わずすべての女と、あらゆる女がすべての男と、関係があったかのようだったのだ。でたらめに二人の人物を選び出し、特にそれが異性だと好都合なのだが、第三者に意見を求めてみればよかった。「あの二人の間に何があったんだい？」すると素晴らしい話がよどみなくつむぎ出されるのだった。それというのも、おのおのが全員の話を知っていたからだ。時にはひどく込み入った、内密なできごとが、なぜいとも簡単に私に打ち明けられたのか、よく分からない。私はそのお返しに何も語れなかったし、本当の名前さえ明かせなかったのだ。たぶんそれが私の定めだったのだろう（このことを嘆こうとは思わない）。私は多くの物ごとを打ち明けられる質《たち》の人間なのだ。

私はピスタミリオ氏よりもはるか昔にさかのぼる、遠い時代の英雄譚を、様々な語り手の話で、記憶することになった。かつて鉱山の事務所にゴモラのような体制が支配した時期があった。その伝説的な時期には、五時半にサイレンが鳴っても、事務員は誰一人として家に帰らなかった。それを合図に机の間から酒とクッションが飛び出し、男女すべてを巻きこんだらんちき騒ぎが始まった。それにはまだ羽のはえてないタイピストから、髪の薄くなった会計係まで、当時の監督から、障害者の守衛まで参加した。鉱山の机仕事という悲しいロンドは、毎晩不意に、階級を越えた際限のない姦淫に座をゆずった。それは大っぴらで、様々な形に入り組んでいた。だが私たちの時代まで生き延びて、じかに証言できる生き残りは一人もいなかった。大赤字が続いたため、ミラーノの重役会の思い切った介入と粛清を余儀なくされたのだ。ただ一人の例外はボルトラッソ夫人だった。彼女はすべてを見て、何でも知っているとみながうけあったが、当人は極度の慎しみ深さから、何も話さなかった。

ボルトラッソ夫人は、何よりも、仕事でどうしても必要な場合以外は、誰とも口をきかなかった。現在の名前になる前はジーナ・デッレ・ベンネという名だった。事務所でタイピストをしていた彼女は、一九歳の時に、細っそりとした、赤みがかった金髪の若い鉱夫に恋をした。鉱夫はその愛に答えなかったが、ともかく愛を受け入れるふりをした。ところが「彼女の家のものたち」が頑固だった。彼女を勉強させるためにたくさん金を使ったのだから、彼女は感謝の念を示し、初めて出会ったそこらの男とではなく、面目の立つ男と結婚をしなければならなかった。女にこうしたことは分からないのだから、両親が良縁を見つけるほうがよかった。その赤毛の男を捨てるか、さもなければ鉱山をやめ、家を出るかだった。

ジーナは二一歳になるのを待つつもりでいた（あと二年しかなかった）。しかし赤毛の男は彼女を待たなかった。日曜日に別の女を連れて外出し、また別の女に変え、四番目の女と結婚した。ジーナはその時つらい決断をした。もし大事に思った男と一緒になれなかったのなら、残るのはただ一つ、誰のものにもならないことだ。修道女になるのはいやだった。近代的な考えを持っていたからだ。だが洗練された冷酷なやり方で、永遠に結婚しない方法があった。つまり婚礼をあげる方法で。彼女は今では有能な事務員になっていた。鉄の記憶力と模範になるほどの勤勉さを備え、鉱山の運営に欠かせない存在になっていた。彼女は両親、上司を含むすべての人に、鉱山のうすのろ、ボルトラッソと結婚すると告げた。

ボルトラッソは中年の労働者で、らばのように強く、雄豚のように不潔だった。だが完全な馬鹿ではなかったに違いない。おそらく、ピエモンテ地方で、塩税を払わないため狂人になる、という言い方に属する人物だったのだろう。彼は頭の弱いものに与えられる免除特権の傘の下で、庭師の仕事をできる限りなおざりにしていた。それは原始的な狡猾さと紙一重だった。すべてが好都合だった。何ごとにも責任がなく、世間は彼をそうしたものとして耐え忍んだ。あまつさえ、扶養してめんどうを見なければならなかったのだ。

石綿は雨に濡れると抽出しにくくなるので、鉱山では雨量計がとても大事だった。雨量計は花壇の真ん中にあり、監督自身がそのデータを取り出していた。ボルトラッソは毎朝花壇に水をやっていたが、雨量計にも水をやり始めて、抽出コストの資料をだいなしにしてしまった。監督はすぐにではなかったが、それに気づき、水をかけるのをやめるよう命じた。ボルトラッソは「水がないほうがいいんだ」と考えた。そして雨が降るたびに雨量計の底の弁を開けてしまうのだった。

私が鉱山に来た時、しばらく前から状況は収まっていた。ボルトラッソ夫人になったジーナは、三〇代の後半に達していた。彼女のつつましやかな美しさは硬直して、支度ずみのはりつめた仮面となって顔にはりつき、長びいた純潔の傷跡をあらわにしていた。というのも彼女は処女のままだったからだ。みながそれを知っていた。ボルトラッソが触れ回ったからだ。それが結婚した時の条件だった。彼はそれを受け入れた。だがその後、毎晩のように、妻のベッドを侵そうと努めたのだった。しかし彼女は激しい勢いで身を守り、いまだに守っていた。男は誰一人として、特に誰よりも彼は、彼女に手を触れられないはずだった。

この悲しい夫婦の夜の戦いは鉱山中の評判になり、わずかばかりの呼びものの一つになった。私が着いたばかりのある暖かい晩に、「愛好家《アフィシオナドス》」たちの一群が、何が起きるか聞きに行こうと私を誘いに来た。私は行かなかった。彼らはしばらくして、落胆して帰ってきた。「黒い顔」のメロディーを吹くトロンボーンの音しか聞こえなかったのだ。時々こうしたことになる、と説明した。彼は音楽好きのうすのろで、音楽で気晴らしをしていたのだった。

私は初日から自分の仕事が好きになった。その時の段階では、鉱石見本の定量分析にしかすぎなかったにもかかわらず。試料をフッ化水素酸で攻撃し、アンモニアで鉄を、ピルビンアルデヒドでニッケルを（なんとわずかか！　ピンクの沈澱物が一つまみだ）、リン酸塩でマグネシウムを取り出す。毎日の聖なる日々に、同じことをいつも繰り返す。こうしたこと自体には、さほど刺激的なことはなかった。目新しく刺激的だったのは別の感覚だった。分析すべき見本はもはや、作られた無名の粉末、クイズの物質ではなかった。それは大地の臓腑とも言うべき岩の一片で、発破の力で大地から取り去られたものだった。そして日々の分析データから少しずつ、地下の鉱脈の地図が、見取り図ができあがった。一七年間学校に通い、動詞の変化やペロポネソス戦争を学んだ後、初めて学んだことが役に立ち始めた。感動に乏しく、花崗岩のように重々しい定量分析が、生き生きした、真実の、有用なものとなり、具体的で真面目な作業の中に組み入れられた。それは役に立っていた。ある計画の中にはめこまれ、モザイクの一片となった。私が行なった分析法はもはや机上の教理ではなく、原因の究明、試験、誤りの調査などを微妙に組み合わせて、毎日検証し、より尖鋭にし、私たちの目的に合致させることができるものだった。誤りを犯すことはもはや、試験に失敗したり、成績を下げることにつながる、滑稽味をおびた災難ではなかった。岩場に登る時のように、自分の力を試すこと、自分に気づくこと、階段を一段登ること、自分をより熟練させ、適合させることだった。

実験室付きの娘はアリーダといった。彼女は私の新信者としての熱狂の介添えをしたが、それを分かちあうことはなかった。むしろ驚き、少しばかりいらいらしたのだった。だが彼女の存在は不快ではなかった。古典高校を出ていて、ピンダロスやサッフォーの引用ができた。まったく無害な地元のファシスト党員の娘で、ずるく、怠惰で、何ごとも気にとめていなかった。特に、中尉からやり方を機械的に教わっていた岩石の分析は、鼻にもかけていなかった。彼女もまた他のみながそうであるように、様々な人々と相互反応をしていたが、それを私に隠そうとはしなかった。前に述べた、告白を引き出す、私の奇妙な能力のおかげだった。彼女は漠然とした敵対心から多くの女といさかいをし、少しずつ多くの男を恋し、一人に首ったけになったが、別の男と婚約した。それは陰気で目立たない、技術部の事務員で、同じ村の出身だった。両親が彼女のために選んでくれたのだった。だがこの男のことも、彼女は気にとめていなかった。いったい何をすべきだったのだろうか？　反抗するのか？　家を出るのか？　いいや、彼女は良家の娘だった。彼女の未来は子供を生み、かまどを守ることだった。サッフォーやピンダロスは過去のものであり、ニッケルは訳の分からない一時期の埋め草でしかなかった。少しも熱望していない結婚を待ちながら、彼女は実験室でいやいや働いていた。沈殿物を気のりのしないまま洗浄し、ピルビンアルデヒド＝ニッケルを計量したが、分析結果を水ましするのは不都合だと説得するのに骨を折らなければならなかった。彼女は今までそうしがちだった。しばしばそうしたことを告白した。なぜなら誰にも、少しも負担にならないし、監督にも、中尉にも、私にも気に入ってもらえるからだった。

それに結局のところ、中尉と私が一生懸命になっているその化学とは、いったい何なのかしら？　水と火、ただそれだけ。料理と同じじゃない。そう、食欲の湧かない料理。鼻を刺す、いやなにおい。家庭的ないいにおいなど少しもしない。そうでなくても、そこでも大エプロンをつけ、かき混ぜたり、手にやけどしたり、一日の終わりには後片づけをしたりする必要がある。アリーダには逃げ道がなかった。彼女は私が語るトリーノの生活のあり様を、イタリア人特有の懐疑主義を交えながらも、呵責に満ちた敬虔さを持って聞いた。私の話には語られないことが多かった。彼女も私も、私の身元を隠すというゲームをしなければならなかったからだ。だが何かが外に現われずにはいられなかった。ほかならぬ、私の隠しだてをする態度からだった。何週間かたつと、自分が名のない人間ではないことに気づいた。私は二人称でも、三人称で話す時も、レーヴィ学士とは呼んではいけないレーヴィ学士だった。それは礼儀作法のためであり、めんどうを起こさないためだった。噂話好きだが、寛容な雰囲気の漂う採掘場の中で、私が占める身分の枠外の、定まらない地位と、穏やかな振舞いという位相のずれは、人々の目を引いた。アリーダが打ち明けてくれたところによると、私の正体については、ＯＶＲＡ（反ファシズム抑圧監視機構）の工作員から強力な後ろ盾のある人物という説まで、長い間、様々な解釈が飛びかっていたのだった。

谷の村に降りるのは不便だったし、私にとっては思慮ある行動とは言えなかった。というのは、私は誰とも親しくなれなかったからだ。採掘場での夜は果てしがなかった。時にはサイレンが鳴っても実験室に残ったり、夕食の後で、ニッケルについて勉強したり考えたりするために、実験室に戻ったりした。さもなければ「潜水艦」の中の、修道士向きにあつらえられたような小部屋に閉じこもり、『ヤコブの物語』を読んだ。月の夜にはしばしば、採掘場の荒涼とした敷地を、一人きりで長々と歩いた。噴火口のような採掘口の端に身をのり出したり、でこぼこで灰色の堆積が広がる鉱石捨て場の真ん中まで足を踏み入れた。そこでは不思議にも地面が震えたり、きしむ音が聞こえた。本当にそこに地の精たちが巣を作り、せわしなく働いているかと思えた。闇夜のしじまを、下方の目に見えない谷に住む、犬の遠い吠え声が、時々破っていった。

アメリカ軍がバターン半島で破れ、ドイツ軍はクリミア半島で勝利を収めていた。罠があんぐりと口を開き、閉じようとしていた。そして父がトリーノで死にかけていた。だが夜の散歩はこうした不吉な考えを一時的にそらしてくれた。この夜の散歩のおかげで、学校で学んだ自然を賛美する美辞麗句よりも、ずっと真剣で新しい関係を、薮や岩と持つことができるようになった。藪や石は私の島であり、自由であった。すぐにも失いかねない自由であった。私は安らぎをもたらすことのない岩々に、もろくもはかない愛情を感じた。私は岩と二重の関係を結んだのだった。初めはサンドロとの冒険で。二度目は鉱山で、化学者として、中から宝物を取り出そうとして。この石への愛と、石綿に包まれた孤独の中から、なかなか明けない長い夜に、島と自由についての二つの物語が生まれたのだった。高校の作文で苦しめられて以来、初めて書こうという意欲を持って書いた作品だった。第一のものは、私の遠い先駆者のことを想像したものだ。もっともニッケルではなく、鉛の探鉱者だ。もう一つの話は水銀のようにとらえどころがない。当時、たまたま目にした、トリスタン・ダ・クーニャ島の記述に着想を得たものだった。

中尉はトリーノで軍務についていたから、週に一日しか採掘場にやって来られなかった。彼は私の仕事を点検すると、次の週のために、指示と助言を残した。彼は優秀な化学者であり、鋭敏で執拗な研究者であることが分かった。毎日の決まりきった分析の仕事をしながら、私は短い方向づけの期間を終えた。今ではより高みをめざす仕事が形を取り始めた。

採掘場の石には確かにニッケルが含まれていた。だがほんのわずかで、私たちの分析によると、平均〇・二%だった。地球の反対側のカナダやニューカレドニアで、私の同僚のライバルたちが採掘している鉱山に比べたら、滑稽なほどの量だった。しかし原鉱石を濃縮する方法があるのではないだろうか？　私は中尉の指導のもとで、ありとあらゆる方法を試みた。磁力分離、浮遊選鉱、水洗選鉱、櫛分け選鉱、重液体選鉱、振動板選鉱。だが、いかなる成果も得られなかった。濃縮はまったくなされなかった。分離された試料のニッケル含有量は、かたくななまでに、もとと同じだった。自然は私たちを助けてくれなかった。私たちはこう結論を下さざるをえなかった。ニッケルは二価鉄と結合していて、代理司教のように代理を勤め、うすれゆく影のようにつき従っている、と。まるで小さな兄弟のようだった。〇・二%のニッケルと八%の鉄の組み合わせだった。ニッケルに作用する、考えられる限りの試薬は、四〇倍以上用いなければならなかった。それもマグネシウムを抜きにしての話だった。経済的には見込みのない企てだった。私はどっと疲れを覚え、私を取り巻く岩の、プレアルプス地方の緑色の蛇紋岩の、石鉄隕石のような、敵意を秘めた、異質な固さを、すべてそのまま感じた。それに比べると、すでに春の装いをまとっていた谷の木々は、私たちと同じで、生きていた。口はきかなかったが、暑さ寒さを感じ、喜び、苦しみ、生まれ、死に、風に花粉をまき散らし、回転する太陽をひっそりと追っていた。しかし石は違っていた。活力を取り入れることなく、原初から生命を欠き、敵意を秘めた、純粋に受動的な存在だった。それはどっしりとした要塞であり、私は稜保から稜保へと防御を解除して、隠れた妖精を、気まぐれな幽鬼《ニッケル》を捕えなければならなかった。それはあちこち飛び回る、捕えどころのない、意地悪な小妖精で、長い耳を立て、いつも身構えていて、探鉱者のつるはしを素早くかわしては、あっけにとられたまま置き去りにするのだった。

だがもはや地の精や小鬼や幽鬼の時代ではなかった。私たちは化学者、つまり狩猟者だった。私たちには、パヴェーゼ〔一九〇八〜五〇。ネオリアリズム文学を代表する作家、詩人〕の言った「大人の両極端の経験」しかなかった。成功するか、失敗するか、白鯨を殺すか、船をばらばらにされるか。訳の分からない物質に降参してはならなかった、座ったままでいてはならなかった。間違いを訂正するために、打撃に耐えて打ち返すために、まさにそのために私たちはその場にいた。戦意を失ってはならなかった。自然は込み入っていて広大だ。だが知性が入りこめないことはない。だからその周囲をめぐり、突き刺し、測定し、突破口を探したり、自分で作ったりする必要があった。毎週中尉と交わす私の会話は、戦闘計画のようになった。

試してみた数多くの試みの中に、岩を水素で還元する方法があった。私たちは細かく粉砕した試料を磁器の船形炉に入れ、それを石英製の管の中に収めた。そして管を外部から熱し、水素を通した。水素がニッケルと結合した酸素を奪い取り、ニッケルを還元して、裸の金属として残してくれないかと期待したのだった。金属ニッケルは鉄と同じで磁性を持つから、もし見通し通りにいけば、磁石を使って、ニッケルそのものか、鉄との化合物を、分離するのは容易なはずだった。だが処理を終えて、試料を溶かした懸濁液の中で、強力な磁石を動かしても、無駄だった。一つまみの鉄しか取れなかった。はっきりした、悲しい結果だった。水素はその状態では何も還元しなかったのだ。ニッケルは鉄とともに、蛇紋岩の構造の中にしっかりと組みこまれ、シリカや水と緊密に結合して、いわばその状態に満足しており、他のものを受け入れる気がなかった。

だがその構造をばらばらにしたらどうだろう？　この考えは顔も知らない私の前任者が作った、ほこりまみれの古い図表をたまたま手にした日に、電灯がともるようにしてひらめいたのだった。それは採掘場の石綿の温度差による重量変化を報告したものだった。石綿は一五〇℃でやや水分を失い、八〇〇℃付近までは表面上は変化はない。だが八〇〇℃で重量が急激に、一二％減ることが記されていた。そして前任者は「もろくなる」と注記していた。石綿は蛇紋岩の中に組みこまれている。もし、石綿が八〇〇℃で分解するなら、蛇紋岩もそうなるに違いなかった。化学者は模型なしには考えられないし、生きられないので、私は珪素、酸素、鉄、マグネシウムが作る長い鎖の中で、わずかのニッケルが網目に閉じこめられている様を、あれこれと頭に思い浮かべ、紙の上に描いてみた。そして破壊の後で、短い断片となり、ニッケルが巣から追い出され、攻撃にさらされている様を、その次に描いた。私は明日の狩がうまくいくように、岩壁にかもしかを描いた、はるか昔のアルタミラの狩人とさほど変わらない気分になっていた。

だがこの神をなだめる儀礼に長々とかかずりあうわけにはいかなかった。中尉はいなかったが、いつやってくるかも知れなかった。彼は私が考えた正統性の乏しいやり方に難色を示すか、受け入れないだろうと思えた。私は全身がうずくような感覚を覚えた。考えはまとまったのだから、すぐに実行に移すほうがよかった。

仮説ほど人を活気づけるものはない。アリーダの、面白がっているような疑い深い視線を浴びながら、私は旋風のように仕事に取りかかった。午後もかなり遅くなっていたので、アリーダはこれ見よがしに、腕時計ばかりのぞいていた。私は一瞬のうちに器具を準備し、サーモスタットを八〇〇℃にセットし、ボンベの減圧器を調節し、流量計を設置した。試料を三〇分間熱し、冷ましてから、水素を一時間通した。もう暗くなっていて、アリーダは帰ってしまい、夜にも作業をする選別部のくぐもったモーター音がかすかに響いている以外は、すべてがしんと静まり返っていた。私はわずかながら陰謀家や錬金術師の気分を味わった。

時間が来たので、石英の管から船形炉を取り出し、真空容器の中で冷やして、薄緑色から黄色に変わった粉末を水に溶かした。その色の変化は良い兆候のように思えた。私は磁石を持って、作業にかかった。磁石を水から取り出すたびに、暗褐色の粉が房になってついてきた。それを濾紙でていねいに取り去り、脇にのけておいた。一回に一ミリグラムほどしか取れなかった。分析を信頼できるものにするためには少なくとも半グラムは必要だった。つまり、何時間か作業を繰り返さなければならなかった。真夜中頃に止める決心をした。すなわち分離を中断することを。というのは、いかなることがあっても、分析を始めたくてたまらなかったからだ。分離された試料が磁性を持ち（従って珪酸塩は少ないと推測できた）、しかも私の気がせいていたこともあって、すぐに、簡便な方法で分析をすることにした。午前三時に結果が出た。いつものピンク色のアセチルアルデヒド・ニッケルの雲ではなく、目に見えるほどの大量の沈殿物がたまっていた。それを濾過し、洗浄し、乾燥させ、重さを計った。最終的なデータは炎の数値となって計算尺の上に現われた。ニッケルが六%、残りは鉄だった。これは勝利だった。もう一度選別を行なわなくても、そのまま電気炉に送れるような合金だった。「潜水艦」に戻った時はほとんど夜が明けていた。すぐに監督を起こしに行き、中尉に電話し、露で濡れた暗い草原を転げ回りたい、という欲望が湧いてきた。道理に合わない考えがたくさん浮かんだが、悲しくも道理にあった考えは思い浮かばなかった。

私は鍵を使って扉を開けた、今では数多くの扉、おそらくすべての扉にあう鍵を持っている、と考えた。カナダでも、ニューカレドニアでも、他のどこでも考えたことのないようなことを思いついた、と私は考えた。自分は打ち負かし難いタブーになった、身近に迫った敵を前にしても、毎月のように接近してくる敵に向かいあっても、と考えた。そして最後に、私を生物学的に劣ると宣告したものに、まっとうなやり方で復讐を果たした、と思ったのだった。

私が予見した抽出法が工業化できたとしても、そのニッケルはすべて、ファシストのイタリアやナチのドイツの、装甲や銃弾に使われてしまうことを、私は考えなかった。またちょうどその時期にアルバニアで、私たちの鉱山を恥じ入らせ、それとともに、私や監督や中尉の企てを霧散させてしまうようなニッケル鉱床が発見されたことを、私は考えていなかった。ニッケルを磁力選別する可能性についての私の考えが、実質的には間違っていたことを、私は予見できなかった。中尉に実験結果を伝えてから数日後に、中尉がそのことを示してくれたのだった。また監督は何日か私の熱狂を分かちあってくれたのだが、微粉末状の物質を分離する磁力選別機が販売されていないことを知ると、熱がさめ、私にも冷水を浴びせかけたのだった。私の方法は粉末の粒が大きくなると、使えないのだった。

だがこの話はここで終わるわけではない。あれから多くの年月がたち、ニッケルの貿易が自由化され、その国際価格が下がったにもかかわらず、谷底に、誰でも近づける岩屑の形で眠っている、巨大な富の情報は、まだ人々の想像力をかき立てている。採掘場から遠くない納屋や穴倉には、夜になると鉱石捨て場に行き、袋に灰色の砂利を詰めて戻ってくる人たちがまだいるのだ。彼らはそれを砕き、熱し、新しい試薬で処理して、化学と白魔術の境目にある作業を行なっている。埋蔵された富、投げ捨ててしまう無価値な石一トンと結合している二キログラムの高貴なる銀色の金属の魅力はまだ消えてはいない。

　私が当時書いた鉱物に関する二つの短編も消滅しなかった。それは私自身と比べられるほど、苦悩に満ちた運命をたどった。空襲に会い、他の場所に持ち出され、とっくになくなったと思いこんでいた。ところが何十年もほったらかしにしていた書類を整理していると、出てきたのだ。私はこの二つの短編を放り出したくなかった。読者は本編の次に、その二つが挿入されているのを見い出すことだろう。戦う化学の物語が収められている本書の中で、それらは囚人の逃亡の夢のようなものなのだ。

・7・ 鉛

Piombo

　おれの名はロドムンド、遠い土地からやって来た。生まれ故郷はティウダと言った。少なくともおれたちはこう呼んでいた。だが近隣の部族は、つまりおれたちの敵だが、別の名で呼んでいた。サクサ、ネメト、アラマンといった名だった。おれの国は敵のものとは違っていた。大きな森や川があって、冬は長く、大地は沼地と化し、霧が出て、雨が降った。おれたちの種族は、つまり同じ言葉を話すものたちは、羊飼いや狩人や戦士だった。大地を耕すことを好まず、そうするものを軽蔑し、畑に家畜の群を入れ、村を略奪し、女たちを奴隷にした。おれは羊飼いでも戦士でもなかった。おれの仕事は狩猟とさほどの違いはなかったが、狩人でもなかった。おれは大地に縛りつけられていたが、自由だった。農夫でもなかった。

　おれの父も、ロドムンドの父方の祖先も、みな同じ仕事をしてきた。ある種の重い石について知識を蓄え、遠い国にその石を探し、おれたちの独特のやり方で燃やして黒い鉛を取り出す仕事だ。村の近くには大きな鉱床があった。それは曾祖父の「青い歯のロドムンド」が発見したと言われていた。村は鉛職人の村だった。みな鉛を溶かし、加工する方法を知っていた。だがおれたちロドムンドだけが鉱石を探し、本物の鉛の鉱石だと請けあうことができた。神々が人間をあざむくために、山々にまき散らしたたくさんの重い石の一つではないと確実に言うことができた。地下に鉱脈を走らせたのは神々だ。だが神々はそれを秘密にし、隠してきた。だからそれを探すものは、神々に匹敵するものであり、それゆえ神々はそのものたちを愛さずに、混乱させようとする。神々はおれたちロドムンドを愛していない。だがおれたちはそんなことは気にしていない。

五、六世代の時をへて、おれたちの鉱床は掘り尽くされてしまった。地下に穴を掘って鉱脈を追う考えを出したものがいて、実行してみたが、手ひどい目に会うことになった。結局、慎重派の意見が通ることになった。みな昔の職業に戻ったのだ。だがおれは違った。おれたちがいないと、鉛が日の目を見ないように、おれたちも鉛なしでは生きていけないのだ。おれたちの仕事は金がもうかるが、若くして死ぬことになった。あるものによると、鉛が血液の中に入って、少しずつ体を弱らせるからだった。またほかのものによると、神の復讐のせいだった。だがいずれにせよ、おれたちロドムンドにとって、命が短いことなどたいしたことではなかった。おれたちは金持ちで、尊敬され、世界を見ることができるからだった。実際のところ、青い歯の曾祖父の場合は例外だった。それは見つけた鉱床が並外れて豊かだったからだ。普通、おれたち探鉱者は旅行家である。人の話によると、曾祖父自身もひどく遠いところからやってきた。そこでは太陽は冷たくて沈むことがなく、人々は氷の宮殿に住み、海には千歩の長さの怪物が泳いでいるとのことだった。

こうして六世代も一ヵ所に立ち止まった後で、おれは溶かすべき鉱石を求めて旅に出た。さもなくば、金を代価に、人々に技術を教えて溶解させればよかった。そう、おれたちロドムンドは魔術師だった。鉛を金に変えることができるのだ。

おれはまだ若い時に、ただ一人で、南に向かって出発した。四年間、様々な土地をめぐり歩き、平地を避け、渓谷をさかのぼり、ハンマーで石を叩いたが、ほとんど何も見つけられなかった。夏は畑で働き、冬はかごを織ったり、持ってきた金を使ったりして過ごした。おれはひとりぼっちだった。おれたちには、種族が絶えないように、男の子を生んでくれる女が必要だったが、一緒に連れて歩かないのだ。何の役に立つというのか？　鉱石の見つけ方は学ばないし、月のものが来ている時に鉱石にさわったら、死んだ砂か灰に変わってしまう。旅の途中で会う娘たちのほうがいい。その日限りか、せいぜい一ヵ月用の娘たちで、妻たちのように、明日を思いわずらうこともなく、馬鹿騒ぎができるからだ。おれたちの明日は、自分だけで生きるほうがいい。肉に締まりがなくなり、血の気が失せ、腹が痛み、髪や歯が抜け落ち、歯茎が灰色になる。そんな時は一人でいるほうがいい。

おれは晴れた日には南に山脈が見張らせる場所に到達した。春になって、その山に行こうと思い、出発した。靴にへばりつく、柔らかな土にはもううんざりだった。オカリーナ笛を焼きあげる以外は何の役にもたたない、美点も秘密もない土だった。山ではそうでなかった。大地の骨とも言うべき岩がむき出しになっていて、鋲を打った靴の下で響き、どんな特性を持っているか、簡単に見分けられた。平地はおれたち用の場所ではなかった。おれはいろいろな場所で、どこが一番楽な峠か訊いて回った。また鉛を使っているか、どこで買い、どれだけするかも訊いた。鉛が高ければ高いほど、その周囲で鉛を探してみた。時には鉛を知らないものたちがいた。袋にいつも入れている鉛のかけらを見せると、柔らかいのを見て笑い、あんたの国では鉛で鋤や剣を作るのかと、馬鹿にして訊いてきた。だが多く場合は、住民の言葉が分からず、こちらの言葉も通じなかった。パン、牛乳、寝床、娘、翌日の旅路、こうした最低限のことしか、伝えられなかった。

おれは夏の真っ盛りに広い峠を越えた。お昼には太陽が頭のほとんど真上に来るようになったが、草原には雪がまだしみのようにあちこちに残っていた。峠の下のほうでは羊飼いが羊を追い、小道が何本も見えた。谷がずっと下まで見通せたが、あまりにも深いので、下のほうはまだ夜が明けていないように見えた。おれは谷を下り、小村をいくつか目にして、急流のそばにかなり大きな村を見つけた。そこには山の住民が降りてきて、馬、家畜、チーズ、毛皮、そしてぶどう酒という名の赤い液体などを交換していた。住民の話す言葉を聞いて、笑ってしまった。口の中でもそもそと話す、聞き取りにくい、粗野な言葉で、動物のうなり声のようだったからだ。だからおれたちと同じような武器や道具を持っているのを見て、びっくりしてしまった。そのいくつかはずっと精巧で、念入りに作られていた。女たちはおれたちと同じように糸をつむいでいた。家は石造りで、美しくはなかったが、頑丈だった。木造の家もあった。五、六個の木の切り株を土台にして、その上にすべすべした石の円盤をのせ、その上に家が作られていたので、地面から手のひら数個分、上に浮いていた。石の円盤がねずみの侵入を防ぐためのものであることは確かだと思えた。これは巧妙な発明だった。屋根は藁ではなく、幅の広い石の板でふかれていた。ビールの存在は知らなかった。

上方の渓谷の側壁に穴が開けられ、岩屑が流れ出すように落ちているのがすぐに目に入った。この地域にも、探鉱者がいたことを示すしるしだった。だが疑いをかきたてないため、あえて質問はしなかった。おれのような外国人は、もう十分すぎるほど疑いをかきたてたに違いなかったからだった。おれはかなり流れの激しい急流まで下り(水はまるで牛乳を溶かしこんだかのように白く濁っていたのを思い出す、おれの故郷ではこうしたことは見たことがなかった)、辛抱強く石を調べた。これがおれたちの悪い癖だった。急流の石は遠くからやって来ていて、分かるものには、はっきりとした言葉を語りかけてくるからだった。そこには少しずつだが、すべてがあった。火打石、緑石、石灰石、花崗岩、鉄鉱石、そしてガルメイダと呼んでいる石まで少しあった。だがみな興味を引かないものばかりだった。しかしながら、赤い岩に白い筋が走り、鉄鉱石がふんだんに見られるこうした谷では、必ず鉛の鉱石があるという考えが、おれの頭にしっかりとこびりついていた。

おれは急流沿いに下った。猟犬のように、岩を乗り越えたり、可能なところは流れを渡ったりしながら、目はしっかりと地面を見つめていた。すると小さな支流が交わる合流点の少し下方で、無数にある小石の中の一つが目を引いた。ほかの石とほとんど変わらない、黒い粒の入った白っぽい石だったが、おれはまるで獲物を狙う猟犬のようにその場に立ち止まり、全神経をはりつめたまま、身じろぎもせずに見つめた。それを拾い上げると、ずっしりと重かった。かたわらには、大きさがずっと小さいが、同じような石があった。見誤るはずはなかった。だが、ともかくその石を割り、くるみ大のかけらを拾い上げ、分析するために持ち帰った。優秀で真面目な探鉱者は、他人も自分もあざむきたくないがゆえに、外見だけを信ずることをしない。というのは、石は死んでいるように見えるが、策略に満ちているからだ。時には、見つからないように体色を変える蛇のように、採掘している最中に性質を変えてしまう。だから優秀な探鉱者はすべてを携えていく。るつぼ、木炭、火口《ほくち》、火打ち金、そしてここでは言えないある秘密の道具。それは石が良質かどうか、判断するのに役立つのだ。

夕方に、おれは人気のない場所を見つけ、炉を作り、試料を層状に入れたるつぼをのせ、三〇分ほど熱してから冷却した。るつぼを割ると、ずっしりと重く、光輝く、小さな円盤が出てきた。その表面には爪で簡単に傷がついた。それは心を広々とさせ、旅の疲れを足から取り去るものだった。おれたちが「小さな王様」と呼ぶ、小さな円盤だったのだ。

ここですべてが終わったわけではない。仕事の大部分はまだなされていないのだ。急流をさかのぼり、支流の合流点ごとに、鉱石が右にあるか左にあるか、確めなければならない。おれは一番大きな流れをしばらくさかのぼった。鉱石はあった。だが数がどんどん少なくなった。そして渓谷が狭くなって、幅がすぼまり、高くて急な崖になって、登ることができなくなった。あたりの羊飼いたちに訊いてみると、身ぶりやうなり声で教えてくれた。急斜面を迂回する方法はないが、大きな谷を下ると、細い道があって、トリンゴと呼ばれている峠を越え、急斜面の上方を通り、頭に角があって、めえめえと鳴く動物のいるところに行けるとのことだった。そこには当然牧草地があって、羊飼いが住み、パンやミルクがあるはずだった。おれは歩き出し、たやすくその道を見つけ、トリンゴを越え、道を下って、とても美しい場所に出た。

道を下るおれの前方に、唐松の緑が美しい谷がはるか彼方まで見渡せ、その奥には、真夏でも雪をいただいている山々があった。下りていくと、谷は小屋や家畜の群が点々と見える広い草原になった。おれは疲れていたので、草原に降り立ち、羊飼いの家に宿を求めた。彼らは疑ぐり深かったが、金の価値は十分すぎるほど良く知っていて、無理なことは言わずに、何日か泊めてくれた。おれはそれを利用して、いくつか言葉を憶えた。山はペン、平原はツァ、夏の雪はロイサ、羊はフェア、家はバイトと言った。彼らの家は、一階が石造りで家畜用に利用され、二階は木製で、前に述べた石の円盤の上に建てられており、家族が住むほかに、干草や食料の保存所にもなっていた。むっつりした、扱いにくい人たちだったが、武器は持たず、待遇は悪くなかった。

十分に休んだので、おれは例によって流れをさかのぼる方法で探索を開始した。結局、唐松の生えた谷と平行に走る谷に入りこむことになった。そこは狭くて、人気がなく、牧草地も森もなかった。谷を流れる川には良質の鉱石がふんだんにあった。探しているものに近づいていることが肌で感じられた。おれは三日間を野宿で過ごした。いや、ほとんど眠らなかったと言える。それほどじりじりとしていた。夜が早く明けないかと、空を見ながら夜を過ごしていたのだ。

鉱床はかなり人里離れた、急な狭谷の中にあった。手の届く範囲内に、白い石が発育の悪い草の陰から、顔をのぞかせているのが見えたが、手のひらの二つ三つ分の深さを掘るだけで、黒い石が見つかった。おれは以前には見たことがなかったが、父が教えてくれた、最も含有量の多い種類の石だった。鉱滓の出ない、緊密な鉱石で、百人の男が百年間も働けるほどの量があった。奇妙なのは、誰かがもうそこにいたことだった。石の背後に坑道の入口が見えた。石がそれを隠すために置かれたのは確かだった。坑道ははるか昔のものらしかった。というのは、天井から指の長さほどの鍾乳石が垂れ下がっていたからだ。地面には腐った杭が転がり、わずかばかりの、風化した骨の断片が散らばっていた。残りは狐が運び去ったようだった。狐か、狼の跡が残っていた。だが土から半分顔をのぞかせている頭蓋骨は人間のものだった。こうしたことの説明は難しいが、以前にも起きたことだった。誰かが、いつだか知らないが、どこからともなくやってきた。それは遠い過去の時代で、洪水の前かもしれないが、鉱脈を見つけ、誰にも秘密を打ちあけずに、一人で鉱石を掘り出そうとして、骨だけ残し、それから何世紀も時が流れた。父は言っていたが、どこでも坑道を掘れば、必ず死者の骨が見つかるものなのだ。

要するに、鉱床は見つかった。おれは分析をすませ、その場に何とか炉を作りあげ、流れを下って木を集め、かつげる限りの鉛を鋳造し、谷に戻った。羊飼いたちには何も言わなかった。おれはトリンゴ峠を再び越え、反対側にある、サレスという大きな村に入った。ちょうど市の日だった。おれは鉛を手に持って人々に見せた。ある人が立ち止まって、重さを計り、質問をしてきたが、半分しか分からなかった。鉛の用途、値段、出所を訊いているのは明らかだった。すると毛糸を編んだ縁なし帽をかぶった、頭の回転の良さそうな男が進み出てきた。男とはかなり話が通じた。鉛はハンマーで打って伸ばして使うと説明した。その場ですぐにハンマーと縁石が手に入ったので、板や薄膜にするのがどれだけ簡単か、実際に見せた。そして薄膜の端を熱した鉄で溶かしてくっつければ、管ができることを教えた。木の管だと、たとえばサレスの雨樋などは壊れたり腐ったりするし、青銅は管にしにくいし、飲水に使うと内蔵を悪くするが、鉛の管は永久に使えて、一本一本、簡単に溶接することができる、とおれは説明した。そしてやや運まかせで、真面目な顔を作りながら、鉛の薄膜は死者の棺の内部に張ることができる、そうするとうじも湧かずに乾燥してミイラになる、だから、魂が消散することもない、これは大きな利点だ、と説明した。それに鉛で葬送用の小像も作れる、青銅のように表面がきらきらせずに、やや曇りがかかってくすんでいる、葬儀用品としては最適だ、と述べた。男が大いに興味を示したようだったので、おれはさらに言葉を重ねた。もし外見を越えて考察を進めるなら、鉛がまさに死の金属であることが分かる。人体に毒だし、その重さは墜落の欲望を表わしているが、墜落とは死体につきものだ。その色もくすんだ死の色だ。それに鉛はトゥイスト惑星の金属だ。トゥイストは、惑星の中で一番運行速度が遅い、つまり死者の惑星なのだ。また鉛はほかの物質とはまったく違っている、とおれは自分自身の意見を述べ立てた。疲れ切っている金属、変身に疲れ、もうこれ以上の変化を拒絶している金属なのだ。それは生命あふれる物体の燃えかす、何千年も前に自分自身の炎の中で身を焼きつくした物体の燃えかすなのだ。これはおれが本当に考えていることだった。商売を成功させるために思いついたわけではなかった。男はボルヴィオという名だったが、口を開けて聞いていた。そしてきみの言う通りに違いない、その惑星はここでは土星と呼ばれ、サターン神に捧げられているが、大鎌を持つ姿で表わされるのだ、と言った。具体的な話に移る時が来た。彼がおれの口上をまだかみしめている間に、三〇リッブラ〔一リッブラは三〇〇グラム〕の金を要求した。もちろんおれは鉱床の権利を譲り、鉛の精錬法、主な用途を明確に教えなければならなかった。彼はどこで作ったものか分からない、猪を描いた青銅貨を払うと言った。おれはそんなものには歯牙もかけないというそぶりを示した。金以外は問題外だった。だが一方では、徒歩旅行者には三〇リッブラは重すぎることが分かっていた。これは周知のことだし、ボルヴィオが承知していることも分かっていた。そこで二〇リッブラで手を打つことにした。彼は鉱床まで案内させたが、これは当然のことだった。谷の村に戻ると、金をよこした。伸べ棒を二〇本、調べてみたが、純金で、重さもぴったりだった。おれたちは契約を祝して、ぶどう酒をがぶ飲みした。

これはお別れの祝宴だった。村が嫌いなわけではなかったが、多くの理由から、また旅を始めたのだ。第一に、おれはオリーブやレモンの木が育つという、暖かい国を見たかった。第二に、海が見たかった。青い歯の祖先たちがやって来た嵐の荒れ狂う海ではなく、塩が湧く、暖かな海が。第三には、金を持ち、背中にかついでいると、夜の間や、酒を飲んでいる時に、いつも盗まれる心配をしなければならなかった。そして第四の全般的な理由だが、おれは金を海辺へ行く旅に使いたかった。海を見て、水夫と知りあうためだ。それは、水夫たちが自分では知らないだろうが、鉛を必要としているからだった。

こうしておれは出発した。二ヵ月間歩き続け、大きくて陰気な谷を下り、平原に出た。牧草地や小麦畑があり、枯れ枝を焼く匂いが鼻をついてきた。故郷への郷愁が湧いてきた。秋は世界中のどこでも同じにおいを持っている。枯葉や、休息中の大地や、焼けた柴のにおい、つまり終末をむかえたもののにおいだ。そして人は「永遠」について考えるのだ。おれは二つの川が交わる場所に、故郷のものほど大きくはないが、城壁をめぐらした都市を見つけた。そこには奴隷市場、肉、ぶどう酒、頑丈で、髪をふり乱した汚ない娘たち、大きな火を起こした旅館があって、冬を過ごすことになった。故郷と同じように雪が降った。おれは三月にまた出発して、一ヵ月歩き、海に出た。だが水は青くなく、灰色で、野牛のようにうなり声をあげ、大地を呑まんとするかのように岸辺に打ちつけていた。海には休息がない、天地の開闢以来、休息をとったことがないと考えると、勇気がなえるのを感じた。だがそれでも、岸辺に沿って東方へ道をとった。海に魅せられて、離れられなくなったからだった。

また別の町を見つけ、そこに留まることにした。金が尽きかけていたからだった。住民は漁師で、奇妙な人たちだった。とても遠くにある、様々な国から船でやって来ていた。彼らは物を売り、買い付けをし、女を争って髪をつかみあい、路地でナイフをふるった。おれも一本、ナイフを買った。青銅製の頑丈なやつで、皮のさやがついており、腰につけ、服で隠すようになっていた。住民はガラスは知っていたが、鏡は知らなかった。すぐに傷がついて、色もよく写らない、安物の、磨いた青銅の鏡しか持っていなかった。もし鉛があれば、ガラス製の鏡を作るのは難しくなかったが、おれは秘密をうんと誇張して、これはおれたちロドムンドの一族だけが知っている技術である、フリッガという名の女神に教わったものだ、などとたわいない嘘を並べ立てたが、住民はみな鵜呑みにしてしまった。

　おれは金が必要だった。あたりを見回すと、港のそばになかなか頭の良さそうなガラス屋がいたので、話をつけることにした。

　そのガラス屋からは様々なことを学んだが、何よりもガラスが息で吹けることを知った。このやり方が気に入ったので、実際に教えてもらった。いつか溶かした鉛や青銅を吹いてみようと思っている（だが流動性が高いので、成功するかどうか分からない）。おれのほうは、まだ熱いガラス板に溶けた鉛をたらして、鏡を作る方法を教えた。鏡自体はさほど大きくないが、明るく、ゆがみもなく、何年もそのまま使えるはずだった。ガラス屋はかなり優秀な男で、色ガラスを作る秘訣を知っており、とても美しい多色の色ガラスを製造していた。おれはガラス屋との共同作業に夢中になり、吹いたガラスの半球の内部に鉛をたらしたり、外側に鉛を張りつけたりして、鏡を作った。それに姿を写すと、大きく見えたり、小さく見えたり、ゆがんで見えたりした。この鏡は女性には気に入られなかったが、子供たちがみなせがんで買ってもらうのだった。夏と秋の間中、おれたちは市場で鏡を売り、かなりもうけた。だがその間おれは人々と話をして、彼らの多くが知っているある土地について、できる限りの情報を集めようと努めた。

　しかし人生の半分を海で過ごしたこうした人々が、方角や距離について、かくも混乱した考えを持つのを、目のあたりにしてびっくりしてしまった。だが要するにある一つのことについては、全員が一致していた。つまり南に向かって航海していくと、千マイル、あるいはその一〇倍と、意見はまちまちなのだが、太陽が大地を焼いて砂にし、見たこともないような植物や動物がいて、黒い皮膚の凶暴な人たちが住んでいる土地がある、ということだった。しかし多くの人たちはその道のりの途中にイクヌーサ〔サルデーニャ島の古名〕という大きな島がある、それは金属の島である、ということを確信していた。この島については、ずっと奇妙な話がなされていた。住民は巨人だが、馬、牛、兎、鶏はひどく小さい、あるいは、女たちが支配していて、戦争をする、その時男たちは家畜を守り、羊毛をつむいでいる、あるいは、この巨人たちは人食い人種で、特に外国人を好む、といった話である。またさらに、性的に堕落した土地で、男たちは妻を交換する、動物たちもでたらめにつがいになり、狼が猫と、熊が雌牛と交わる、女の妊娠期間はわずか三日間で、子供を生み落とすと、すぐにその子供に「さあ、はさみを持ってきて、灯をつけておくれ、おまえのへその緒を切ってあげるから」と言う、といった話もあった。そして、海岸沿いに、山のように大きな石造りの城塞がある、島のすべてが石造りで、槍の穂先、馬車の車輪、女性用の櫛、縫い針までが石でできている、料理用の鍋もそうで、燃える石もあり、その鍋の下で火をつけて燃やす、道の四つ辻には、監視用に、恐るべき姿の怪物が石化して立っている、とも言われていた。おれはこうした話をしおらしく聞いたが、心の中では腹をかかえて笑っていた。というのも、おれは世界をかなり回っていて、世界はどこでも、同じことを知っていたからだ。それにおれだって、故郷に帰って、旅の途中に立ち寄った国々の話をするなら、奇妙なことがらを作り出して楽しむことだろう。そしてここでは、おれの故郷についても、風変わりな話をしていた。たとえば、おれの国の野牛は膝がないから、しとめるには、夜、寝るため体をあずける木に切れ目を入れておくだけで十分だ、重みで木が倒れて、地面に転がり、もう起き上がれなくなる、というのだ。

だが金属については、全員が一致していた。商人や船長の多くが、島から未加工や加工済みの金属の荷を運んできたというのだ。だが粗野な連中で、その話からはどんな金属なのか判断するのは難しかった。それに全員が同じ言葉を話すわけではなく、おれの言葉を話すものは皆無だったし、用語がひどく混乱していた。たとえば「カリベ」と言っていたが、鉄か、銀か、青銅なのか、知るすべはなかった。また「シデル」は鉄でも氷でもあるというものがいた。あまりにも無知で、山の氷は、何世紀も時がたち、岩の重さに押されると、固くなって、まず水晶になり、次いで鉄になると主張したのだった。

おれは女向けの仕事がいやになり、このイクヌーサに行きたくなった。そこでガラス屋に商売の持ち分を売り渡し、その金と、鏡を売って得た利益で、ある貨物船に乗りこむ手はずが整った。だが冬は出発しないことになっていた。北風、北西風、南風、南東風などが吹くからだった。どの風も良くないようだった。一番いいのは、四月まで陸《おか》にいて、酒を呑んで酔払い、さいころ賭博にシャツを賭け、港の娘をはらませることだった。

四月になって、出発した。船はぶどう酒の壺を積んでいた。船主のほかに、水夫長と、四人の水夫と、座席に鎖でつながれた漕ぎ手が二〇人いた。水夫長はクリティ出身で、たいへんな嘘つきだった。彼は大耳族と呼ばれる人たちが住む国の話をした。彼らの耳はとても大きいので、冬、眠る時は耳にくるまる、というのだ。またアルフィルという、顔にしっぽがついていて、人間の言葉を理解する動物についても話した。

おれは船上の生活に慣れるのに、四苦八苦したと告白しなければならない。足元は揺れ、右へ左へと傾き、食べるのも眠るのも困難で、空間がないから互いに足を踏みあうことになる。そして漕ぎ手たちは凶暴な目でにらみつけてくるから、もし鎖でつながれていなかったら、一瞬のうちに八つ裂きにされてしまうような気がした。船主は実際にそうしたことが起きたと言った。だがいったん順風が吹き始めると、帆は風にふくらみ、漕ぎ手が櫓をあげたままでも、船は魔法がかかったような静けさの中で、飛ぶように走った。イルカが水からはね上がる姿が見えると、その顔つきから明日の天気が分かると水夫たちは主張した。船にはピッチがべったりと塗ってあったが、船底は穴だらけなのが分かった。ふなくい虫のせいだ、と言っていた。港でも、停泊中の船はみな虫に食われていた。船長もかねている船主は、どうしようもないんだ、と言った。船が古くなれば、解体して、燃やしてしまう。だがおれは別の考えを持っていた。錨についてもそうだった。鉄で作るのは馬鹿げていた。錆でぼろぼろになり、二年ともたない。そして魚網の問題もある。水夫たちは順風の時、木のうきと石のおもりをつけた網を水中に降ろしていた。石を使っているのだ！　もし鉛なら、四分の一の大きさですむ。おれはもちろん誰ともこのことを話さなかった。だが読者諸氏はお分かりだろうが、イクヌーサの大地の底から取り出す鉛のことを考えていたのだ。おれはまだ捕えてもいない熊の毛皮を売っていたのだった。

一一日間航海して、ようやく島影を目にすることができた。船は櫓の力を借りて、小さな港に入った。周囲には花崗岩の急斜面があり、奴隷たちが柱を刻んでいた。彼らは巨人でも、耳に体を包んで眠るわけでもなかった。おれたちとまったく同じで、水夫たちとはかなりよく言葉が通じたが、監督するものが話をさせなかった。岩と風の国だった。一目で気に入ってしまった。大気中に草が発する野生の苦いにおいが漂い、人々は強壮で純朴に見えた。

金属の村は二日間歩いたところにあった。おれは御者つきでろばを借りた。ろばについては話は本当で、小さなろばだった（だが本土で言っていたように、猫ほどの大きさというのは大げさだった）。しかし頑丈で、抵抗力があった。要するに、人々の噂話には少しは真実の部分があって、なぞなぞのように、言葉のヴェールの下に真実が隠されているのだろう。たとえば、石の城塞の話は本当であることが分かった。山のように大きくはなかったが、規則的な形をしていて、切り石を正確に組み合わせ、堅固に作ってあった。奇妙なことに、みなが「いつもそこにあった」と言っていて、いつ、誰が、何の目的で、どのようにして作ったのか、誰も知らなかった。だが島の住民が外国人を食べるというのは大嘘だった。足を止める場所ごとに、おれを鉱山に連れて行ってくれ、作り話も隠しごともしなかった。まるで彼らの土地は、すべての人のものだと考えているかのようだった。

金属の村には有頂天にさせられた。猟犬が獲物でいっぱいの森に入り、そのにおいをかいで飛び上がり、身ぶるいして、呆然となってしまう時のようだった。村は海の近くにあって、村の背後にある一続きの丘が断崖になっていた。地平線の彼方まで、あちこちに鋳造所の煙がもくもくと立ち昇るのが見渡せ、そのまわりでは、自由人や奴隷がいそがしげに立ち働いていた。燃える石の話も本当で、自分の目が信じられなかった。火をつけるのはさほど簡単ではないが、強い熱を出し、長く燃えた。かごに入れ、ろばの背にのせて、どこからか運びこんできていた。色は黒くて、油がしみており、比較的軽くて、崩れやすかった。

そこには未知の金属を含んでいるのが確実な、素晴らしい鉱石があった。白、すみれ色、水色の筋がそのことを示していた。地面の下には、信じられないような鉱脈がもつれあっているに違いなかった。おれは喜んで石を割り、地面を掘り、分析をしたことだろう。だがおれはロドムンドであり、おれの金属は鉛だった。おれはすぐに仕事に取りかかった。

村の西の端で鉱床を見つけた。そこは誰も探索をしたことがないようだった。露天掘りや坑道の跡がなく、鉱石くずの捨て場もなかった。地面に人手のあとは見られなかった。表面の石は他の石と少しも変わりがなかった。だがそのわずか下に鉛があった。これはしばしば考えたことなのだが、おれたち探鉱者は目を光らせ、経験に頼り、才覚を発揮することで金属を見つけると信じているが、実際におれたちを導くのはもっとずっと深部にある何かで、それは鮭が自分の生まれた川に戻ったり、つばめが巣に帰るのを可能にする力と同じようなものなのだ。たぶん水脈探しと同じことがおれたちにも起きるのだ。彼らは何が水脈に導いてくれるか知らないが、何かが彼らを導き、手に持っている棒の方向を変えるのだ。

どうしてかは分からないが、ちょうどそこに鉛があった。森の中を小川沿いに二マイル歩くと、足の下に、毒を含んだ、濁った、重苦しいものが感じられた。そこには雷に打たれた木があって、幹に野生の蜜蜂が巣を作っていた。おれはすぐに鉱石を掘る奴隷を何人か買い、金を少しためると、女を一人買った。それはいっしょに大騒ぎをするためではなかった。顔の美しさはたいして気にとめずに、健康で、腰が大きく、若くて、陽気な女を注意深く選んだ。それはおれたちの技術がすたれないように、ロドムンドを生んでもらうためだった。時間は無駄にできなかった。おれの手や膝は震えだし、歯は歯茎の中でぐらぐらし、海からやって来た祖先のように、青くなってしまったからだった。息子のロドムンドは次の冬が終わる頃生まれてくるだろう、椰子が繁り、塩が凝縮し、夜に犬が熊のにおいをかぎつけて吠えるこの土地で。おれは野生の蜜蜂が住む小川のほとりに村を作ったので、記憶が曖昧になりつつある自分の言葉で名前をつけようと思った。「バク・デル・ビネン」、つまり「蜜蜂の小川」という名だ。だが人々は一部分しかその名を受け入れてくれず、今やおれのものとなっている彼らの言葉で、「バク・アビス」と呼んでいるのだ。

・8・ 水銀
Mercurio

私、つまり下記に署名したるエイブラハムス伍長は、妻のマギーとともに、この島に一四年間住んでいる。私は守備兵としてここに送りこまれた。一番近い島に危険で重要な人物が流刑になり（「一番近い」とは、北東に一二〇〇マイル以上行ったところにあるセント・ヘレナ島である）、その支持者が脱走を助け、この島に逃げこむ恐れがあるという理由からだった。この話はまったく信じられなかった。というのも、島の名は「デゾレーション島」（荒涼島）といって、これほど島にぴったりの名はなかったからだ。だからその重要人物が、ここに何を探しに来るのか、見当もつかなかった。

その男は背教者とも、密通者とも、教皇権擁護者とも、扇動者とも、はったり屋とも言われていた。その男が生きている間は、ガレスやサレイ出身の、若くて陽気な兵士が

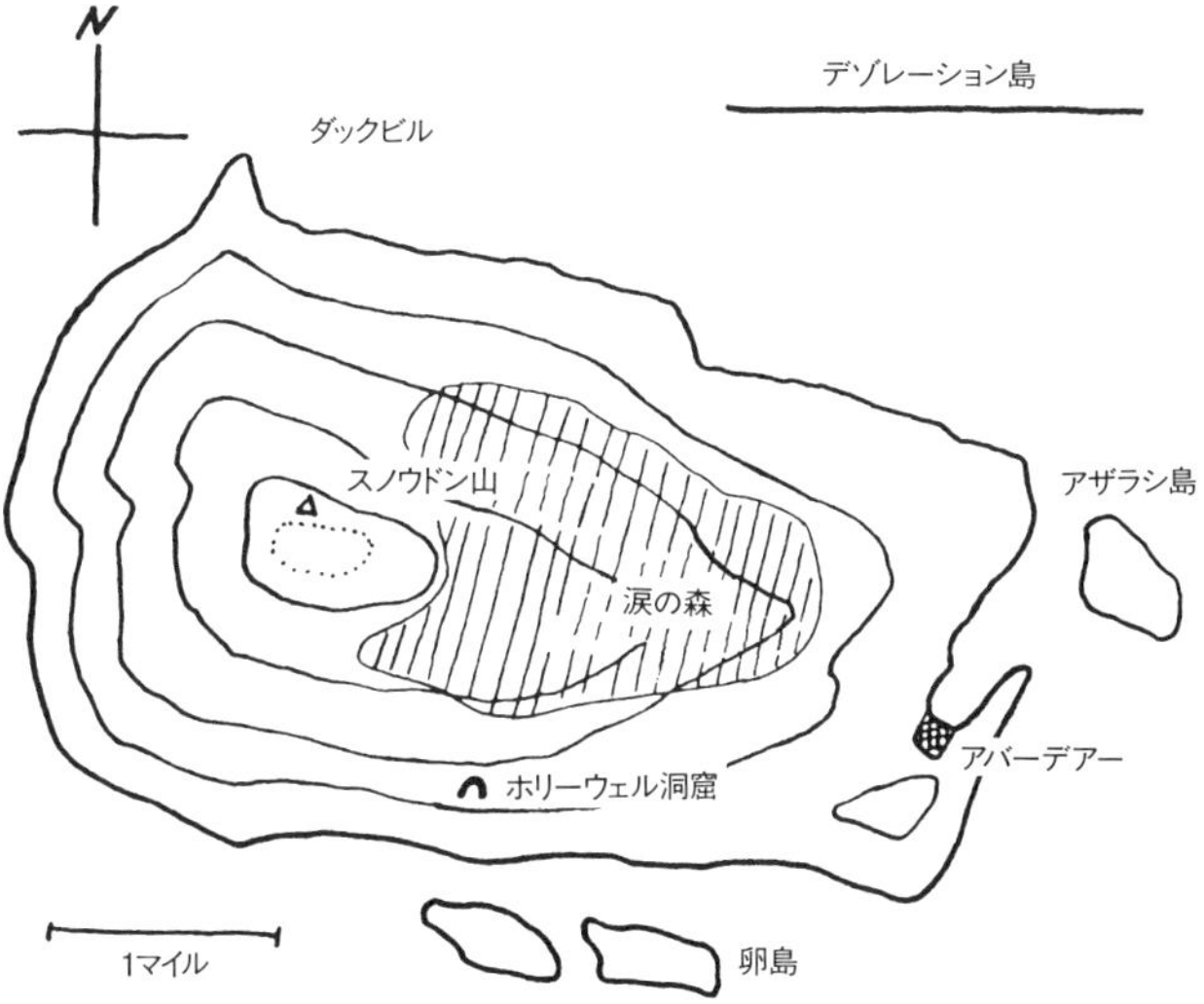
N
デゾレーション島
ダックビル
スノウドン山
アザラシ島
涙の森
アバーデアー
ホリーウェル洞窟
1マイル
卵島

一二人、私たちと一緒にいた。彼らは優秀な農夫でもあり、私たちの仕事を手伝ってくれた。だが煽動者が死ぬと砲艦がやって来て、みなを連れていった。しかし私とマギーには古い負債があって、ここに残り、豚の世話をすることにしたのだ。私たちの島の地図は前頁に掲げた通りである。

これは世界で一番人里離れた場所にある島だ。以前にも、ポルトガル人やオランダ人が存在を確認しており、その前には、野蛮人がスノウドン山の岩場に印や偶像を刻んで残している。だが住もうとしたものはいなかった。というのは一年の半分しか雨が降らず、モロコシとじゃがいもしか育たなかったからだ。しかしながら、ぜいたくを言わなければ、飢え死にすることはない。というのは、北海岸には一年で五ヵ月の間、アザラシが住みつくし、南の二つの小島にはたくさんのかもめが巣をかけるからだ。小舟で出かけるだけで、卵が取り放題なのだ。卵は魚くさい。だが栄養があるし、飢がいやせる。それにここではすべてが魚くさい、じゃがいもも、それを食べる豚も。

スノウドン山の東側にはときわ樫や他の名の知らない植物がはえている。秋になると、水色で肉厚の花をまき散らす。それは汗くさいにおいがする。冬には固い実が実るが、酸っぱくて、あまりおいしくない。奇妙な植物で、地中深くから水を吸い上げ、枝の先から雨のように放出する。雨が降らない時でも、この森の土は湿っているのだ。枝から出る水は飲用に適している。じゃこうのようなにおいがするが、病的充血にいいのだ。私たちは樋と桶を使って、この水を集めている。島で唯一の森であるこの森を、私たちは「涙の森」と名づけた。

私たちはアバーデアーに住んでいる。町ではなく、木の小屋が四棟立っているだけで、そのうちの二つは床が落ちている。だがガレス出身の兵士の一人が執拗にそう呼び続けた。アバーデアーの出だったからだ。ダックビルは島の北端にある。望郷の念に苦しめられていた兵士のコクレーンは、しばしばそこに行って、塩からい霧と風にもまれながら日々を過ごしていた。イギリスに一番近い土地だと思えたからだった。彼はそこに燈台も作ったが、灯を入れるものは誰もいなかった。ダックビルというのは、東側から見ると、ちょうどあひるのくちばしの格好をしているからだった。

アザラシ島は平坦で、砂浜がある。冬になると、アザラシが子を生みにやってくる。ホリーウェル洞窟、つまり「聖なる井戸」の洞窟は、妻がつけた名だ。中で何を見つけたかは知らない。私たちがまだ二人きりだった頃のある時期は、アバーデアーから二マイルほどもあるのに、毎晩のようにたいまつをかかげて通っていた。洞窟の中に座って、糸をつむいだり、編み物をしながら、何かを待っていた。私は何度となく、その理由を尋ねてみた。すると訳の分からないことを並べ立てた。声が聞こえて、影が見える。中にいると、波の砕ける音が届いてこないから、一人ぼっちではなく、しっかりと守られている感じがする、などと言った。私はマギーが偶像崇拝に傾くのではないかと恐れていた。洞窟には人間や動物の格好をした岩がごろごろしていた。奥にある岩は角のはえた頭蓋骨にそっくりだった。もちろん、人間の手によるものではなかった。それでは誰が作ったのか？　私自身は外にいるほうが好きだった。中にいると時々、大地の内奥が疝痛に苦しんでいるかのような、鈍いうめき声が聞こえてきたし、地面は熱く、奥のほうの岩の割れ目からは、硫黄臭のする蒸気が吹き出していたからだった。私はその洞窟にまったく違った名をつけたかった。だがマギーは、彼女の耳に聞こえる声がいつか、我々や、島や、人類の運命を告げるはず、と言っていた。

私とマギーは何年か、二人きりだった。毎年、復活祭の時期に、バートンの捕鯨船が寄港して、食料と外界のニュースを持ってきては、私たちが作るわずかのベーコンを積んで帰った。だがすべてが一変する時が来た。三年前にバートンがオランダ人を二人、島に残したのだ。ウィレムは金髪で、赤ら顔で、おどおどした、子供といっていいほどの若者だった。額に銀色のおできがあり、レプラのようだったので、いかなる船も上船を拒んだのだった。ヘンドリクはずっと年かさで、やせていて、髪は灰色で、額には深いしわが刻まれていた。彼は訳の分からない話をした。喧嘩をして、操舵手の頭を叩き割ってしまったので、オランダに帰ると絞首台行きになる、という話だった。だが話しぶりは水夫らしくなかったし、手は紳士の手で、他人の頭を叩き割れそうになかった。その数ヵ月後のある朝、卵島の一つから煙が立ち昇るのが見えた。私はボートを漕いで見に行った。イタリア人が二人、難破して、たどりついていた。アマルフィ出身のガエターノと、ノーリ出身のアンドレーアだった。彼らの船はエルピチェ岩礁でばらばらに砕け、二人は泳ぎついて助かったのだった。大きな島に人が住んでいることを二人は知らなかった。彼らは枯れ枝や鳥の糞を集めて火を起こし、体を暖めていたのだった。あと何ヵ月かすると、バートンが来るから、ヨーロッパに帰れると教えてやったが、恐れおののいて拒絶した。その夜に味わった恐怖から、もう決して船には乗らないと決めていたのだった。ボートに乗せ、デゾレーション島との間の一〇〇尋《ひろ》ほどの海を渡るよう説得するのに、私はかなり骨を折ることになった。そのままにしておいたら、そのみじめな岩場にずっと残り、死が訪れるまでかもめの卵を食べ続けたことだろう。

デゾレーション島に場所がないわけではなかった。私は四人をガレス人たちが放棄した小屋の一つに入れたが、四人の荷物はほとんどなかったので、かなりゆったりとしていた。ヘンドリクだけが南京錠のかかる木のトランクを持っていた。ウィレムのおできはレプラではなかった。マギーは効能を知っている薬草で湿布して、数週間のうちに治してしまった。クレソンにやや似た肉厚の草で、森の端に生え、味は良かったが、食べた後、奇妙な夢を見させる力があった。私たちはともかくそれをクレソンと呼んでいた。実際のところは、湿布だけで治したのではなかった。ウィレムと一室に閉じこもり、子守り歌のような歌を歌い、その間に、長すぎると思えるような沈黙の時があったのだった。ウィレムが治って、私は満足し、心も落ちついたのだが、すぐにヘンドリクとの間にいらだたしい関係が始まった。マギーとヘンドリクは長い間二人きりで散歩しては、七つの鍵、ヘルメス・トリスメギストス、正反対のものの結合などといった、訳の分からないことを語りあったのだった。ヘンドリクは窓が一つもない頑丈な小屋を建てて、トランクを運びこみ、一日中、その中に閉じこもった。時にはマギーも一緒だった。煙突からは煙が立ち昇るのが見えた。また洞窟にも行って、ヘンドリクが「辰砂《しんしゃ》」

と呼ぶ赤い石を持って戻ってきた。

二人のイタリア人にはさほど心配することはなかった。彼らも目を輝かせてマギーを見ていたが、英語は理解できず、話ができなかった。それにお互いに嫉妬していて、相互に監視しながら一日を過ごしていた。アンドレーアは信仰心に厚く、島中を木や素焼きの聖人像で埋め尽くした。マギーにも素焼きの聖母像を贈ったが、彼女のほうはどうしていいか分からずに、台所の片隅に置いていた。要するに、誰の目にも、この四人の男たちには、女が四人必要なことが明らかだった。私はある日、四人を集め、他人の女を欲しがってはいけない、マギーに手を出したら地獄に堕ちるぞ、と言った。そしてその時は、たとえ自分自身が地獄に堕ちることになろうとも、私が自分の手で地獄に送ってやる、と歯に衣を着せずに告げた。バートンが船倉を鯨の油で一杯にしてまた寄港した時、全員が一致して、四人の妻を探してくれるよう、厳粛に依頼した。だが鼻で笑われてしまった。いったい、何を考えているんだ？　この忘れ去られた島で、アザラシに囲まれて、四人のろくでなしと結婚してくれる女が簡単に見つかると思うのかね？　金を払ったらどううか？　だがいったい何で払う？　豚肉とアザラシの肉を半々に混ぜて作った、我々のソーセージではもちろんだめだ。バートンの捕鯨船より、ずっと魚くさいのだから。バートンはすぐに帆を上げて、立ち去っていった。

その夕方、闇が立ちこめる直前に、大きな爆発音が聞こえた。まるで島が根元から揺さぶられたかのようだった。空は数分のうちに暗くなり、空を覆った黒い雲は、火にあぶられているかのように、下部が赤くなった。スノードン山の山頂から、まず赤い閃光がほとばしり、その後に、燃える熔岩が幅広く、ゆっくりと流れ出した。熔岩は我々のほうではなく、山の左側を南方に向かって下り、ヒューヒュー、パチパチと音を立てながら、次々に崖を飛びこえていった。一時間後には海辺に達し、うなり声をあげながら海水と接し、水蒸気の柱を立ち昇らせた。私たちは誰一人としてスノードン山が火山だと思っていなかった。その山頂の形や、少なくとも二〇〇フィートの深さのある丸い山頂孔を見たなら、火山と推定できたはずだったのだ。

その光景は、時には鎮まり、また一連の爆発を繰り返して力を取り戻しながら、一晩中続いた。それは終わることがないと思えるほど長く感じられた。しかし明け方になると、東から暖かい風が吹いてきて、雲を吹き払い、爆発音は少しずつ弱まって、ざわめきになり、やがて完全に静まりかえった。オレンジ色に燃え上がっていた熔岩の帯は、燠火のように暗い赤色になり、陽が昇ると赤みが消えてしまった。

私は豚のことが心配になった。マギーに眠るよう命ずると、四人の男について来るように言った。島がどのように変わったか、見たいと思ったのだ。

豚には何も起きていなかった。豚たちは兄弟に会うようにして私たちのところに走ってきた（私は豚を悪く言うものには我慢できない。ちゃんと認識力を持っていて、喉をかき切る時はつらくてしょうがないのだ）。山の北西斜面にはいくつか割れ目ができていて、その二つは底が見えなかった。涙の森の南西の端は熔岩に埋もれ、その脇が二〇〇フィートほどの幅で木々が枯れ、燃え上がっていた。空中よりも地中のほうが熱いに違いなかった。火は幹を伝って根まで燃やし、根のあったところに空洞を作っていたからだった。熔岩の帯は泡だらけで、その先が手を切りそうなガラス片のようにはじけていた。まるで巨大なおろし金のようだった。噴火口の南側が崩れ、そこから熔岩が流れ出していた。一方山頂を作っている北側は丸くなったとさかのようで、以前よりもずっと高さを増したように見えた。

ホリーウェル洞窟を目にした時、私たちは驚きのあまり、石と化してしまった。どこもかしこも違った、まったく別の洞窟になっていたからだ。トランプを混ぜあわせて、すべてを変えてしまった時のようだった。以前に広かったところが狭くなり、高かったところが低くなっていた。ある個所では天井が崩れ落ち、鐘乳石が下ではなく、こうのとりのくちばしのように横に突き出していた。奥の「悪魔の頭蓋骨」があったところには大きな部屋ができていた。教会の丸天井の下にいるようで、まだ煙が充満していて、岩のきしむ音もしていたので、アンドレーアとガエターノは何とかして外に出ようとした。私は二人をマギーのもとにやり、彼女の洞窟を見に来るように言わせた。マギーは予想通り、走ってきたのと、心が高ぶっているため、あえぎながらやって来た。二人のイタリア人は洞窟の外に残っていた。おそらく彼らの聖人に祈り、連禱《れんとう》でも唱えていたのだろう。マギーは猟犬のように洞窟の中を走り回った。彼女の耳に聞こえるという声が、彼女に呼びかけているかのようだった。彼女は不意に叫び声をあげた。その声は私たちの皮膚に鳥肌を立てた。丸天井に割れ目があり、そこから水とは違うものがしたたり落ちていたのだ。それは輝く重いしずくで、岩の床に真っ直ぐに落下し、無数のしずくになって砕けて、遠くまで転がっていった。少し下のほうには池ができていた。それを見て、しずくは水銀であることが分かった。ヘンドリクが、そして私が手で触れてみた。冷たく、活発な物質で、いら立ち、たけり狂っているかのように、さざ波を立てて揺れ動いた。

ヘンドリクは変身したかと思えた。マギーと素早く意味の分からない目くばせを交わしたかと思うと、私たちに訳の分からない、支離滅裂なことを言った。だがマギーには分かっているようだった。「偉大なる業」を行なう時が来た、空と同じように、大地も露を分泌する、洞窟には「世界霊《スピリトウス・ムンディ》」が満ちている。そしてマギーに正面から向かい合い、こう言った。「今晩、ここに来るのだ、二つの背を持つ獣になることにしよう」ヘンドリクは首から青銅の十字架のついた首飾りを取り、私たちに見せた。十字架には一匹の蛇がはりつけになっていた。彼はその十字架を水銀の池に投げこんだ。十字架は表面に浮いていた。

あたりをよく見ると、水銀は新しくできた洞窟のありとあらゆる割れ目からしたたり落ちていた。ビールが新しい大桶からあふれ出るかのようだった。耳を澄ましてみると、響きの良いささやき声のような音が聞こえてきた。それは天井から落ちて床に衝突する無数の金属のしずくと、溶けた銀のように、震えながら床の上を流れ、割れ目に吸いこまれていく水銀の流れる音から成っていた。

本当のことを言うと、ヘンドリクはずっと好きになれなかった。四人の中で一番嫌いな男だった。だがその時は恐怖と怒りと嫌悪感を覚えさせた。目の中に、落ちつきのない、よこしまな光があった。まるで水銀の輝きのようだった。彼が水銀と化し、血管を水銀が流れ、目からしみ出ているかのようだった。彼はマギーの手首をつかみながら、白いイタチのようになめらかに洞窟を横切り、手を水銀の池につっこむと、体に振りかけ、頭にもかけた。喉の渇いたものが水とたわむれているかのようだった。もう少しで水銀を飲みそうだった。マギーは魔法にかかったかのようにヘンドリクに従っていた。私はしばらく我慢していたが、ナイフの刃を起こし、ヘンドリクの胸ぐらをつかんで岩壁に押しつけた。私は彼よりもずっと力が強かった。彼は風が静まった時の帆のようにその場に崩れ落ちた。彼がいったい何者なのか、我々や島に何を望んでいるのか、二つの背中を持つ獣の話は何なのか、知りたかったのだ。

ヘンドリクは夢からさめたかのようだった。自分から進んで話し始めた。操舵手を殺したという話は嘘だった。だがオランダで絞首台が待っているというのは本当だった。オランダ議会に砂丘の砂を金に変える提案をして、一〇万ギルダーの割り当て金を得たが、実験にはほとんど使わず、どんちゃん騒ぎに費してしまった。その後、調停委員たちの面前で、彼が「苛責の実験」と呼ぶものを行なうよう求められたが、千ポンドの砂から雀の涙ほどの金しか取れなかったので、窓から逃げ出し、愛人の家に隠れ、喜望峰に向かう最初の船にこっそりと乗りこんだのだった。トランクには錬金術師の道具一式を詰めこんでいた。「獣」については簡単に説明できない、と彼は言った。水銀は錬金術師の作業には欠かせない。それは飛翔する霊を固定したもの、あるいは女性原理だからだ。それが、燃える男性の土である硫黄と結合すると、哲学者の石、つまり二つの背を持つ獣を得ることができる。というのはその中に男性と女性が結合し、混ざりあっているからだ。何と素晴らしい演説だろうか。いかにも錬金術師にふさわしい、公正で明晰な話しだ。だが私はそれを一言も信じなかった。彼とマギーが二つの背中を持つ獣なのだ。彼は灰色の髪を持ち、毛むくじゃらで、マギーは白く、すべすべの肌をしている。その洞窟の中か、あるいはどこか知らないが、私たちのベットの上でか、私が豚を世話している間に、見ての通り、水銀に夢中になって、まだ本当に行なっていないにしても、二人はその準備をしているのだ。

おそらく私の血管にも水銀がめぐっていたに違いない。その時私は本当に逆上していたからだ。結婚して二〇年たっていたので、マギーは私にはそれほど重要ではなくなっていたが、その時は彼女への欲望で体が燃えさかり、虐殺もしかねないくらいだった。だが私は自制心を取り戻した。それどころか、ヘンドリクをしっかりと岩の壁に押しつけている際中に、ある考えがひらめいたのだった。私は水銀がいくらするのか問いただした。職業柄、知っているはずだった。

「重さ一ポンドで一二ポンドだ」彼はやっと声を出しながら答えた。

「本当だな?」

「本当だとも」彼はこう答えると、二本の親指を上に上げ、間の床に唾を吐いた。たぶん彼らなりの、金属を変えるものたち流の、誓いの方法だったのだろう。私はナイフを喉元に突きつけていたから、間違いなく真実を言ったはずだった。私は彼を放した。彼はまだおびえながら、こうした未精製水銀はさほど価値がない、と言った。だが、ウィスキーと同じようにして、鋳鉄か陶製の蒸留器で蒸留すれば、精製は可能である、そして蒸留器を壊せば、残留物の中に鉛や、しばしば銀や、時には金が見つかる、これは錬金術師の秘密なのだが、私のためには喜んでする、もし命を助けると約束してくれるなら、とヘンドリクは述べ立てた。

私は何も約束はしなかったが、水銀で妻を四人買うつもりだと告げた。蒸留器や壺を焼き物で作るほうが、オランダの砂を金に変えるよりもずっと簡単なはずだった。だが一生懸命やる必要がある、バートンがやってくる復活祭が近いからだ、復活祭までに精製水銀一パイントを入れる容器が四〇個ほしい、しっかりした蓋がついていて、みな同じ形で、丸く、すべすべしていなければならない、見た目も重要だからだ。他の三人にも手伝わせればいい、私自身も手を貸すつもりだ。蒸留器や容器を焼く心配はいらない。アンドレーアが聖人を焼いていたかまどがあるからだ。

私は蒸留法をすぐに学んだ。容器は一〇日後にできあがった。みな一パイント用だったが、水銀は優に一七ポンドはあり、力を入れてかろうじて持ち上がるくらいだった。揺らしてみると、中で生き物が身もだえしているかのようだった。原料の水銀を見つけるのには何の問題もなかった。洞窟の中は水銀だらけで、頭や肩にしたたり落ち、家に帰ると、ポケットや長靴やベッドの中まで水銀が見つかった。みなは少し水銀に酔ったようになり、女と交換するのも当然に思えてきた。本当に奇妙な物質だった。冷たく、捕え難く、常に動いていたが、いったん静止すると、鏡よりもきれいに姿を映し出した。スープ皿に入れて回すと、三〇分間は回り続けた。その上には、瀆神的なヘンドリクの十字架だけでなく、石も、鉛さえも浮かんだ。だが金はだめだった。マギーは指輪でためしてみたが、すぐに底に沈んでしまい、探しあてて引き上げると、錫でメッキをしたようになっていた。何とも気に食わない物質だった。私は早く商談をまとめ、やっかいばらいしたいと思った。

復活祭の頃、バートンがやってきて、蠟と粘土でしっかり封をした容器を四〇個積みこみ、何の約束もせずに立ち去っていった。秋も終わりに近づいた頃、ある夕刻に彼の船の帆影が雨の中に浮かび上がり、近づいてきて、くすんだ大気と闇の中に消えたのが見えた。いつもの通りに、朝を待って港に入るのだろうと思ったが、夜が明けるとバートンの捕鯨船は影も形もなかった。だが浜辺に、びっしょりとずぶ濡れになって、四人の女と、おまけに二人の子供までが、寒さと気おくれから、ぴったりと身を寄せて立っているのが見えた。その一人が無言のまま、バートンの手紙を私に差し出した。走り書きだった。人気のない島に住む、顔も知らない四人の男に、四人の妻を探すため、水銀を全部使わなければならなかった。手数料さえ残らなかった。だから次の寄港の時、一〇%ほどの金額を、水銀かベーコンで支払ってほしい。極上の女たちではないが、できる限りのことはした。不愉快な喧嘩に立ちあいたくないので、女を素早く上陸させ、捕鯨業に戻ることにする。自分は周旋屋でも、女衒《ぜげん》でもないし、司祭として結婚式をあげられるわけでもない。だができる限り工夫して、自分たちで結婚式をあげるよう、勧める。それは魂を健全に保つためだ、もうわずかなりとも汚されているとは思うが……

私は四人の男を呼び出し、くじを引くよう提案しようと思ったが、すぐにその必要がないことが分かった。額に傷のある白人と黒人の混血の、小太りの中年女がいたが、彼女はウィレムをしっかりと見つめ、ウィレムも彼女に興味を示していた。女は彼の母親ぐらいの年齢だった。私はウィレムに言った。「彼女が望みか？　それならおまえのものだ」彼は彼女を選び、私はできる限りのことをして、二人を結婚させた。つまり女にウィレムを望むか、ウィレムに女を望むか、尋ねたのだ。だが「繁栄と窮乏においても、健康と病においても」という言葉ははっきりと思い出せなかったので、その場で適当に作り出し、「死に襲われるまで」という響きの良い言葉で式を締めくくった。この二人の片をつけつつある時、ガエターノが斜視の娘を選んだのが分かった。あるいは娘のほうが彼を選んだのかもしれないのだが、二人は手をつないで雨の中を走り去っていこうとした。私は二人の後を追い、走りながら、遠くから、二人を結婚させる羽目となった。残った二人の中で、アンドレーアはかわいらしく、優美でさえある、三〇代の黒人女を選んだ。彼女は羽根飾りのついた濡れた帽子をかぶり、びしょ濡れのだちょうのえり巻を首に巻いていたが、どこかいかがわしい雰囲気を漂わせていた。私は走ったため、まだ息を切らせていたが、この二人も結婚させた。

ヘンドリクと、やせた小さな娘が残っていた。娘は二人の子供の母親だった。彼女は灰色の目であたりを見回していた。女を選ぶ儀式は自分には関係がなくて、あたかも楽しんでいるかのような様子だった。彼女はヘンドリクではなく私を見ていた。ヘンドリクのほうは、小屋から出てきたばかりで、髪のカーラーも取っていないマギーを見つめていた。マギーもヘンドリクを見返していた。その時、私は、二人の子供が豚の世話をする手伝いになるだろうと思いついた。マギーが子供を生んでくれないのは明らかだった。ヘンドリクとマギーは、二つの背中を持つ獣を作ったり、蒸留をして、一緒にうまくやっていけるだろう。灰色の目の娘は、私よりずっと若かったが、好みに合わないことはなかった。むしろ、心をくすぐるかのような、陽気で軽い感じを伝えてきた。蝶のように飛ぶ彼女を捕えたいという考えが頭に浮かんできた。そこで娘に名前を尋ね、証人を前にして、自分自身に大声でこう質問した。「汝、ダニエル・K・エイブラハムス伍長は、このレベッカ・ジョンソンを妻にめとるか?」私は、はいと答え、娘も同じ考えだったので、私たちは結婚したのだった。

・9・ 燐

Fosforo

一九四二年の六月、私は中尉と鉱山長に率直に話してみた。私には自分の仕事が無用になりつつあるのが分かっていたし、二人ともそれを理解して、人種法の枠外にあるさほど多くない避難所の中から、別の仕事を探すよう、すすめてくれた。

私は仕事を探す無益な努力を始めたが、そんなある朝、とてもまれなことだったが、鉱山の電話口に呼び出された。電話線の向こう側では、教養のなさそうな、力強い、ミラーノ訛の声が響いていた。マルティーニ学士と名のり、次の日曜日にトリーノのホテル・スイスに来てくれるよう言った。彼はそれ以外の詳細を知るぜいたくを私に味わせてくれなかった。だが彼は、忠誠なる市民の義務である、イタリア式の「スイス館《アルベルゴ・ズヴィッツエラ》」という言い方ではなく、「ホテル・スイス」と言った。当時はストラーチェ文化相が幅をきかせていて、こうしたささいな言い回しにも注意が払われていたから、訓練の行き届いた耳には微妙なニュアンスが伝わるのだった。

ホテル・スイスのホール（失礼、玄関広間と言うべきか）は、厚いカーテンを引いた、ビロード張りの、薄暗い、時代錯誤的なオアシスなのだが、そこにマルティーニ学士が待っていた。彼は、その少し前に受付に確かめたところによると、多くの場合は「コンメンダ勲位受勲者《コンメンダトーレ》」という敬称つきで呼ばれていた。年格好は六〇歳ぐらいで、中背で、ずんぐりとしていて、顔は陽に焼け、額は大きくはげ上がっていた。鈍重な感じの顔つきをしていたが、小さな目は狡猾そうに光り、口元は馬鹿にするかのように左側に少しゆがんでいた。唇は切り傷のように薄かった。少し話しただけで、このコンメンダトーレも性急な性格であることが分かった。この多くの「アーリア系」イタリア人がユダヤ人に示す奇妙な性急さは、決して偶然のものではないことが理解できた。本能的にせよ、意識的にせよ、ある目的に即していたのだ。「人種防衛」の時代には、ユダヤ人にていねいに接し、援助し、その援助を自慢する（慎重にだが）ことはできるかもしれない。だがユダヤ人と人間的関係を持つこと、自分の身を深く危険にさらすことはしないほうがいい。後で思いやりや同情を示す羽目に陥るのを避けるためだ。

コンメンダトーレは私に数少ない質問をし、私の多くの質問には曖昧に答え、二つの基本的な点では具体的な態度を示した。初任給はこちらから決して要求できないような高額を提示し、私をびっくりさせた。彼の会社はスイスに本拠があり、彼自身もスイス人で（ズヴィッセロ、と発音していた）、私を雇っても問題はなかった。彼がそのスイス気質《ズヴィッツェロ》をあからさまなミラーノ訛で強調するのは奇妙であり、おかしくもあったが、多くの点に無口であるのは理解できた。

彼が持ち主であり監督をしている工場はミラーノの周辺にあり、私はミラーノに引っ越さねばならなかった。会社はホルモン抽出剤を製造していた。だが私はある特定の問題に取り組まねばならなかった。つまり糖尿病の経口薬を探すことだった。糖尿病について知っているかと問われ、少しだけ、と答えた。母方の祖父が糖尿病で死んでいたし、父方の何人かの伯父は、伝説的なパスタ食らいだったが、年をとってから、その病の徴候を見せていた。この話をすると、コンメンダトーレは、小さな目をさらに小さくして、熱心に聞き入った。後で知ったところによると、彼も糖尿病の家系で、できることなら本物の糖尿病患者を手に入れたかったのだそうだ。実質的には人間の種族に属するもので、それに対して彼のアイデアや試剤を実験したかったのだ。給料はすぐに上がる、実験室は近代的で、設備が整い、ゆとりがある、工場には一万冊以上ある図書館が備えつけてある、と彼は言った。そして奇術師がシルクハットから兎を取り出すかのようにして、おそらく知らないだろうが（事実、私は知らなかった）、実験室では私の良く知っている人物が同じ課題に取り組んでいる、それは大学時代の仲間、私の女友達で、彼女が私のことを話した、ジュリア・ヴィネイスだよ、と打ち明けた。ゆっくり考える時間はある。二週間後の日曜日にはホテル・スイスにいる、と彼は言った。

翌日、私は鉱山をやめ、必要最小限のものを持ってミラーノに移った。自転車、ラブレー、フォレンゴの『マカロネアエ』〔一六世紀前半に書かれた叙事詩で、農民の世界を舞台に、騎士物語のパロディー化を行なっている〕、パヴェーゼ訳の『白鯨』、そしてその他のわずかばかりの本、ピッケル、ザイル、計算尺、リコーダーなどだった。

コンメンダトーレの実験室は、説明より劣ることはなかった。鉱山の実験室に比べると、それは王宮だった。私の到着に備えて、小卓、フード付きの長衣、机、ガラス器具戸棚、そして人間味を感じさせない静けさと整頓が用意されていた。「私の」ガラス器具は、水色のエナメル塗料で小さな点がつけられ、区別してあった。それは別の戸棚のものと混ざらないためであり、「ここでは破損は弁償する」からであった。だがこれは私の入場時にコンメンダトーレが伝えた数多くの規定の一つでしかなかった。彼は顔をしかめて、いかにして「スイス的厳密さ」が、実験室や工場全体の精髄であるかを信じこませようとしたが、私には被害妄想になりかねない、馬鹿げた束縛の集積にしか思えなかった。

彼の説明によると、工場の活動や、特に私に委ねられる問題は、産業スパイの手から慎重に守られなければならなかった。そのスパイは外部のものである可能性が高いが、彼が採用時に予防策を講じているにもかかわらず、工場の事務員や労働者でもありえた。だから私に与えられた課題や、その進展状況については、誰とも話してはいけなかった。もちろん同僚とも。むしろ他人よりも同僚を避けたほうがよかった。このため、従業員は全員、それぞれの出勤時間を持ち、それは町から来る市電の往来時間に一致していた。Aの従業員は朝八時、Bの従業員は朝八時四分、Cの従業員は朝八時八分といった具合で、帰りの時間もずらされ、同僚が同じ市電で帰ることのないようにされていた。遅刻や早退には重い罰金が課されていた。

一日の最後の時間は、たとえ天地がひっくり返っても、組み立てたガラス器具類をばらばらにし、洗浄し、戸棚に収めることに費さなければならなかった。それは時間外に誰か入ってきても、どんな仕事をしていたか、推測させないためだった。毎晩、日報を書き、それを封筒に入れて、封をし、彼自身か、秘書のロレダーナ嬢に提出しなければならなかった。

昼食はどこで食べてもよかった。昼休みに従業員を工場内に監禁するつもりはない、と彼は言った。だが（と言いながら、いつもよりもずっと口をゆがめたので、唇がさらに薄くなった）、近くに良いレストランはないので、実験室で食事の準備を整えたほうがいい、家から材料を持ってくれれば、女性労働者が料理してくれる、と彼は言った。

図書館に関しては、守るべき規則はとりわけ厳しかった。いかなる理由があろうとも、本を工場外に持ち出してはならなかった。司書のパリエッタ嬢の同意なしには、閲覧はできなかった。線を引いたり、ペンや鉛筆で印をつけただけでも、重大な規則違反になった。パリエッタ嬢は、返却時に、すべての本を一ページずつ検査することになっていた。もし印が見つかると、本は廃棄処分にされ、違反者は代金を払わなければならなかった。しおりを残したり、ページの角を折ることも禁じられていた。「何ものか」が工場の関心事や活動の手がかりを得て、その秘密に侵入できる可能性があるからだった。このやり方では、鍵が基本的な重要性を持っていた。夕方には、化学天秤を含めて、すべてに鍵がかけられ、門番に預けられた。コンメンダトーレはすべての鍵を開けられる鍵を持っていた。

こうした規則と禁令からなる旅の糧《かて》は、実験室に入って、ジュリア・ヴィネイスの姿を見つけなかったのなら、私を永遠に不幸にしたことだろう。彼女は落ち着き払って、小卓の脇に座っていた。働いているのではなく、靴下を繕っていた。私を待ち構えていたようだった。彼女はほのめかしたっぷりに顔をしかめて、私を愛情あふれる親しさで迎えてくれた。

私たちは大学の四年間、同級生で、すべての実験コースに共に通ったのだが、人間関係の仲立ちには驚くほど役に立たず、特に友達になることはなかったのだった。ジュリアは黒い髪を持ち、きゃしゃな体つきで、てきぱきしていた。眉は弓形で美しく、顔は細面で、すべすべしていて、動きは素早く、正確だった。理論より、実践に長けていて、人間味にあふれ、カトリックだが、硬直していなくて、寛大で、いいかげんなところがあった。ぼうっとした、ぼんやりしたしゃべり方をした。まるで完全に人生に疲れてしまった、といった風だったが、まったく逆だった。もう一年そこで働いていた。彼女が私の名をコンメンダトーレに言ったのだった。鉱山での私の不安定な状態をなんとなく知っていて、この研究の仕事にぴったりだと思った。それに、ぜひ言っておくべきだけど、一人でいるのに疲れてしまったの。だが誤解はしないで。彼女は婚約していた。とても固い絆で結ばれていた。だがひどく込み入っていて、混乱しているから、後で説明する、とのことだった。そして私は？　誰もいないの？　女友達は？　それは良くないわ。人種法のあるなしにかかわらず、手を貸すわ。人種法なんてつまらない作り話よ、どうってことないわ。

彼女はコンメンダトーレの思いつきを、あまり深刻に考えないように忠告してくれた。ジュリアはうるさく質問したり、人を悩ませたりせずに、全員のことをすべて知る才能にめぐまれていた。それはなぜか私には欠けていたから、彼女は私にとって旅行ガイドであり、優秀な通訳であった。彼女はただ一回の会談で、本質を、工場の舞台装置の背後に置かれた滑車と、主要な登場人物の役割を、教えてくれた。コンメンダトーレが主人だが、彼はバーゼルの正体の分からない他の主人たちに仕えていた。しかし命令を下しているのはロレダーナだった（彼女は中庭に面している窓越しに、誰だか教えてくれた。ロレダーナは背が高く、髪が黒く、ふくよかで、俗悪で、少しとうが立っていた）。彼女はマルティーニの秘書で、愛人だった。マルティーニは湖の岸辺に別荘を持ち、「年をとっていたが、「ヒヒおやじで」、彼女をヨットで連れ出していた。重役室に写真があったでしょう。見なかったの？　人事部のグラッソ氏もロレダーナを追いかけていたが、もうベッドに連れこんだのかどうか、ジュリアは知らなかった。分かったら教えてくれる、とのことだった。この工場で生活するのは難しくはなかった。だがあの妨害があるので、働くのは難しかった。解決方法は簡単だった。働かなければいいのだ。彼女はすぐにこのことに気づき、一年間たったが、謙遜は別にしても、ほとんど何もしなかった。目の楽しみのために、朝に実験器具を組み立て、夕方に規定通りに解体することしかしなかった。日報は想像力ででっちあげた。そしてこれを別にすると、生活用具一式を整え、たっぷりと眠り、洪水のように婚約者に手紙を書き、規則に反して、手近なものとは全員、議論を交わした。実験用の兎の世話をしている、耳の遠いアンブロージョ、すべての鍵を管理し、おそらくファッショのスパイも勤めているミケーラ、コンメンダトーレの言うところでは、私の食事を調理してくれるはずの女性工員ヴァリスコ、スペイン内戦でファシスト側で戦った、頭をポマードで光らせた、女たらしのマイオッキなどがその相手だったが、分けへだてすることなく、青白い顔をして、生気がなく、九人の子持ちで、人民党に属していたため、ファシストの暴行を受けたモイオーリも、話相手に加えていた。

ジュリアによると、ヴァリスコは彼女の秘蔵っ子だった。彼女になついていて、献身的で、命令することは何でもした。それには、臓器療法薬生産部へ遠征し（部外者は立ち入り禁止になっていた）、肝臓、脳、副腎といった、おいしい動物の内臓を持ってくることも含まれていた。ヴァリスコも婚約していて、二人の間には深い連帯感があり、さかんに秘密の打ち明け話をしていた。ヴァリスコは清掃係なので、その手引きですべての部門を見ることができた。生産部門にもスパイ防止の防具一式がごちゃごちゃに張りめぐらしてあるのが分かった。水、蒸気、排気、ガス、ナフサといった配管はすべて地下道を走るか、セメントで固められていて、弁だけしか近づくことができなかった。機械類は複雑なクランク・ケースに覆われていて、鍵がかけられていた。温度計や圧力計の文字盤には目盛りがなく、あらかじめ打ち合わせ済みの色つきの印しかつけられていなかった。

もちろん、私が働きたいなら、糖尿病の研究に興味があるなら、続ければいい、私たちは同じように一致してやっていける、だが彼女の協力はあてにできない、ほかに考えることがあるからだった。だが料理については彼女とヴァリスコをあてにしてもよかった。二人とも結婚を控えていて、練習をしなければならなかった。配給制や配給カードを忘れさせるほどの食事をさせてくれるはずだった。実験室で込み入った料理をするのは、さほど規則にかなったこととは、私には思えなかった。しかし、ジュリアによると、あるバーゼルの、ミイラ化したような、謎に包まれた相談役が、月に一回やって来て（それもたっぷりと前宣伝をして）、博物館にいるかのようにまわりを見回し、一言も発せずに出て行く以外には、実験室には誰も来ないので、跡さえ残さなければ、何でも望み通りのことができる、とのことだった。人類の歴史が始まって以来、コンメンダトーレはそこに足を踏み入れたことはなかった。

採用の数日後、私は重役室に呼び出された。その時、ヨットに乗った、かなり節度ある写真が本当にあるのが目に入った。コンメンダトーレは本題に入る時が来たと言った。初めにすべきは、図書館に行き、パリエッタに、ケルンの糖尿病の本を求めることだった。ドイツ語は知っているでしょう？　よろしい、それならバーゼルのものたちがさせたひどい仏語訳でなく、原本を読むことができるでしょう。彼はその仏語訳を読んだだけで、良くは分からなかったが、ケルン博士はなかなかのやり手で、博士の考えを初めて実際に応用するのは素晴らしいことだという確信を得た。もちろんやや難解な文体で書かれているが、この経口糖尿病薬の件は、バーゼルの重役連が、特にミイラ化した相談役が、重視していた。だからケルンを借り出し、注意深く読んでほしい。それからまた話し合いましょう。だが今、時間を無駄にしないためにも、すぐに仕事を始めてほしいのです。彼はいろいろとすることがあって、ケルンの本にしかるべき注意を十分に払えなかったのだが、二つの基本的考えを引き出すことができた。それを実際に試してみることができるはずだった。

初めのものは花青素《アントシアニン》に関係していた。花青素は、ご存知のように、赤や青い花の色素です。それはいとも簡単に酸化、還元ができるのですが、ぶどう糖にも同じことが言えます。そして糖尿病はぶどう糖の酸化異常により引き起こされます。「従って」花青素によって、ぶどう糖の正常な酸化を再構成できるはずです。矢車草の花弁には花青素がたくさん含まれている。彼は先を見越して、ある畑一面に矢車草をまき、花弁を集め、太陽にさらして乾かしておいた。だから私は成分を抽出し、兎に投与して、血糖値を計ることができるはずだった。

第二の考えはかなり漠然としていたが、同時に短絡的であり、かつ入り組んでいた。やはりケルン博士によると、彼のミラーノ風の解釈なのだが、燐酸は炭水化物の代謝に基本的な役割を果たしているとのことだった。ここまでは何も反論すべきことはなかった。しかし眉つばものなのは、ケルンの曖昧な根拠の上に築かれた、彼の仮説だった。つまり、糖尿病患者の破壊された新陳代謝を正常に戻すには、植物性の燐を少し与えればよい、という仮説だった。その時、私はまだ若くて、上司の考えを変えさせられると信じていた。そこで、二、三、反論を試みたが、コンメンダトーレは私の反論に合って、ハンマーで叩かれた銅板のように、見る見るうちに硬化してしまった。彼は話を打ち切り、その独特の断固たる口調で提案を命令に変え、多くの植物を分析して、有機燐の多く含まれているものを選び出し、例によって抽出して、いつもの兎に投与するよう、忠告した。そして良い仕事を祈ると言い、夕べのあいさつをして、私を送り出した。

この会話の結果をジュリアに伝えると、彼女は即座に厳しい判断を下した。老人は頭が狂っている、というのだった。だが彼を挑発したのは私だった。その持ち場に踏みこみ、初めから真面目に応対してしまったのだ。私は矢車草や燐や兎といった面倒から逃れてしまうほうがよかった。彼女によると、コンメンダトーレの老人ぼけのおとぎ話に身を売ろうとまでする、私の働きたいという熱望は、恋人がいないという事実から来ていた。もし恋人がいたら、花青素などに目もくれずに、恋人のことを考えただろう。彼女が、ジュリアがもう予約済みなのは本当に残念だった。というのは、私がどういう種類の男か分かっていたからだ。自分から行動を起こさず、逃げ出してしまい、難題を少しずつ解決してもらいながら、手を引かれて行く種類の男なのだ。でも、ミラーノに彼女のいとこがいた。彼女も臆病な質《たち》だった。いつか会えるようにしてあげる。だが私自身も、ええい、畜生、努力しなければならなかった。私のような男が青春の最良の時期を兎に投げ捨てるのを見るのは、彼女の心臓に悪かった。ジュリアには魔女がかったところがあった。手相を読み、占い師のもとに通い、予知夢を見ていた。私は何度か考えを飛躍させ、彼女が私に昔の苦悩を忘れさせ、ある慎ましやかな喜びをすぐに得られるように世話をやいてくれたのは、運命が私に用意していたことを何となく直観的に感じ取り、無意識的にそれをそらそうとしていたからだと思ったのだった。

私たちは一緒に『霧の波止場』を見に行った。その映画は素晴らしく、私たちは主人公に自分を重ねあわせた、とお互いに告白したのだった。きゃしゃで黒い髪のジュリアは、冷たい目つきの、天空の精霊のようなミシェル・モルガンに、おとなしく、引っこみ思案の私は、脱走兵で、誘惑者で、雄牛のようにたくましい、ろくでなしのジャン・ギャバンに自分を見たてた。馬鹿げている。それにあの二人は愛しあっているのに、私たち二人は愛しあっていないじゃないか？

映画が終わりそうになった時、ジュリアは私が彼女を家まで送ってくれるはずだと予言した。私は歯医者に予約をしていた。すると彼女は「送ってくれないなら、〝何するのよ、豚！〟とどなるわ」と言った。私は言い返そうとしたが、ジュリアは大きく息を吸いこみ、映画館の暗闇の中で、「何する……」と叫ぼうとした。そこで私は歯医者に電話をして、彼女を家まで送っていったのだった。

ジュリアは雌ライオンのようだった。婚約者と二時間一緒に過ごすために、疎開者でいっぱいの汽車に立ちづめで一〇時間乗っていても平気だったし、コンメンダトーレかロレダーナと激しい言い合いをすることができたなら、光り輝き、幸福になるのだった。しかし虫や雷は苦手だった。作業用の小卓から小さな蜘蛛を取り除くのに、私を呼びつけるのだった（だが殺してはいけなかった、ガラスびんに入れて、外の花壇に持って行く必要があった）。このことは私に、勇気と力を感じさせ、レルネーのヒドラを目の前にしたヘラクレスのような気分になったのだが、同時に誘惑されているとも感じた。彼女の頼みに女性らしさが充満していると思えたからだ。激しい嵐が来ると、ジュリアは二回まで雷が我慢できても、三回目には私の胸に逃げこんでくるのだった。彼女の体のぬくもりが感じられて、夢では知っていたが、実際には目新しく、めまいがした。だが彼女を抱き返すことはしなかった。もしそうしたら、二人の運命は大音響をたててレールからはずれ、まったく予想もつかない共通の未来へとそれてしまっただろうからだ。

初めて目にした時、司書は、麦わら小屋を守る番犬のようにして、図書館を守っていた。繰り返し鎖につなぎ、飢えさせて、わざと気を荒くしたあわれな犬に、彼女はそっくりだった。あるいは、『ジャングル・ブック』の、暗闇の中に何世紀もいたため青白くなった、王の宝物を守る、歯の抜けた老コブラにたとえるほうがふさわしいかもしれなかった。パリエッタは、可哀相に、もう奇形人間になりかかっていた。背たけは低く、胸にも腰にも丸みはなく、青白くて、しおたれていて、恐ろしいほどの近眼だった。大きくくぼんだ、ぶ厚いレンズの眼鏡をかけていたので、正面から彼女の目を見ると、その白っぽい水色の目はひどく遠くにあって、頭蓋骨の底にはりついているかと思えた。三〇歳以下のことは確かだったが、決して若い時がなかったような印象を与え、閉めきった澱んだ空気とかびのにおいがする、その暗がりで生まれたかと思えるのだった。彼女のことを知っているものは誰もいなかった。コンメンダトーレ自身も、我慢できないといったいら立ちを見せながら、彼女のことを話した。ジュリアはなぜか分からないが、本能的に彼女が嫌いだと言った。狐が犬を嫌う時のように、哀れみは抱けなかった。ナフタリンくさい、便秘症の顔をしている、とジュリアは言った。パリエッタはなぜケルンの本が必要なのか尋ね、身分証明書を要求し、意地悪げにながめ回し、登録簿に署名をさせてから、いやいやながら私の手に本を投げ出した。

それは奇妙な本だった。第三帝国以外の場所で書かれ、出版されるのは、難しかったに違いない。著者に能力が欠けているとは思えなかったが、自分の断定は決して反論に会わないことを知っているものの高慢さがすべてのページに表われていた。彼は書くというよりも、熱弁をふるっていた、神に憑かれた予言者のように。まるで糖尿病患者や健常者のぶどう糖代謝が、シナイ山上でエホヴァによって啓示されたかのように。あるいはワルハラの宮殿でヴォータンによって明かされたかのように。もしかしたら間違っていたかもしれないが、私はケルンの理論にすぐ敵意に満ちた不信感を抱いた。だがあの時から三〇年間たったが、彼の理論が再評価されたという話は聞いていない。

花青素の冒険はすぐに終わってしまった。それは矢車草の派手な侵入によって始まった。乾燥され、小さなポテトチップスのようにもろくなった、青い繊細な花弁が、何袋も持ちこまれた。色の変わりやすい抽出物が得られた。それは見せ物としては派手であったが、非常に不安定だった。何日か働いただけで、兎を使った実験に移る前に、コンメンダトーレから一件落着にする許可が出た。スイス人で、足が地についているはずなのに、その狂信的な夢想家に引きずられてしまうのはおかしいという思いが抜けなくて、私はある機会をとらえ、私の判断を述べてみたが、教授たちを批判するのは私の仕事ではない、と荒々しく反論されてしまった。私は無為に過ごすために給料を支払われているのではない、という事実を指摘し、時間を無駄にしないように、すぐに燐の実験に取りかかるように、と促すのだった。燐は絶対に素晴らしい結果を出すことを、彼は確信していた。ぜひ燐に取りかかるべきだった。

　私は少しの確信もなく仕事を始めたが、コンメンダトーレや、おそらくケルン自身も、俗信と名前のうまい組み合わせに、魅了されてしまったという確信はあった。事実、燐はとても美しい名を持ち（「光をもたらすもの《フォスフォロ》」の意味だった）、燐光を放ち、脳に含まれ、魚にも含まれていて、それゆえに魚を食べると頭が良くなるとされていた。燐なしには植物は育たない。一〇〇年前の貧血症の子供にはファリエールの燐酸塩を、つまりグリセロ燐酸塩を与えた。マッチ棒の先にも含まれていて、失恋して絶望した娘たちは、自殺するため、それを食べたものだった。また旅人の前で腐ったものが発光する、鬼火の中にも含まれている。燐は感情を刺激しない物質の対極にあった。だから半分生化学者で半分魔術師のケルン博士が、黒魔術の浸透したナチの宮廷で、燐に薬効があると指摘したのも理解できるのだった。

夜になると、未知の手が、一日に一種類ずつ、次々に植物を、実験台の上に残していった。それは奇妙に家庭的な植物で、どうやって選定されているのか、分からなかった。玉ねぎ、にんにく、にんじん、ごぼう、こけもも、西洋のこぎり草、柳、サルヴィア、ローズマリー、野ばら、びゃくしんなどだった。私は毎日、ある植物の無機燐と燐の全体量を測定することになった。まるで水揚げポンプに縛りつけられたろばのようだった。私は前世で、岩石のニッケルの分析にひどく熱中したから、現在の、日々の燐量の測定は、大いに意気を消沈させた。自分に確信のない仕事をするのは大きな苦しみだからだ。隣の部屋にいて、小声で「春が来た、目ざめよ女の子たち」を歌い、パイレックス・ガラス製のビーカーを使い、温度計でかきまぜながら料理をするジュリアの存在が、わずかに心を楽しませてくれただけだった。彼女は時々来ては、挑発するような、馬鹿にしたような態度で、私の仕事を見つめていた。

ジュリアと私は、その未知の手が、私たちのいない間に、実験室にかすかな跡を残していくことに気づいた。夕方鍵をかけた戸棚が朝には開いていた。三脚が位置を変えていた。開けておいた覆いが、下に下げられていた。ある雨の朝、ロビンソン・クルーソーのように、床にゴム底の靴跡があるのを見つけた。コンメンダトーレはゴム底の靴をはいていた。「夜にやって来て、ロレダーナを抱くのよ」とジュリアは決めつけた。私は、偏執狂的に整頓されているその実験室が、何か別の、手に触れることのできない、スイス人の秘密の陰謀に使われているのではないかと思っていた。私たちは製造部から実験室に通ずる、鍵のかけられた扉のすべてに、内側からまんべんなく鍵穴に小枝を入れておいたが、朝になるといつも小枝は床に落ちていた。

二ヵ月後には、四〇ほどの分析結果を手に入れた。燐を最も多く含むのは、サルヴィア、クサノオウ、パセリだった。私はこの時点で、燐がどのような形で化合物になっているか確認し、燐化合物を分離するほうがいいと考えたのだが、コンメンダトーレはバーゼルに電話して、そこまで細かくする暇はないと言った。すぐに熱湯と圧搾機を使って、単純に抽出物を取り出し、真空凝縮して、兎の食道に注入し、その血糖値を計るのだ。

兎は愛すべき動物ではない。哺乳類の中では人間から一番遠い。たぶんそれは品性の卑しい、見捨てられた人間に性質が似ているからだ。兎は臆病で、無口で、いつも逃げ腰で、食べ物とセックスにしか関心がない。私は小さい時に田舎で猫に少し触れた以外は、動物にさわったことがなく、兎を見て身震いがした。ジュリアも同じだった。だが幸いなことに、ヴァリスコが兎とも、飼育係のアンブロージョとも、とても仲が良かった。彼女は箱の中に、必要な道具が一式、こぢんまりと揃えてあるのを見せてくれた。そこには細長くて、丈の高い箱があった。蓋はついていなかった。兎は巣にこもるのが好きなので、耳をつかんで（それは自然の取っ手のようなものだった）その箱に入れると、安心して動かなくなる、ということだった。またゴム製のゾンデと、横に穴の開いた紡錘形の木片があった。兎の歯の間に木片をこじ入れ、その穴からゾンデを遠慮会釈なく喉に押しこみ、胃の底に達するまで入れ続けるのが、その使い方だった。もし木片を入れないと、兎は歯でゾンデを噛み切って、呑みこみ、死んでしまうのだった。普通の注射器を使えば、ゾンデから胃に抽出物を送りこむのは簡単だった。

次に血糖値を測定しなければならなかった。この場合も、鼠にとってのしっぽは、兎にとっては耳だった。そこにははっきりと分かる太い血管があって、耳をこするとすぐに充血した。この血管を針で刺して、一滴血液を採取し、様々な手順の理由を問わずに、クレセリウス・ザイフェルト法に従って事を進めればよかった。兎は禁欲主義者なのか、それとも痛みを感じないのか、そうした不当な目にあっても苦しむ様子は見せず、自由になって檻に戻されると、平然と乾し草をかじり始め、次からは少しの恐れも見せなくなった。一ヵ月後には血糖値測定が目をつぶってもできるようになったが、我らが燐が何らかの効果を持つ気配は感じられなかった。兎の一匹だけがクサノオウの抽出物に反応し、血糖値が下がったが、数週間後に、首に大きな腫瘍ができてしまった。コンメンダトーレは手術するよう、私に言った。私は強い罪悪感と嫌悪感を覚えながら手術をしたが、兎は死んでしまった。

兎たちは、コンメンダトーレの命令によって、雄も雌も一匹ずつ檻に入れられ、厳しい独身生活をしていた。ところが夜間爆撃があって、ほかにさしたる被害がなかったのに、檻をすべて壊してしまった。朝になると、兎たちがせっせと、大乱交大会にいそしんでいる姿を私たちは発見した。爆弾には少しもおびえることがなかったのだ。兎《コニリオ》は自由になるとすぐに花壇に、その名の由来となった地下道《クニコロ》を掘り、少しでも危険がせまると、性交を中断して、穴に逃げこむのだった。アンブロージョは苦労して兎を狩り集め、新しい檻に入れた。血糖値測定の仕事は中断せざるをえなかった。檻だけに印がつけられ、兎には何もついていなかったので、逃亡の後は見分けがつかなくなってしまったのだった。

兎や別の仕事の合間にジュリアがやって来て、だしぬけに、私に助けてほしいと言った。あなたは自転車で来たのでしょう？　彼女はその晩、すぐにポルタ・ジェノヴァまで行かなければならなかったが、市電を三つも乗り換えなければならなかった。彼女は急いでいた。大事な用だったのだ。自転車の前に乗せて、連れて行ってくれない、いいでしょう？　私はコンメンダトーレが狂ったジグザグの時間割りを作ったため、彼女より一二分前に工場を出て、角を曲ったところで待ち、自転車の前に乗せて出発した。当時、自転車でミラーノを走るのは少しも無謀な行為ではなく、爆撃と疎開の時期に、サドルの前のパイプに人を乗せるのも、さほど変わったことではなかった。時には、特に夜に、知らない人がこの輸送手段を求め、町の端から端まで運ぶと、四、五リラくれるのだった。しかしジュリアは、普段から落ち着きがなかったが、その晩は乗り物の安定を危うくした。運転の方向にさからってハンドルをきつく握りしめ、不意に体の位置を変え、話にあわせて手や頭を急激に動かし、予想もできないような形で自転車の重心を変えるのだった。ジュリアの話は初めは漠然としていたが、自家中毒を起こさせるような秘密は持っていられない質《たち》だったので、インボナーティ街を半分来たところで、曖昧な調子はなくなり、ポルタ・ヴォルタでははっきりとした話になった。彼女は怒っていた。彼の両親が否《ノー》と言ったからだった。彼女は反撃に行くところだった。なぜそんなことを言ったのだろうか？「両親は私が十分に美しくないというのよ、分かる？」彼女はうなるように言って、怒りのあまりハンドルをゆさぶった。

「なんて馬鹿な連中だ。ぼくは十分に美しいと思うよ」と私は真剣に言った。

「抜け目ないのね。あんたは分かってないわ」

「ただきみをほめたかっただけさ。それに本心からそう思っている」

「そんな場合じゃないわ。今、私に言い寄ろうとするなら、地面に叩きつけるわよ」

「きみも転んでしまうぞ」

「馬鹿ね、あんたは。さあ、こぎなさい、遅刻しちゃうわ」

カイローリ広場を通る頃は、すべてが分かった。いや、正確に言うと、事実の構成部分のすべてを把握したのだ。だがそれは込み入っていて、時間の経過通りに並んでいなかったから、はっきりとした意味を汲み出すのはやさしくはなかった。

特に分からなかったのは、なぜその彼の意志が事態の打開に役立たなかったかだ。それは理解し難かったし、恥ずべきことでもあった。ジュリアが以前に語ったところによると、寛大で、堅実で、彼女を愛し、真面目であるこの男がいた。彼は、私がハンドルを握っている腕の中で動き回り、怒り狂って髪をふり乱し、なおさら輝いて見える、この娘を自分のものにしていた。だが男はミラーノに急いでやってきて、自分の言い分を述べる代わりに、どこか国境近くの兵舎に巣を作っていて、国を守っていた。それは「非ユダヤ人《グーイ》」だから、当然のことながら軍務についていたのだ。こう考えると、ジュリアが私自身を恋の邪魔物であるかのように、私に対して喧嘩をふっかけていたにもかかわらず、私の心の中に、その未知の恋敵への不条理な憎しみが湧いてきた。祖先から受け継いだ用語によると、男は「非ユダヤ人《グーイ》」で、彼女は「非ユダヤ人の女《グーイア》」だった。だから二人は結婚できた。私は心の中におそらく生まれて初めて、吐き気をともなう空虚感が育ってくるのを感じた。要するに、これが他人であることなんだ。これが地の塩であることとの代価なんだ。自分の欲する娘を自転車の前に乗せ、その娘が恋することもできないほど遠い存在だと感じてしまうこと、娘をゴリツィア通りに運んで他人のものになるよう助け、自分の人生から消してしまうこと、これがその代価だったのだ。

ゴリツィア通り四〇番地の前にはベンチがあった。彼女は待っていてくれるように言って、風のように玄関に飛びこんでいった。私はベンチに座り、まとまらない、苦痛な考えを頭の中に渦巻かせながら、待っていた。自分はもっと紳士でなくなるべきだ、もっと足かせを取り去り、頭を使うべきだ、彼女との間に学生時代や工場での思い出しかないことを一生悔やむことになるかもしれない、と私は考えた。そして次に、まだ遅すぎることはないかもしれない、両親のオペレッタ風の否《ノー》はてこでも動かせなくて、ジュリアは泣きながら降りてきて、そんな彼女を慰められるかもしれない、と考えた。だがそれはふらちな希望であり、悪辣にも他人の不幸につけこむことになる、と思い直した。そして最後に、漂流者がもがくのに疲れて沈んでしまう時のように、当時いつも心を占めていた考えにおちこんでしまった。婚約者がいて、人種隔離法があることは、愚かな言い訳でしかない、女性に近づけない私の無能力は上訴できない刑罰であり、一生つきまとってきて、うらやみと抽象的な欲望に毒された、不毛で目的のない生活に私を閉じこめるはずだった。

ジュリアは二時間後に出てきた。臼砲の弾のように、玄関から飛び出してきたのだ。

どんな具合だったか、質問をする必要もなかった。「二人を誇りでこんなにふくらましてあげたわ」彼女は紅潮した顔で、まだ息をはずませながら、こう言った。私はせいいっぱいの努力をして、何とか信じてもらえそうにお祝いを言ったのだが、ジュリアには、考えていないことを信じさせ、本心を隠しておくのは不可能だった。彼女は心の重荷から解放され、勝利に陽気になって、私の目を正面から見つめ、そこにかげりをとらえて、尋ねてきた。「何を考えているの？」

私はぽつりと答えた。「燐のことだよ」

ジュリアは数ヵ月後に結婚した。私には涙をふいて別れを言い、ヴァリスコには食料配給について細々とした指示を残していった。彼女は幾多の試練に合い、子供をたくさんつくった。私たちは仲の良い友達でいて、時々ミラーノで会い、化学やその他の高尚なことについて話し合う。私たちは自分の選択や、人生が自分たちに与えてくれたものに不満ではないが、二人で会う時は、ある印象を抱き、それを互いに述べあうのだった。それはある薄い膜や、一陣の風や、さいころの一ふりが、二人を二本の道に分け、それは一本にはならなかったという、奇妙だが、決して不愉快ではない印象だった。

・10・ 金

Oro

ミラーノに移り住んだトリーノ出身者は、うまく根づけないか、根づいても居心地が悪い、ということはよく知られている。一九四二年の秋に、ミラーノには七人のトリーノ出身の友人がいた。若い男女で、様々な理由から大都会に乗りこんできたのだが、町は戦争のため、住みにくくなっていた。まだ両親が生き残っているものもいたが、その両親たちは爆撃を避けて田舎に疎開していた。私たちは広い範囲で同じような生活をしていた。エウジェは建築家で、ミラーノを作り直したいと思い、最高の都市計画を実施したのはフリードリッヒ「赤ひげ王」〔ドイツ国王、神聖ローマ帝国皇帝で、北イタリアの諸都市と敵対し、一一六二年にミラーノを破壊した〕だと言っていた。シルヴィオは法学士だったが、哲学の大論文を薄葉紙の小さな紙に書いていた。彼はある運送会社で働いていた。エットレはオリヴェッティ社の技師だった。リーナはエウジェを愛していて、画廊に関係した仕事をしていた。

ヴァンダは私と同じ化学者だったが、仕事が見つからず、フェミニストだったので、このことにいつもいらだっていた。アーダは私のいとこで、コルバッチョ出版社で働いていた。シルヴィオは彼女のことを二重学士と呼んでいた。学位を二つ持っていたからだった。エウジェは、私、プリーモのいとこだから、アーダをクジーモとふざけて呼んでいた。彼女はそれに少し腹を立てていた。私はジュリアが結婚してから、兎とともに取り残されて、やもめで孤児になったかのように感じていた。私はあれやこれやと空想にふけり、化学者だけに知られている、葉緑素の光合成という壮大な詩を人々に知らせるために、炭素原子の英雄伝説を書こうと思っていた。それは実際にずっと後になってから書きあげた。この本の巻末にある物語がそれである。

もし記憶違いでないのなら、エットレを除いて全員が詩を書いていた。エットレは、技師にはふさわしいことではないと言っていた。だが当時、世界が炎に包まれている時、悲しく、憂鬱で、さほど美しくない詩を書くのは、私たちには奇妙でも、恥辱とも思えなかったのだ。私たちは自らをファシズムの敵と明言していたが、実際にはファシズムは、ありとあらゆるイタリア人と同様に、私たちにも作用していて、私たちを外部に排除し、表面的で受動的で冷笑的な存在にしていた。

私たちは意地悪な喜びを覚えながら、食料の配給と、石炭のない部屋の寒さに耐え、イギリス軍の夜間爆撃を無自覚に受け入れていた。それは私たちに向けられたものではなかった。私たちの遠い同盟者が持つ力を示す、野蛮な印だった。かまわずやってくれればよかった。私たちは当時屈辱を受けたイタリア人がみな考えていたことを考えていた。つまりドイツ人と日本人は無敵であり、アメリカ人も同じだったので、戦争はあと二〇年も三〇年も続く。それは果てしない、血みどろの停止状態だが、遠い場所の出来事で、内容をゆがめた戦時公報でしか知ることができなかった。だが時には、同年代の若者の家族から、「自己の義務を英雄的に果たす中で」という事務的な戦死通報によって、かい間見ることもできた。それはリビア沿岸やウクライナのステップのあちこちで踊られていた死の舞踏で、終わりがないと思えた。

私たちはみな毎日働いていたが、自らの未来のためではないことを自覚しているものがそうであるように、信念もなく、無気力にこなしていた。演劇や音楽会にも出かけたが、時々空襲警報が鳴って中断された。これは馬鹿げた、小気味いいことに思えた。連合軍は制空権を握り、最後には勝って、ファシズムは倒れると思えた。だがそれは彼らの問題だった。彼らは金持ちで、強力で、空母とB24爆撃機を持っていた。私たちはそうではなかった。自分たちを「他者」と明言しており、他者でいるつもりだった。支持はしていたが、アーリア人の愚かで残酷なゲームの外にいて、オニールやソーントン・ワイルダーの劇について語り、グリニェ山の岩壁に登り、互いに少し恋に落ち、知的遊戯を発明し、シルヴィオがスイスのバー州の友人に教わった美しい歌を歌っていた。この頃、ドイツ軍に占領されたヨーロッパで起きていたこと、アムステルダムのアンネ・フランクの家、キエフ近郊バービー・ヤールの溝、ワルシャワのゲットー、テッサロニキ、パリ、リディツェで起きたこと、私たちを呑みこもうとしていたその悪疫については、いかなる正確な情報も私たちのもとには届いてこなかった。ただギリシアやロシア戦線の兵站地から帰ってきた兵士たちの曖昧で不吉なほのめかししかなかったが、私たちはそれを割引きする傾向があった。私たちは無知ゆえに生きていた。それは山登りをしていて、ザイルがすり切れそうになっているのに、気づかなくて、かまわず登っているのと同じだった。

だが一一月に連合軍が北アフリカに上陸し、一二月にレジスタンス闘争が始まり、ロシア軍がスターリングラードで勝利すると、戦争が身近に迫り、歴史がその歩みを取り戻したことが分かった。数週間のうちに、私たちはそれぞれ、今までの二〇年分以上に成熟した。影の中から、ファシズムに屈しなかった弁護士、教師、労働者などの人たちが出てきた。私たちは彼らの中に自分たちの教師を認めた。今まで聖書や化学や登山にその教理を求めて、得られなかった人たちだった。ファシズムは二〇年間、彼らを沈黙させてきたのだが、彼らはファシズムが単なる先見の明のない、滑稽な悪政ではなく、正義の否定者であると説明した。ファシズムはイタリアを間違った、致命的な戦争に引きずりこんだだけでなく、働くものに無理強いし、他人の労働を搾取するものに抑制のない利益をもたらし、物事を自分の頭で考え他人の奴隷になりたくないものに沈黙を押しつけ、体系的に計算された嘘をつく体制に基づいた、ある忌むべき合法性と秩序の守護者として、生成し、地固めをしたのだった。私たちのようにあざけりながら反抗してもだめだ、怒りにまで高め、それを時宜を得た組織的な反乱に導かなければならない、と彼らは言った。だが爆弾の作り方や銃の撃ち方は教えてくれなかった。

グラムシ、サルヴェミニ、ゴベッティ、ロッセッリ兄弟〔いずれも反ファシズム運動を展開した代表的人物〕といった名が出てきた。だが彼らはいったい誰だったのだ？　それでは第二の歴史が、高校で高みから与えられた歴史に並行する別の歴史が存在していたのだろうか？　あの激動の数ヵ月間、私たちは二〇年間の歴史的空白を再構成し、埋めようとしたが、これらの新しい主人公はガリバルディ〔一八〇七〜八二。南イタリアを武力で征出し、イタリア統一に貢献した英雄〕やナザリーノ・サウロ〔一八八〇〜一九一六。イタリアの失地回復のため、オーストリア軍から寝返り、後に処刑された英雄〕のような「英雄」に留まり、人間的な内容や厚みを持たなかった。私たちの準備を強化するための時間は与えられなかった。三月にトリーノでストが行なわれ、危機が間近なことが示された。七月二五日にはファシズムが内部崩壊し、広場は手を取り合う群衆で満たされた。それは自由が権力者の陰謀によって与えられた国の、当てにならない、束の間の喜びだった。九月八日になると、ナチの師団が緑灰色の蛇のように、ミラーノやトリーノの街路に侵入し、荒々しく人々の目がさまされた。喜劇は終わり、イタリアはポーランド、ユーゴスラヴィア、ノルウェーと同様に占領国家になった。

こうして長い間言葉に酔った末に、自分たちの選択には確信を持ち、手段にはまったく自信のないまま、心には希望よりも絶望をかかえて、破壊され分断された祖国で、私たちは自分を試すために戦場に降りて行った。私たちは各々が別の谷に入り、自らの運命を追うため別れ別れになったのだった。

私たちは寒さと飢えに苦しめられていた。私たちはピエモンテ州で一番武器がなく、おそらく一番未熟なパルチザン部隊だっただろう。私たちは一メートルの雪に覆われた隠れ家からまだ出ていなかったので、安全だと思っていた。だが裏切りものがいて、一九四三年一二月一三日の明け方、目をさますと、サロ共和国軍に取り囲まれていたのだった。敵は三〇〇人で、こちらは一一人、銃弾のない機関銃が一丁とピストルが数丁あるだけだった。八人がうまく逃げ出して、山の中に散って行った。私たちは逃げられなかった。まだ寝ぼけ眼《まなこ》だったアルドとグイードと私は兵士たちに捕われてしまった。兵士たちが中に入ってくる間に、私は枕の下に置いていた回転式ピストルをストーブの灰の中に隠すことができた。私はそれをうまく使える自信がなかった。小さくて、貝殻の象眼が施されたピストルで、映画の中で、絶望した婦人が自殺するのに使うしろものだった。医師だったアルドは立ち上がり、平然と煙草をつけ、「私の染色体のためには残念なことだ」と言った。

兵士たちは私たちを少しなぐり、「軽率な行為をしないよう」警告し、後で彼ら流の説得力あるやり方で尋問し、その後すぐに銃殺すると約束した。彼らは私たちを仰仰しく取り囲み、峠に向かって歩き始めた。行進は数時間続いたが、私はその間に気にかかっていたことを二つなしとげた。財布に入れていたひどい偽物の身分証明書を少しずつちぎって食べ（特に写真がひどい味だった）、ポケットに入れていた住所だらけの手帳を、つまづいたふりをして雪の中に押しこんだのだった。兵士たちは勇敢な戦闘歌を歌い、兎を機関銃で撃ち、鱒を殺すため、小川に手榴弾を投げこんでいた。下の谷ではバスが何台か待っていた。私たちはバスに乗せられ、別々に座らされた。私は兵士たちに囲まれてしまった。座っていたり、立っていたりして、私には少しも構わず、歌い続けていた。私の正面にいた兵士は私に背を向けていた。そのベルトにはドイツ製の木の柄の手榴弾が吊り下げられていた。その安全弁を取り、ケーブルを引いて、何人かの兵士たちを道連れに死ぬこともできたのだが、その勇気が出なかった。私たちはアオスタの郊外にある兵営に連れて行かれた。その百人隊長はフォッサと言った。当時の状況を考えてみると、彼がもう数十年来、どこか山奥の戦時墓地に葬られ、私がここで生きていて、実質的には無傷でこの話を書いているのは、奇妙で、馬鹿げていて、悪意をこめた滑稽さがあると言わざるをえない。フォッサは合法主義者で、すぐに私たちのために、規則にかなった監獄体制を作るのに躍起になった。こうして私たちは兵舎の地下室に一人ずつ別々に入れられた。そこには簡易ベッドと便器があり、一一時に食事が出され、運動時間があり、互いの連絡は禁止された。この禁止は苦痛だった。私たちの間では、各々の心にある痛ましい秘密が重荷になっていたからだった。それは私たちを逮捕の危険にさらし、数日前、いかなる抵抗の意志も、生きる意欲さえ消した秘密だった。私たちは良心において刑罰を実行するよう強いられ、事実実行したのだが、心は破壊され、空虚となり、すべてが終わり、自分たち自身の生も終わらせたいと思うようになっていた。だがお互いに会って、話し合い、助け合って、まだ生々しいその記憶をはらい清めたいとも思っていた。今、私たちはもう終わりで、そのことは分かっていた。私たちは罠の中にいた。それぞれが罠に捕われていて、下に落ちる以外に出口はなかった。私は独房を隅から隅まで調べてみて、そう確信せざるをえなかった。というのは、昔私を育んだ小説は目を見張るような脱獄の話に満ちていたからだ。だがそこでは壁の厚さは五〇センチあり、扉は頑丈で、外には見張りがいて、小窓には格子がはまっていた。私は爪切りやすりを持っていたので、その一本か、全部を切ることができたかもしれなかった。

私はひどくやせていたから、外に出られたかもしれなかった。だが小窓には、空襲の爆弾の破片除けに、大きなセメント塊が押しつけられていたのだった。

私たちは時々尋問のために呼び出された。フォッサが尋問役の時はかなりうまく行った。彼は今まで会ったことのない種類の人間だった。手引書通りのファシストで、愚かで、勇敢で、軍務のために（彼はアフリカとスペインで戦っており、それを自慢した）頑迷な無知と愚鈍さにこり固まってしまったが、腐敗はしてなく、人間性も失っていなかった。彼は生涯を通じてファシズムを信じこみ、それに従ってきて、破局の責任はただ二人にあると無邪気に信じていた。つまり国王とガレアッツォ・チャーノ〔一九三三～四四。ムッソリーニの娘婿で、外相を務めたが、一九四三年にムッソリーニに不信任投票をした〕だった。チャーノはちょうどその頃、ヴェローナで銃殺されたのだった。バドリオ〔一八七一～一九五六。ファシスト政権が倒れた後、国王の命により内閣を組織し、連合国と休戦条約を結んだ〕は悪くなかった。彼も軍人で、国王に誓いを立てており、その誓いを守らなければならなかったのだった。もしファシズムの戦争を初めから妨害した国王とチャーノがいなければ、すべてがうまく行き、イタリアは勝利したはずだった。彼は私のことを悪い仲間にだめにされた軽率な若者と見ていた。彼は階級的な考えにとらえられていたので、心の底では、大学卒の学士が本当に「反逆者」になるはずはないと思っていた。彼は退屈だったので私を尋問した。私を教化し、自分をえらく見せるためで、真剣に取り調べるつもりはなかった。彼は兵士であり、警官ではなかった。私を当惑させるような質問はしなかったし、ユダヤ人かとも訊かなかった。

だがカーニの尋問は恐ろしかった。彼は私たちを逮捕させたスパイだった。彼は肉の一グラム一グラムまで、完全無欠なスパイで、ファシズムへの信念や私利のためではなく、その本性と性向がスパイそのものだったのだ。彼は害をなすためのスパイ、スポーツ的な嗜虐趣味のためのスパイだった。狩人が自由な野獣を打ち倒すのと同じだった。彼は抜け目のない男だった。彼は立派な信任状を持って、私たちの隣にいたパルチザン部隊にやって来た。重要なドイツ軍の軍事機密を知っていると信じこませ、それを明かしたが、後で巧妙な嘘であり、ゲシュタポが作ったことが分かった。彼は部隊の防御体制を組織し、綿密な射撃訓練を行なわせ（弾薬の大部分を消費させるようにした）、その後で谷に逃げ、掃討用のファシスト部隊の先頭に立って帰ってきたのだった。カーニは三〇歳ぐらいで、青白くたるんだ皮膚をしていた。彼は机の上によく見えるようにルガーを置き、尋問を始めたが、何時間も休みなく問い詰めるのだった。彼はすべてを知りたがった。絶え間なく拷問や銃殺の脅しをかけてきたが、幸運なことに私はほとんど何も知らず、知っていたわずかの名前は心の内にしまっておいた。彼は見せかけのやさしさを繕うかと思うと、やはり見せかけの怒りを爆発させた。おそらく、かまをかけたのだろうが、私がユダヤ人であることを知っている、と言った。だがそれはいいことだとも言った。ユダヤ人か、パルチザンか、どちらかだった。もしパルチザンなら、壁の前に立たせる。もしユダヤ人なら、よろしい、カルピの収容所に送る。彼らは流血を好むわけではないから、私は最終的な勝利の日までそこに残るはずだった。私はユダヤ人だと認めた。疲れていたせいと、理屈にあわない自尊心からだった。だがカーニの言葉はまったく信じていなかった。彼自身が、数日後に、兵営の指揮権がＳＳに移行すると言っていたではないか？

私の房にはかすかな光の電球が一つしかなかったが、夜もついていた。本をかろうじて読めるくらいの明るさだったが、それでも沢山本を読んでいた。残された時間がわずかだと思っていたからだった。四日目の運動時間に、私は大きな石をこっそりとポケットに入れた。隣接した二つの房にいたグイードとアルドに連絡をつけようと思ったからだった。連絡はついたが、疲れてしまった。ゾラの『ジェルミナール』で坑道に閉じこめられた鉱夫のように、隔壁を暗号通りに叩いたのだが、一行の文章を送るのに一時間かかってしまった。返事を聞くために壁に耳をつけると、頭上にある食堂に座っている兵士たちの、勇壮で陽気な歌声が聞こえてくるのだった。「アリギエーリの幻」あるいは「機関銃よ、おまえを離すものか」、あるいはとりわけ胸を焦がすような「来なさい、森の中に道がある」などが歌われていた。

私の房には鼠もいた。私の仲間になってくれたが、夜はパンをかじってしまった。房には簡易ベッドが二つあったので、一つを解体し、長くてすべすべした縦通材を取り出した。それを縦に立て、夜はその先に丸パンを刺しておいたが、パンくずを少し、鼠のためにも床にまいておいた。私のほうがずっと鼠になったような気がしていた。森の中の道、外に積もる雪、何ごとにも超然としている山々、自由になったらできる何百もの素晴らしいことについて考えると、喉がぎゅっと締めつけられるような気がした。

寒さは厳しかった。私は見張りの兵士が来るまで扉を叩き、フォッサと話させてくれるように頼んだ。見張りは逮捕の時に私をなぐった兵士だったが、私が「学士」だと分かると、謝まったのだった。イタリアは奇妙な国だった。彼はフォッサと話させてくれなかったが、私や仲間のために毛布を見つけ、毎晩、就寝前の三〇分間、スチーム用ボイラーの近くで体を暖める許可を得てくれた。

新しい体制はその晩から始まった。兵士が私を連れ出しに来たが、一人ではなかった。その存在を知らなかった囚人を一人連れていた。残念だった。グイードかアルドだったらずっと良かった。だがいずれにせよ、言葉を交わせる人間にかわりはなかった。

私たちはボイラー室に連れて行かれた。天井が低くて頭がつぶされそうで、黒くすすけていて、ボイラーにほとんど占領されていたが、暖かかった。それにはほっとした。兵士は私たちをベンチに座らせ、自分は邪魔をするかのように、扉の前に椅子をすえた。膝の間に機関銃を立てていたが、数分後には私たちに関心を払わなくなり、うとうとし始めた。

囚人は私を興味深げにながめた。「反逆者って、あんたたちか？」と問いかけてきた。男は三五歳ぐらいだったろうか、やせていて、やや猫背で、縮毛をくしゃくしゃにし、ぶしょうひげをはやし、大きな鷲鼻を持ち、唇は薄く、目に落ち着きがなかった。手は異常なほど大きく、太陽に焼かれ、風に叩かれたかのように、ごつごつしていた。その手は一瞬たりともじっとしていなかった。体を掻いたり、手を洗う時のようにこすりあわせたり、ベンチや腿をとんとんと叩いたりした。その手は軽く震えていた。息がぶどう酒臭かったので、逮捕された直後なのだろうと思った。谷底の地方の訛があったが、農夫には見えなかった。私は曖昧な言い方で答えたが、男はひるまなかった。

「あいつは寝てるよ。今なら話せる、もし望むなら。おれは外に連絡できる。たぶんすぐに釈放されるさ」

私にはさほど信頼できる男には思えなかった。「なぜここに入れられたんだ？」と訊いてみた。

「密輸さ。やつらに分け前を渡したくなかった、それだけのためさ。結局、話し合いはつくだろうが、今はここに止め置かれている。おれの仕事にはまずいことだ」

「どんな仕事にもまずいさ！」

「だがおれの仕事は特別なんだ。密輸もしているが、それはドーラ川が凍りつく冬の間だけだ。つまりおれはいろいろな仕事をしているが、誰にも使われていない。おれたちは自由なんだ。親父も、祖父も、曾祖父も、天地の明け始めから、ローマ人が来て以来、みなずっと自由だった」

私はなぜ凍ったドーラ川が出てくるのか分からず、説明を求めた。漁師でもしていたのだろうか？

「なぜドーラ川と言うか、知っているか？」と男は逆に訊いてきた。「なぜなら金の川だからだ。川の水がそうだというのではなく、川底に金があって、凍ると、採れなくなるんだ」

「川底にあるのか？」

「そうだ。砂の中に。どこでもというわけではないが、多くの場所にある。水が山から金を運んできて、気まぐれにある曲がり角に堆積させるかと思うと、他のところには何もない。おれたちが父から子へと受け継いだ曲がり角は一番金が豊富だ。人が簡単には近づけなくて、よく隠されているが、それでものぞき見屋を避けるために、夜に出かけるほうがいい。だから、たとえば去年のように寒気が強いと、働けなくなる。氷に穴を開けても、すぐに凍りついてしまい、手もかじかんでしまうからだ。もしおれがあんたで、あんたがおれの立場にいたら、誓って言うが、その場所がどこか、教えるよ」

私はこの言葉に傷ついた。自分の立場はよく分かっていたが、外部のものにそれを言われるのは不快だった。男は失言に気づき、不器用に取り繕おうとした。

「つまり厳重な秘密で、友人にも言わないということなんだ。おれはこれで生きていて、ほかに何もないが、銀行家とだって地位を交換したくない。いいか、金がたくさんあるわけではない。むしろわずかだ。一晩中砂を洗っても一、二グラムしか取れない。だが無尽蔵だ。次の日でも、一月後でも、気が向いた好きな時に行けば、金は増えている。いつもこうだったし、これからもそうだ。草が草地にはえてくるのと同じことだ。だからおれたちより自由な人間はいない。そこでここに閉じこめられて、頭に来ているんだ」

「それに誰もが砂を上手に洗えるわけじゃない。この点には満足している。おれには親父が教えてくれたんだ。このおれだけに。一番器用だったからだ。ほかの兄弟は工場で働いているよ。おれだけに深鉢を残してくれたんだ」男はこう言うと、大きな右手を軽くくぼめて、どのように鉢を回転させるか、身ぶりで示してみせた。

「毎日がいいわけじゃない。晴れていて、下弦の月がある時がいい。なぜだか分からないが、そうなんだ。もしその気になったら、あんたも試してみるといい」

私は無言のまま、その申し出を嚙みしめた。もちろん試してみるつもりだ。試してみないものなんか、あるだろうか？　あの時、私はかなりの勇気をふるい起こして、死を待ちながら、ありとあらゆること、人間が経験しうるすべての体験をしたいという刺すような希望を抱いていた。そして自分の前半世を呪っていた。わずかのものを、不十分にしか利用できなかったと思えたからだった。時が指の間からすり抜け、もう止められない出血のように、体から刻一刻と逃げ出しているように感じられた。もちろん、私は金を探しただろう。金持ちになるためではなく、新しい技術を試し、大地と空気と水を再びたずねるために。私はこれらのものから深淵でへだてられており、その幅は毎日広がっていたのだ。また私の化学者としての仕事を、その原初の本質的な形で再発見するためでもあった。「化学《シャイデクンスト》（分離の術）」、それはまさに鉱石から金属を分離する術だったのだ。

「金は全部売るわけではない」と男は続けた。「情が移ってしまうんだ。少しずつ脇にのけておいて、年に二回溶かし、細工する。おれは芸術家ではないが、金を手に持ち、ハンマーで叩き、刻み、線刻するのは好きなんだ。金持ちになろうとは思わない。自由に生きること、犬のように首輪をつけられないことが大切なんだ。こんなふうに、好きな時に働き、〝さあ、働け〟と言いに来るものなどいないことが大事なんだ」

兵士は眠りながら首をがくりと落とし、膝の間にはさんでいた機関銃は大きな音を立てて床に落ちた。その見知らぬ囚人と私は素早く見交わし、一瞬のうちに相手の考えを理解して、ベンチからさっと立ち上がった。だが一歩も踏み出さないうちに、兵士は武器を拾い上げていた。兵士は体勢を立て直し、時間を見て、ヴェネト方言で悪態をつき、房に戻る時間だとぶっきらぼうに言った。廊下で別の見張りに連れられているグイードとアルドに会った。彼らはボイラー室のほこりだらけの熱気の中に、私たちに代わって席を占めに行くところだった。二人は顔で私にあいさつをした。

房の中で、私はまた、孤独と、小窓から入ってくる、凍りつくような澄み切った山の吐息と、明日への不安に迎えられた。耳を澄ますと、灯火管制下の静けさの中に、ドーラ川のさざめきが聞こえた。ドーラ川は失われた友だった。私はすべての友人、青春、喜び、そしておそらく、人生も失ってしまった。川は近くを無情に流れていた。その内奥では、解けた氷が金を運んでいた。私は正体不明の囚人仲間への、苦痛なまでのうらやみに責めさいなまれていた。彼はすぐに、貧しいが、とてつもなく自由な生活に戻るはずだった。無尽蔵の金の小川に、終わりのない日々の連なりに、帰るはずだった。

・11・ セリウム

Cerio

化学者としての事々を一心に書いている、この化学者の私が、まったく別の時期を生きたことがあった。そのことはもう別の本〔『アウシュビッツは終わらない』のこと〕で語ってある。

三〇年間の月日を経た今、一九四四年の一一月に、私の名前が、あるいは囚人番号一七四五一七が、いかなる範疇の人間に照応していたのか、再構成するのは難しい。私は強制収容所《ラーゲル》の秩序に組みこまれるという、最も困難な危機を、その時は克服していたに違いなかった。そして奇妙な感覚の鈍さも発展させていたに相違なかった。というのは単に生き延びるだけでなく、物事を考え、周囲の出来事を記憶し、かなり繊細な仕事まで果たしていたからだ。私のいた環境は、日々の死の存在に汚染され、解放者のロシア軍が八〇キロのところまで来ていたので、狂乱状態にも陥っていた。絶望と希望がめまぐるしく交錯し、普通の人間ならいつ死に伏してもおかしくなかった。

だが私たちは普通ではなかった。飢えていたからだ。当時の私たちの飢えは、一食抜いたが次の食事は必ず食べられるという、誰でもが知っている飢え（それにさほど不愉快なものではない）とはまったく違っていた。それはもう一年間も私たちにつきまとってきた必要、欠乏、熱望であり、深部に恒久的に根を降ろし、全細胞に住みついてしまって、私たちの行動を規定していた。食べること、食べものを得ることがまず第一の刺激であり、その後にかなり遠く離れて、他のすべての生存上の問題があり、家の思い出や死の恐怖さえも、はるか彼方に位置していた。

私はある化学工場の化学実験室で化学者として働き（このことも本に書いた）、食べるために盗みをしていた。もし子供の時に始めないなら、盗みを学ぶのはやさしいことではない。私は道徳上の戒律を押さえつけ、必要な技術を身につけるのに何ヵ月もかかった。私はある時点で、良家出身の学士である私が、ある有名な育ちのいい犬の後退―進化を追体験していることに気づいた（それには、一瞬の苦笑いと、野心が満たされたかゆみのような感覚を禁じえなかった）。その犬はヴィクトリア女王時代の、ダーウィン流の進化論に従った犬で、故郷から連れ出され、アラスカのクロンダイクの、彼にとっての

「強制収容所」で、生きるために泥棒になった。つまり『荒野の呼び声』の主人公のバックだ。私はバックのように、狐のように盗んだ。好都合な時は必ず、陰険な狡智を発揮し、身をさらし出すことはしなかった。仲間のパン以外は、ありとあらゆるものを盗んだ。

盗んでもうかるものという観点から見ると、その実験室はくまなく探訪すべき処女地だった。たとえばガソリンやアルコールといった、ありふれた、不都合な獲物があった。多くのものが作業場の様々な場所でそれを盗んでおり、供給量も危険も大きかった。というのは、液体で、容器が必要だったからだ。これは化学の専門家なら誰でも承知している、包装という大問題だった。創造主はこれをよく心得ていて、彼なりに、素晴らしいやり方で解決していた。細胞膜、卵の殻、みかんの房、そして人間の皮膚。なぜなら我々人間も液体だからだ。当時はポリエチレンはなかった。もしあったら、軽くて、柔らかくて、見事なほど液体を通さなかったから、私には好都合だっただろう。だが絶対に腐敗しないので、創造主自身も、重合の大家ではあったが、そんなわけでその認可は控えたのだった。創造主は腐敗しないものを好まないのだ。

適当な包装や箱詰めの方法がなかったので、理想的な盗品とは、固体で、いたみやすくなく、小さくて、目新しいものが良かった。均一で高価値のもの、つまりかさばらないものであるべきだった。というのは、私たちはしばしば作業の後で、収容所の入口で身体検査をされたからだ。さらに強制収容所という、複雑な宇宙を構成している様々な社会階層の少なくとも一つに、役立ったり、望まれるものでなければならなかった。

私は実験室で様々な試みをした。まず脂肪酸を数百グラム盗んだ。それは鉄条網の向こう側にいる仲間から得たパラフィンを、酸化して作ったものだった。私はそれを半分食べ、飢えは収まったのだが、あまりにもひどい味だったので、残りを売るのは断念した。脱脂綿を電熱レンジに押しつけて、焼き菓子を作ろうとしてみた。それはどことなく砂糖が焦げたような味がしたが、見ばえがひどかったので売れるとは思えなかった。脱脂綿を強制収容所の医務室に直接売ることは一度試してみたのだが、あまりにもかさばり、値段は安かった。またグリセリンを飲みこみ、消化しようとした。それは脂肪の分離で作り出されたものだから、何らかの形で新陳代謝され、カロリーになると単純に考えたからだった。たぶんカロリーにはなったはずだが、不愉快な副作用をもたらした。

ある棚の上に不思議な広口びんが一つ置いてあった。中には無色で、灰色で、固く、味のない小さな円筒が二〇ほど入っていた。ラベルはついていなかった。これは奇妙なことだった。ドイツ人の実験室だったからだ。確かにロシア軍は近くまで迫り、破局の気配が目に見えるように漂っていた。毎日爆撃があり、全員が戦争の終わりつつあることを知っていた。だがいくつかの定数は存続しなければならなかった。それは私たちの飢餓であり、実験室がドイツ人のもので、ドイツ人は決してラベルを忘れないということだった。事実、実験室にある他のびんや広口びんのすべてには、タイプ書きや、きれいなゴシック文字で書かれた、はっきりしたラベルがつけられていた。ただその広口びんだけにラベルがなかった。

その時、私はその小さな円筒の性質を確認する道具も心の平安も、持ちあわせていなかった。そこでともかく三つの円筒をポケットに隠し、夕方、収容所に持ちこんだ。それは長さが二五ミリぐらい、直径は四、五ミリだった。

それを友人のアルベルトに見せた。彼はポケットからナイフを取り出すと、切ってみようとした。だが固くて、刃が立たなかった。そこで削ってみようとすると、小さくはじける音がして、黄色い火花が出た。これで診断は簡単にできた。セリウムと鉄の合金で、普通、ライターの火打石として使われるものだった。なぜこんなに大きいのだろうか？　アルベルトは何週間か熔接分隊の下働きとして働いたので、酸素アセチレン吹管の先に付け、点火用に使うのだ、と教えてくれた。それを聞いて、私は自分の盗品が商業的価値があるか、疑問に思った。たぶん火をつけるのに役立つだろうが、強制収容所ではマッチは（非合法ではあったが）、かなり出回っていたのだ。

アルベルトは私をとがめた。彼にとって、あきらめ、悲観主義、意気消沈は、忌むべき罪だったのだ。彼は強制収容所の世界を受け入れず、本能と理性から拒否し、それに汚されることがなかった。彼は善意を持った、強い男で、奇跡的に自由のままでいた。彼の言葉や行動は自由そのもので、頭を下げたり、背をかがめることはなかった。彼の仕種、言葉、笑いの一つ一つが、自由をもたらす力を持ち、強制収容所の厳格な網目に穴を作った。彼に近づくものはすべて、言葉が分からないものも、そのことを理解した。おそらくあそこで彼ほど愛されていた男はいないと思う。

彼は私をとがめた。意気阻喪してはいけない、危険だし、精神的に悪いし、見苦しくもあるからだ。セリウムを盗んできた。よろしい、それではそれを市場に出し、売るのだ。彼が考えよう、高い商業価値を持つ新製品にするのだ。プロメテウスは愚かものだった。人間に火を売らずに与えてしまったからだ。そうしなければ、金ももうかり、ゼウスは怒ることなく、鷲に内臓をついばまれる罪もまぬがれただろう。

私たちはもっとずっと狡猾である必要があった。狡猾であるべきだというこの話は目新しいものではなかった。アルベルトはしばしばその話をしたし、彼の前にも、他のものが自由な世界でそうし、その後も多くのものたちが、数えきれないほど今日までそうしてきたが、はかばかしい成果は得られなかった。むしろ私の中に、本物の狡猾な人物と共生するという、危険な傾向を育てる、逆説的な結果をもたらすことになった。その狡猾なものは、私との共同生活から、一時的な、あるいは精神的な利益を引き出していた（あるいは引き出すと称していた）。アルベルトは理想的な共棲者だった。なぜなら自分の狡猾さを私を害するようには使わなかったからだ。私は知らなかったのだが、彼は作業所に秘密のライター工場があることを知っていた（彼はドイツ語、ポーランド語は分からず、フランス語を少し知っていただけなのに、全員のあらゆることを知っていた）。未知の職人が、暇を盗んで、収容所内の重要人物や市民の労働者のために、ライターを作っていた。ライターには火打ち石が必要で、そのサイズは決まっていた。だから私の持っているものを細く削る必要があった。どれくらい、どのように削るのか？「難しく考えることはない」と彼は言った。「おれにまかせろ。きみは残りをみな盗むことを考えろ」

翌日、私はさほど苦労せずにアルベルトの忠告を実行した。朝の一〇時頃、空襲警報《フリーゲルアラルム》のサイレンが突然鳴り響いた。それはもはや目新しいことではなかったが、警報が響くたびに、私や残りの全員は、骨の髄まで恐怖に打ちのめされる気分になるのだった。それは、この地上の、たとえば工場のサイレンのような音ではなかった。耳を聾さんばかりの大音響が、全地域で同時に、律動的に、けいれん性の金属音にまで高まり、雷のつぶやきのように低まるのだった。それは偶然の発明ではないに違いなかった。ドイツでは何ごとも偶然ではありえないし、背景にも、目的にも、あまりにも適合していたからだ。ある悪意に満ちた音楽家が、その中に怒りと嘆きを、台風の風の音と狼の月への遠吠えを閉じこめて作ったのではないか、と私はしばしば考えた。騎士アストルフォの角笛はこう響いたのではないかと思えた。それは恐慌状態を引き起こした。爆撃を知らせているだけでなく、その音が本来持つ恐怖感のためだった。まるで地平線全体を埋め尽くす巨大な獣が、傷ついた時の嘆きの声のようだった。

ドイツ人たちは私たちよりもずっと爆撃を怖がっていた。私たちは、理屈に合わないことなのだが、爆撃が恐ろしくなかった。それが私たちではなく、敵に向けられているのを知っていたからだった。数瞬のうちに、私はただ一人で実験室に残ることになった。私はセリウムをすべてポケットに入れると、私の労働部隊《コマンドー》に合流するために屋外に出た。空はすでに爆撃機の轟音に満たされ、ゆらゆらと揺れながら黄色いビラが降ってきていた。そこには残酷なあざけりの言葉が書かれていた。

腹には脂もなく《イム・バウフ・カイン・フェット》
八時にはベッドに入る《アハト・ウアー・インス・ベット》。
だが尻がぬくくなると《デア・アルシュ・カウム・ヴァルム》、
すぐに空襲警報だ《フリーゲルアラルム》！

私たちは防空壕に入るのを許されていなかった。そこで作業所付近の、工場がまだ建っていない大きな空き地に集まった。爆弾が落ち始めた時、私は凍った泥とわずかな草の上に横たわりながら、ポケットの中の小さな円筒を手探りし、自分の奇妙な運命について、枝の木の葉のような私たちの運命について、そして人類全般の運命について、じっくり考えた。アルベルトによると、ライターの火打ち石一個はパン一人分の価値があった。つまり一日生きられるということだ。私は少なくとも四〇個は円筒を盗んだ。それからは火打ち石の完成品が三つ取れた。合計一二〇個だ。私とアルベルトにとって二ヵ月の命を意味する。二ヵ月あれば、ロシア軍はやって来て、私たちを解放するはずだ。結局セリウムが私たちを解放してくれる。それについては、私は何も知らなかった。ただその唯一の実際上の適用、つまり希土類という、互いによく似かよった異端的な親族に属していて、その名は蠟《チエーラ》とは関係なく、発見者の名がついているわけでもない、ということだけは知っていた。その名は小惑星ケレースからとられていた（昔の化学者は何と謙虚であったことか！）。小惑星もその金属も、一八〇一年に発見されたからだった。おそらくこれは、錬金術的結合への、親愛感と皮肉にあふれる敬意の表明だったのだろう。たとえば太陽は黄金、火星は鉄になぞらえられた。ケレースはセリウムでなければならなかったのだ。

夕方、私は収容所に円筒を、アルベルトは丸い穴のあいた金属の薄板を持ちこんだ。それが規定の口径で、円筒を火打ち石に、つまりパンに変えるため、そこまで削らなければならなかった。

その後に起きたことには慎重な判断が必要である。円筒はナイフでこっそりと削る必要がある、競争相手に秘密を知られないために、とアルベルトは言った。いつするのか？　夜に。どこで？　木製のバラックの中で、かんなくずを詰めたマットレスの上で、毛布をかぶって。つまり火事を起こす危険を冒して、より現実的には絞首刑の危険を冒して。というのは、特にバラックでマッチをつけたものにはすべて、この刑が科せられたからだった。

自分のであれ、他人のであれ、うまく行ってしまった無謀な行動に判断を下すのには、ためらいがつきものだ。たぶんそれほど無謀ではなかったのか？　あるいは子供、馬鹿者、酔っ払いを守る神が存在するのは本当なのか？　それともほかのうまく行かなかった行動よりもはるかに重要で、情熱をこめて行なわれたから、人はすすんで語りたがるのか？　だがその時、私たちはこうした問いかけはしなかった。強制収容所は危険や死に、正気とは思えない親近感を抱かせたので、食料をさらに得るために絞首索の危険を冒すのは、理論的な、分かりきった選択に思えたのだった。

仲間たちが眠っている間に、私たちは幾晩もナイフを使って働いた。その背景は涙の出るほど陰鬱だった。電球が一つ、大きな木の小屋をかすかに照らし出し、薄暗がりの中に、まるで大きな洞窟にいるかのように、眠りや夢に身をよじっている仲間たちの顔が見分けられるのだった。それは死に染められ、食べ物を夢見て、顎を動かしていた。多くは寝床の縁から、裸で、骨だらけになった腕や足を投げ出していた。うめいたり、寝言を言っているものもいた。

だが私たち二人は生きていて、眠りに屈しなかった。膝で毛布を持ち上げ、その即席の天幕の下で、目で見ることなく、手探りで、円筒を削った。削るたびに小さくはじける音がして、黄色い火花が飛び散るのが見えた。時々、円筒が見本の穴を通るか試してみた。通らなければ、また削り続けた。通るようになると、削った部分を折り、慎重に脇に置いた。

私たちは三日間働いたが、何も起こらず、誰も私たちの大騒ぎには気づかなかった。毛布にもマットレスにも火はつかず、こうして私たちはロシア軍がやって来るまで命を保ってくれるパンを獲得し、私たちを結ぶ信頼感と友情で力づけあった。その後私に起きたことは、もう別の本〔『アウシュビッツは終わらない』のこと〕で書いた。アルベルトは前線が迫ってきた時、大多数のものたちと徒歩で出発した。ドイツ人は、昼も、夜も、何日も、雪と冷気の中を歩かせ、ついてこられないものを全員殺した。そして彼らを屋根のない貨車に乗せ、わずかの生き残りをブーヒェンヴァルトやマウトハウゼンでの、新たな隷属の一章に向けて運んだのだった。その行進で生き残ったのは四分の一に満たなかった。

　アルベルトは帰ってこなかった。彼の足跡は残っていない。彼の同郷人であり、半分妄想狂で、半分山師の男が、戦後何年間か、アルベルトの母親に、慰めになるような偽の情報を売りつけて、生活していたことがあっただけだ。

・12・ クロム
Cromo

メイン・ディッシュは魚料理だったのに、ぶどう酒は赤だった。管理課長のヴェルシーノはみな作り話だ、ぶどう酒と魚が良ければいいのだと言った。定説を主張するものの大部分は、目をつむったら、白と赤のぶどう酒の区別さえつかない、と彼は確信していた。窒素部のブルーニは、なぜ魚と白ぶどう酒が合うのか、知っているものはいるか、尋ねた。冗談まじりの説明がいくつかなされたが、説得力のある答えを出せるものはいなかった。コメット老人は、人生にはその理由が分からなくなっている習慣がたくさんある、と意見をつけ加えた。砂糖の包装紙の色、男女のボタンのかけ方の違い、ゴンドラの舳先の形、そして無数にある食べ物の食べ合わせの良し悪し。魚と白ぶどう酒も、その中で特に言われていることだ。だがなぜ豚足《ザンポーネ》の詰め物とレンズ豆、マッケローニにチーズという組み合わせでなければならないのか？

私は頭の中で素早くおさらいをしてみて、その場にいる人には誰にも話していないと思い、亜麻仁油で玉ねぎを揚げる話をし始めた。食卓についていたのは塗料製造業者たちであり、亜麻仁油《エリンドリンケイト》が何世紀もの間、我々の技術の基本的原料であったのは周知のことだった。これは古い技術であり、それゆえ高貴なものだった。その最古の証言は「創世記」の六章一四節にある。そこではノアが主の明確な指示に従って、箱船の内と外を溶かした松やにで塗ったのだった（おそらくはけを使って）。だが微妙に詐欺的なところもある技術である。下層を隠し、実際とは違う色や外見を与えようとするからだ。この点では化粧や装飾と親戚関係にある。これらも同じように曖昧で古い技術なのである（「イザヤ書」三章一六節以下を参照のこと）。その起源が何千年も前にさかのぼるのだから、塗料製造業の片隅に、はるか昔に捨てられてしまった習慣や手順が痕跡器官のように残っているとしても、さして不思議ではない（今日、似通った技術の側から、無数の催促を受けているにもかかわらず）。

亜麻仁油のことに戻ると、私は、会食者たちに、一九四二年頃印刷された処方に、油が沸騰し終えた時、中に玉ねぎを二切れ入れるといいという文章を見つけた、と話した。その奇妙な添加物の目的については、何の説明もなかった。一九四九年に、私の前任者で師匠のジャコマッソ・オリンド氏にそのことを話してみた。彼は当時七〇歳を越えていて、五〇年間塗料を作っていた。オリンド氏はふさふさした白い口ひげの下で優しくほほえむと、彼がまだ若くて、自分で油を沸騰させていた時、温度計はまだ使われていなかった、と説明し始めた。油の温度を計るには、煙を見るか、唾を吐いてみるか、あるいは、もっと合理的なやり方なのだが、串に刺した玉ねぎの一片を油に入れていたのだ。玉ねぎが狐色になれば、油の温度は十分高かった。もちろん時がたつにつれて、この温度を計る大ざっぱなやり方は意味を失い、神秘的で魔術的な手続きに変わってしまったのだった。

コメット老人は同じような話をしてくれた。彼は昔を懐しむ思いもこめて、彼の良き時代を、コーパルの時代を思い出した。かつて亜麻仁油は、その伝説的な樹脂コーパルと混ぜあわされ、素晴らしく丈夫で光沢のある塗料になっていた。その名声と名前は「コーパル靴」という言い方にしか残っていないのだが、それはかつて盛んに使われたエナメル靴用の塗料で、もう少なくとも半世紀ほど用いられなくなっていた。その言い方自体も今日ではほとんど消えかかっている。コーパルはイギリス人の手で、最も遠い野蛮な国々から輸入されていて、様々な種類を区別する名前がつけられていた。マダガスカル・コーパル、シェラ・レオーネ・コーパル、カウリ・コーパル（ちなみに、その鉱床は一九六七年ごろ枯渇した）、そして名高い優秀なコンゴ・コーパル。これらは植物性樹脂の化石で、沸点はかなり高く、掘り出され、流通している状態では油に溶けない。溶解性と互換性を持たせるためには、半壊させるほど激しく熱する作業が必要で、その工程で酸性度は低下し（脱カルボキシル化）、沸点も下がるのだった。作業は手作業で、二、三〇〇キロの材料を回転式の質素な大釜に入れ、直接火にかけて行なわれた。熱する作業中に、間隔を置いて重量を計り、樹脂が煙、水蒸気、無水炭酸を吐き出し、一六パーセントの重量を失うと、油溶性ができたと判断されるのだった。一九四〇年頃、古めかしいコーパルは値段が上り、戦争で供給が難しくなったので、フェノール樹脂やマレイン酸樹脂に代えられた。それらは適切な変更が加えられていて、値段が安い以外に、油溶性もあった。ところが、コメット老の語ったところでは、ある名を伏せた工場では、一九五三年まで、コンゴ・コーパルの代わりに用いられたフェノール樹脂が、コーパルとまったく同じように扱われていた、というのだ。つまり火にかけて、有害なフェノール蒸気の中で、すでに持っている油溶性が得られるまで、一六パーセント重量が減らされたのである。

この時、私は、どんな言語にも、ある技術とともに生まれたイメージや比喩が、その技術の衰退に従って起源が忘れられてしまう例がたくさんある、という事実に注意を促した。馬術が金のかかるスポーツにまで衰えると、「腹を地面にすりつける」（全走力で走る）「はみをかむ」（いやいやながら服従する）という言い方はよく分からず、異様に映る。何世紀もの間、小麦を（塗料の原料も）ひいてきた、石を重ね合わせた臼、引き臼とも呼ばれた臼のついている水車小屋がなくなると、「引き臼でひく」あるいは「四つの引き臼で引く」（がつがつ食べる）という言い方は事実との関連を失ったが、まだ機械的に使われているのである。同じようにして、自然は保守的なものだから、私たちは尾骨に、なくなった尾の痕跡を持っているのである。

ブルーニは彼自身が関係した話を始めた。その話を聞いていくと、私は後で明らかにするような、かすかな甘い感情に心が満たされるのを感じた。前もって言っておかねばならないが、ブルーニは一九五五年から六五年にかけて、湖の岸辺にある大きな工場で働いていた。それは私が一九四六年から四七年にかけて、塗料製造の基礎を学んだ工場だった。ブルーニがそこで合成塗料部の責任者をしていた時、クロム酸塩防蝕塗料の成分表が手に入ったが、そこに馬鹿げた物質が含まれていた。ほかならぬ、塩化アンモニウムだった。古い、錬金術師の、アモン神殿〔古代エジプトの神アモン(別名アメン)はテーベの守護神で、カルナックに大神殿があった〕のアンモニア塩。それは鉄を錆から守るよりも、腐蝕させる傾向があった。彼はその部門の上司や古参社員に理由を訊いてみた。彼らは驚き、やや憤慨しながら答えた。その成分表通りに、一ヵ月で少なくとも二、三〇トンの製品が作られていて、もう一〇年はその通りであり、塩化アンモニウムは常に「存在していた」のだった。まだ若造で、働いた経験もわずかなのに、なぜ、どうしてと質問して、喧嘩を売って回るなんて、いい度胸をしているじゃないか。塩化アンモニウムが処方の中にあるなら、それは何かの役に立っているということだ。何の役に立っているか、誰も知らなかったが、用心して取り除かないようにしていた。それは「何だか分からない」からだった。ブルーニは合理主義者だったので、気を悪くした。だが慎重な男でもあったので、忠告を受け入れた。だからその湖岸にある工場の処方には、最新の進歩がない限り、塩化アンモニウムは今でも入れているはずだった。だがそれは今となってはまったく無用なのだ。私は完全に原因を理解して、そう言うことができる。なぜなら処方の中にそれを入れたのは私だからだ。

ブルーニが話したクロム酸塩防蝕塗料と塩化アンモニウムの話は、時をさかのぼらせ、一九四六年の、厳寒の一月に私を連れ戻した。その頃、肉や石炭はまだ配給制で、誰も自動車など持たなかったが、イタリアに希望と自由があれほどあふれていたことはなかった。

だが私は虜囚状態から戻ってきて三ヵ月しかたってなく、苦しい人生を送っていた。この目で見て、耐え忍んだことがまだ心の中で生々しく燃えていた。生者よりも死者に近く、人間であることに罪があると感じていた。なぜならアウシュヴィッツを作ったのは人間で、アウシュヴィッツが何百万人という人たちを呑みこんでしまったからだ。その中には私の多くの友人と、心にかけていた一人の女性がいた。私は話をすることで浄化されるような気がした。路上でパーティへの招待客をつかまえ、悪事の話を押しつける、コールリッジの「老水夫」になったような気分だった。私は短い血まみれの詩を書き、声に出したり、文章で、めまいのするような事々を語った。そうすることで徐々に本が生まれ出た。私は書くことで短い平安を得て、また人間になったと感じた。殉教者でも、卑劣漢でも、聖人でもなく、みなと同じで、家庭を営み、過去よりも未来を見る人間になったと思った。

だが詩や文章では生きていけないので、必死になって仕事を探し、湖の岸辺にある大きな工場に職を見つけた。その工場は戦争のため破壊され、まだ泥と氷に包囲されたままだった。私に注意を払うものは誰もいなかった。同僚たちや監督や工員たちは、ロシアから帰らない息子、薪のないストーブ、靴底のない靴、警備員のいない倉庫、管を破裂させてしまう寒気、インフレ、食料不足、地元での激しい復讐合戦など、他に考えることがあった。私には、寛大にも、実験室で、脚ががたついた机が与えられた。そこはやかましく、風が通り抜ける片隅で、人々がぼろきれや缶を持ってさかんに行き来していた。私には決まった仕事は与えられなかった。私は化学者としては宙ぶらりんのまま、完全な疎外状態(当時はこの言葉は使われていなかったが)にあって、私を毒していた思い出を何ページも乱雑に書き散らし、同僚たちは私をひそかに無害の頭のおかしい人物とみなしていた。本は計画も手法もないまま、私の手の中でほとんど自発的に成長していた。それは白蟻の巣のようにもつれあい、込みあっていた。私は時々職業意識に突き動かされて、監督に報告をし、仕事を求めたが、彼は私のきちょうめんさにかかわりあうには、あまりにもいそがしすぎた。本を読んで、勉強するんですね。塗料に関しては、失礼ながら、あなたは文盲同然でしょう。それでは仕事はないのですか？　よろしい、神をたたえ、図書館にいなさい。もし役に立ちたいという熱望があるなら、翻訳すべきドイツ語の論文があります。

監督はある日私を呼び出すと、目に陰険な光をたたえながら、ささいな仕事がありま す、と告げた。彼は私を工場を囲む壁の近くにある、小さな広場の片隅へ連れて行った。そこには鮮やかなオレンジ色をした四角い固まりが幾千となく、乱雑に積み上げられ、下のものは上のものに押しつぶされていた。監督は私に手で触れさせた。それは柔らかなゼラチン状で、動物の内臓のような不快な手ざわりがあった。その色は別にしても、肝臓のように思える、と私は監督に言った。彼は私をほめた。塗料学の教科書にはまさにそう書かれていた。その固まりを作り出した現象は、英語で「肝臓化《リヴァーリング》」、イタリア語では「肺化《インポルモニメント》」と呼ばれている、と彼は説明した。ある条件のもとで、ある種の塗料は液体から固体に変化し、肝臓や肺の固さを持ってしまう。するとそれは捨てなければならなくなる。それらの平行六面体の物体は液状の塗料だった。塗料が「肺化」したため、その部分が切り取られ、ごみの集積場に捨てられたのだった。

監督の言うところによると、その塗料は戦争中か、戦争直後に作られた。それには塩基性クロム酸塩とアルキド樹脂が含まれていた。おそらくクロム酸塩のアルカリ性か、樹脂の酸性が高すぎたのだ。まさにそうした条件下で、肺化が起きるのだった。そこで彼は私に昔の罪業の集積を贈呈してくれた。これについて考え、調査と試験をして、なぜ災難が起きたか正確に言えるように、過ちを繰り返さないため何をすべきか、考えるように、そしてもし可能なら、だめになった製品を再生できるようにしてほしい、とのことだった。

この半分化学的で、半分推理小説のような問題は、私を引きつけた。私はその晩（土曜日だった）、当時の煤だらけで、寒い貨車に乗って、トリーノに帰りながら、その問題を考えた。たまたまその翌日、運命が私にまた違った種類の、比類のない贈り物を用意していた。若い、生身の女性との出会いだった。外套を通しても、寄りそう体のぬくもりが感じられた。彼女は通りに漂う湿った霧に包まれても快活で、まだ瓦礫が両脇に残る道を歩いていても、辛抱強く、賢く、自信に満ちていた。私たちは数時間のうちに、一時の出会いではなく、一生、お互いを分かちあえることが分かり、事実、そうなったのだった。数時間のうちに、私は自分が新しくなり、新しい力に満ち、体は洗われ、長い病から癒え、やっと人生に喜びと活力を抱きながら入っていけると感じた。私のまわりの世界も同じように不意に癒え、私とともに地獄に降りて戻ってこなかった女性の名と顔ははらい清められた。本を書くことも違った冒険になった。もはや病み上がりの患者がたどる苦痛な道のりでも、他人に同情や思いやりを乞うことでもなく、明晰に構成する行為になり、しかもひとりぼっちの営みではなくなった。それは化学者の作業に似てきた。重量を計り、分割し、計測し、確実な検査を基に判断し、なぜという疑問に答えるよう努める化学者の仕事に。私は生き残りが語る時に感ずるほっとするような解放感以外に、書くことに、強烈で、新しい、複雑な喜びを覚えるようになった。それは学生時代に、微分という厳粛な秩序の中に分け入る時に感じたのと同じ喜びだった。正しい言葉を探し、見つけること、あるいは創造すること、つまり、短かくて、強力な、つり合いの取れた言葉を探すことは、胸のおどるような体験だった。それは思い出の中から事物を取り出し、それを最大限に厳密に、少しの邪魔物もなく描くことだった。逆説的なのだが、私の恐ろしい記憶の荷物は、富に、種子になった。私は書くことで、植物のように成長していると感じていた。

次の月曜日に、貨物列車で、マフラーを巻き、まだ眠たげな人々に押されながら、私はその以前もその後もなかったほど、陽気で、緊張していた。私は誰にも、何ごとにも、挑む用意ができていた。アウシュヴィッツとその孤独に挑み、打ち破った時と同じようだった。特に私は、湖の岸辺で待ち構えている、オレンジ色の肝臓の、ぶざまなピラミッド状の山に、陽気な戦いをする体勢が整っていた。

物質を支配するのは精神である、と言われていないだろうか。ファシスト時代のジェンティーレ〔一八七五〜一九四四。観念論的哲学者で、ファシズム初期の公教育大臣を務め、学校改革に力を注いだ〕流の高校で、頭に叩きこまれたのはこのことではなかっただろうか。私はさほど遠からぬ時期に、岩の一部を攻撃したのと同じ心持ちで仕事に取りかかった。敵はいつも同じだった。我に非ざるもの、偉大なる腰曲がり、「物質《ヒューレ》」だった。愚かなる物質で、人間の愚かさが敵であるのと同様に、とらえどころのない無気力な敵で、その受動的な鈍さゆえに、強力でもあった。私たちの仕事はこの果てしない戦いを行ない、勝利することである。肺化した塗料は、その狂った激しさにおいては、ライオンよりもずっと反抗的で、こちらの意志に無関心である。だがそれでもいい、ずっと危険が少ないからだ。

初めの小戦闘は文書庫ですることになった。その抱擁からオレンジ色の怪物が生まれた二人のパートナー、二人の不義密通者は、クロム酸塩と樹脂だった。樹脂はその工場で作られていた。すべてのロットの出生証明書を見つけたが、怪しいところは見られなかった。酸性度に変化はあったが、規定通りにいつも六以下だった。あるロットは酸性度が六・二あったが、派手な署名の検査官によって、しかるべく廃棄されていた。第一審で、樹脂は嫌疑の外に置かれた。

クロム酸は様々な供給先から購入されていたが、それもロットごとにきちんと検査されていた。PDA（購入規定）480／0によると、二八％以上のクロム酸化物を含むことになっていた。さて、私の目の前には、一九四二年から今日までの、果てしない検査表があったが（想像しうる限りで、最も情熱を奪う解読だった）、すべての数値は規定を満足させるどころか、みな同じだった。二九・五％で、それ以上でも、以下でもなかった。この忌むべき事実を前にして、私の化学者としての神経は逆立った。この種のクロム酸塩の製造方法には自然なばらつきがあり、それに分析の誤りが加わるのは避けられないので、違った日の様々なロットの数値がこのように正確に一致するのはありえない、ということを知る必要がある。誰も疑問に思わなかったなんて、ありうるだろうか？　だが当時私は、会社の書類が持つ、驚くべき麻痺力を、それがあらゆる直観のひらめきや才知のきらめきを拘束し、鈍くし、角を落とすことを、まだ知らなかった。それにいかなる分泌物も有害で有毒であるのは専門家にはよく知られている。だから病理学的状況では、会社の分泌物である書類が、過剰に吸収され、浸出した器官を眠らせ、麻痺させ、さらには殺してしまうこともまれではないのだ。

実際に何が起きたか、少しずつ分かり始めた。ある分析専門家が、何らかの理由で、欠陥のある方法か、不純な試薬か、誤った習慣にあざむかれたのだ。彼は明らかに疑わしいが、形式的にはとがめようのない結果を、きちょうめんに書き止めていったのだ。あらゆる分析に頑固に署名し、その署名は雪崩のように次々に大きくなって、実験室長、技術部長、総監督によって強化されていった。私はその不幸な人を、あの難しい時代を背景に思い浮かべてみた。彼は若くはなかった。若者は兵士になっていたからだ。たぶんファシストに追われていたか、パルチザンに追われていたファシストだった。不満でいっぱいだったのは確かだ。分析は若者の仕事だからだ。彼はそのささいな知恵の要塞である実験室に立てこもっていた。というのは分析専門家は本来過《あやま》たないものだからだ。彼は実験室の外では、その徳行により、悪意を持って見られ、あざけられていた。買収できない看守、細部にこだわる、気のきかない、地獄の小番人、生産の輪に棒を突っこむ男だったからだ。個性のない、きれいな書体から判断すると、彼の仕事が彼自身をすり減らしたのと同時に、粗野な完成へと導いたようだった。河口まで転がって運ばれた玉石と同じだった。時間がたつにつれて、行なっている作業や書いている言葉の本当の意味に無関心になっていったとしても、驚くにはあたらなかった。私は彼のことを調べるつもりだったが、誰も彼について知らなかった。私の質問は、無作法な答えか、気のない返事を呼び起こすだけだった。それに加えて、私や私の仕事について、あざけり半分の、悪意ある好奇心を感じるようになった。あの新入りは、月給七千リラの青二才は何者だ。何を書いているのか、タイプライターを叩いて、宿直室の夜を騒がせている、あの狂った三文文士は？　昔の誤りに首を突っこみ、一世代の汚れのついた服を洗おうとしているじゃないか。私は与えられた職務が、何か、あるいは誰かに、私をつき当たらせる、秘密の目的を持っていると疑うまでになった。だがその肺化の件は私の身も心も奪ってしまい、前に述べた娘と同様に、それにも恋してしまったのだった。事実、娘はその件に少し嫉妬していたのだった。

私にとって、PDA以外に、同様に不可侵なPDC（検査規定）を得ることも、難しいことではなかった。実験室の引き出しに脂じみたカードが一束あった。それはタイプ書きで、何度となく手書きで訂正が書きこまれていたが、その各々がある特定の原料の検査方法を記していた。紺青《ブルシアン・ブルー》のカードには青色のしみが、グリセリンのカードはべとべとして、魚油のカードは魚くさかった。私は長年使われたため赤っぽくなったクロム酸塩のカードを取り出し、注意深く読んだ。それはかなり理にかなったもので、さほど遠くない昔に習った学校的知識と一致していた。ただ一ヵ所だけ、奇妙なところがあった。色素の崩壊が始まった時、ある試薬を二三滴加えるよう、規定されていたのだ。一滴という単位は、これほど明確な数係数に耐えうるほどの厳密な単位ではない。それに計算してみると、規定された量は、馬鹿げたほど多かった。分析自体を氾濫させ、どんな場合にも明細通りの結末を導き出すはずだった。カードの裏を見てみると、最後の点検月日が書かれていた。一九四四年一月四日だった。初めて肺化したロットが生まれたのは二月二二日だった。

この時点で光明が見えてきた。私はほこりだらけの書類倉庫で、使われなくなったPDCの束を見つけた。するとクロム酸塩のカードの古い版は、「二三」ではなく、「二、三」滴を加えるように指示してあった。その肝腎の点が半分消えかかっていて、書き移された時、なくなってしまったのだった。できごとはうまく結びついた。カードの点検の時、書き間違いが発生し、その誤りがその後の分析をすべて誤ったものにして、試薬の過剰による誤った数値に基いた平準化した結果をもたらし、その結果として捨て去られるべき色素のロットを受け入れることになった。そのロットは塩基性が高すぎたので、肺化を引き起こしたのだった。

だが気のきいた仮説を確証と取り換えようとする誘惑にかられるものは、不幸に陥る。それは推理小説の読者もよく知っていることだ。私は眠たげな倉庫番をつかまえ、一九四四年一月以降のクロム酸塩の全取り引きのサンプルを求め、三日間作業台の背後に立てこもり、正しい方法と誤った方法を用いて分析した。その結果が記録簿に少しずつ書きこまれ始めると、繰り返しの仕事の退屈さは、子供の時かくれんぼうをして、相手が藪陰に不格好にうずくまっているのを見つけた時の、神経の張りつめた喜びに変わっていった。誤った方法では常にその宿命の二九・五%が出てきた。正しい方法を使うと結果は大きく分散して、四分の一ほどのロットは、最低限の規定を下回っていたから、拒絶すべきだった。診断は確認され、病原は発見された。今は治療法を定めるべきだった。

それは比較的短い間に、善良な無機化学から引き出されて、見つかった。無機化学は遠いデカルト流の孤島で、私たち有機化学者や高分子化学者のようなへぼ職人には、失われた楽園だった。塗料という病んだ体の中で、遊離鉛酸化物のために、塩基性が過剰になっていたが、それを何とかして中和しなければならなかった。だが酸は別の意味で有害だった。私は塩化アンモニウムを考えた。それは鉛酸化物としっかり結合して、不溶性で不活性の塩化物を作り出し、アンモニアを遊離させた。小規模な実験では有望な結果が出た。私はすぐに塩化アンモニウムを見つけ出し（在庫目録には「悪魔の塩化物」と明示されていた）、粉砕部の部長の許可を得て、小さな玉入り粉砕機の中に、見るのもさわるのもおぞましい肝臓を二つ入れ、薬になりそうな物質を計量して加え、立ち会った人々の疑わしそうな目つきのもとで、粉砕機を動かした。その機械は普通やかましい音を立てるのに、中のボールをゼラチン状の固まりがねばねばにして動きを妨げたため、いやいや動き始めた。その静かな音は悪い前兆のようだった。私はトリーノに帰って、月曜日を待つしかなかった。私は辛抱強い娘に、私の仮説、湖岸で分かったこと、事実が下してくれる判決をじりじりと待っていることなどを、息せき切って語った。

次の月曜日、粉砕機は本来の音を取り戻していた。最高潮のなめらかな音で、陽気に液体音をとどろかせていた。玉入り粉砕機が管理不良、あるいは動作不良状態にある時の、定期的な崩れるような音はしていなかった。私は機械を止めさせ、挿入口のボルトを慎重にゆるめさせた。口からは、理論通り、アンモニアガスが勢いよく吹き出してきた。私は挿入口の蓋を取り去らせた。美の天使と代理人よ！　塗料はなめらかな液状で、まったく普通の状態になっていた。不死鳥のように、その灰からよみがえったのだった。私は会社流の立派な専門用語で報告書を書き、重役会は私の給料を上げてくれた。さらに感謝の印として、自転車用の大きなカバーシート《コラッセ》を二枚、支給してくれたのだった。

倉庫には、塩基性が危険度に達しているクロム酸塩のロットがまだいくつかあったが、検査で合格していて、もう供給元には返せなかったので、使用されなければならなかった。そこで塩化アンモニウムが、その塗料の肺化防止剤として、公式に仕様書に入れられることになった。その後、私は会社をやめ、何十年もたって、戦後は終わり、過度に塩基性の強い有害なクロム酸塩は市場から姿を消し、私の報告書もあらゆる肉体がたどるのと同じ運命をたどった。しかし仕様書は、祈り、法令、死滅した言葉のように神聖なもので、アルファベット一つ変えてもいけない。そこで、私を解放した本と幸福な愛の双子とも言うべき「悪魔の塩化物」は、もはやまったく無用になり、多少なりとも有害に思えたが、湖の岸辺で、いまだに、クロム酸塩防蝕塗料の中に信心深く砕いて入れられ、もはや誰もその理由を知らないのだった。

・13・ 硫黄

Zolfo

　ランツァは自転車を柵につなぎ、タイムレコーダーにカードを入れ、ボイラーのところに行くと、混合機のスイッチを入れ、点火した。霧状になって吹き出したナフサは大きな爆発音を立てて燃え上がり、不実にも後方に炎を吐き出した（だがランツァはその炉をよく知っていたので、タイミング良く身をかわした）。そして火は、絶え間なく鳴る雷のように、ごうごうと音高く燃え出し、モーターや伝達部分の小さなうなり声をかき消してしまった。ランツァは不意に起こされたばかりだったので、まだ眠く、体は寒かった。彼は炉の前にじっとうずくまった。その赤い火は、炎をきらめかせて次々に燃え上がり、ゆがんだ大きな影を後ろの壁に投げかけ、踊らせるのだった。まるで初期の無声映画のようだった。

　三〇分たつと、温度計がしかるべく動き始めた。光沢のある鋼鉄の針が、黄色っぽい文字盤の上をなめくじのようにすべり、九五度のところで止まった。これも上出来だった。温度計が五度狂っていたからだった。ランツァは満足し、はっきりと意識せずにだが、ボイラーや温度計と、そして外界や自分自身と、良い関係にあると思った。というのは起きるべきことがすべて起きたからだった。工場でその温度計が狂っていると知っていたのは彼だけだったのだ。おそらく別の人間だったら、作業手順に書いてあるように、火を強くするか、何とかして百度まで温度計をのぼらせる方法を考えたことだっただろう。

というわけで、温度計は長い間九五度を指していたが、やがて上昇し始めた。ランツァは火のそばにいて、その熱のため、眠気が押し寄せてきたので、意識の部屋をいくつか、その甘美な侵入にまかせることにした。だが目につながる部屋はきちんと閉め切り、温度計を監視し続けた。その部分の意識は目ざめていなければならなかった。

スルフォン酸がどうなるか分からなかったが、今のところ、すべては決められた通りに進んでいた。ランツァは快い休息を味わい、眠りの前触れの、考えや映像の舞踏に身をまかせたが、それに完全に打ち負かされないようにした。ぬくぬくと暖かかったため、ランツァは自分の村を脳裡に見ていた。妻、息子、畑、居酒屋。居酒屋の熱気、そして家畜小屋のよどんだ空気、家畜小屋には嵐になると水が入ってきた。水は頭上の干草置き場から落ちてきた。おそらく壁に割れ目があるのだ。瓦は（復活祭の時に自分の目でみな調べたのだが）すべて無傷のままだった。もう一頭雌牛を飼う場所はあるのだが……（ここですべてが、数字や計算が、始まったのに終わらないまま霧の中に消えてしまった）一分間働くごとに、一〇リラが懐に入ってきた。今では火は彼のために燃えさかり、混合機は彼のために動いていると思えた。金を稼ぐ機械のようだった。

ランツァは立ち上がった。一八〇度になったので、ハッチのボルトをはずし、中にB41を投げこまなければならなかった。工場全体が硫黄であることを知っているのに、B41と呼び続けなければならないのは、ひどく滑稽なことだった。戦時中、すべてが不足していた時、何人かはそれを家に持ち帰り、ぶどうの木に撒布する農夫に闇市で売りつけていた。だが学士様は学士様だから、満足させてやらなければならなかった。

彼は火を消し、混合機の勢いを落し、ハッチのボルトをはずして、防護マスクをつけた。そのためもぐらや猪になったような気がした。B41はすでに計量ずみで、三つのボール紙の箱に入れてあった。彼はそれを注意深く中に入れた。だがマスクをつけていたにもかかわらず、少しすき間があったのだろう、すぐに燃えた硫黄の、汚れた、陰鬱なにおいがしてきた。司祭が地獄は硫黄のにおいで満ちていると言うのも、まんざら理由のないことではない、と彼は思った。それは、周知のように、犬も嫌うにおいだった。作業を終えると、ハッチを閉め、すべてをまた動かした。

夜の三時に、温度計は二〇〇度に達した。真空にしなければならなかった。黒いレバーを上げると、遠心分離機のポンプが甲高くけたたましい音を出して、ボイラーの低い轟音をかき消した。真空計の針は垂直でゼロを指していたが、すべるように左側に傾き始めた。二〇度、四〇度。順調だ。ここまで来たら煙草に火をつけて、一時間ほどのんびりしていられる。

百万長者になる運命のものもいれば、事故で死ぬ運命のものもいる。ランツァの運命は夜明かしをすることだった(彼は自分を慰めるために、大きな音を出してあくびをした)。戦争中、それと知らずに、上官たちは、彼を、夜に屋根の上に置いて、上空の飛行機を撃ち落とすという素晴らしい仕事に、すぐにつけたのだった。

彼は不意に立ち上がった。異常を察知して、耳を澄まし、神経をはりつめた。ポンプの音が急にゆるやかになり、無理強いされるかのように、つっかえ始めた。事実、真空計の針が、脅迫する指のようにゼロにのぼり、少しまた少しと、右側に傾き始めた。どうしようもなかった。ボイラーの圧力が高まり始めていた。

「火を消して逃げろ」「みな消して逃げ出すんだ」だが彼は逃げなかった。モンキー・レンチを手に取ると、真空パイプを端から端まで叩き始めた。どこかが詰まっているに違いない。それ以外に理由はなかった。彼は叩いて叩いた。だがどうにもならなかった。ポンプは空回りし続け、針は大気圧の三分の一あたりではねていた。

ランツァは怒った猫のように、全身の毛が逆立つのを感じた。彼は腹を立てていた。ボイラーに対して狂ったような残忍な怒りを覚えた。ボイラーは火の上にどっかと腰をすえた獣で、雄牛のように吠えていた。焼けて熱くなり、針を立てた巨大なハリネズミのようで、どこに手をつけていいか分からず、思わず蹴りつけてやりたくなるのだった。ランツァは頭に血をのぼらせたまま、拳を握りしめて、圧力を低めるため、ハッチの蓋をあわてて開けようとした。彼はボルトをゆるめ始めたが、すき間から、いやなにおいの煙とともに、黄色い炎の舌が音を立てながら飛び出してきた。ボイラーの中は湧き立っているようだった。ランツァはあわててボルトを締めた。彼は電話にしがみつき、技師や消防士や聖霊を呼び出し、夜中に彼のもとに駆けつけ、助け船を出すか、助言をしてほしい、という熱烈な願いを持った。

ボイラーは圧力をかけるようになってはいなかったから、今にも爆発しそうだった。少なくともランツァはそう思いこんだ。もし昼間だったり、一人きりでなかったら、そう考えなかったかもしれなかった。だが恐怖は怒りに変わり、怒りが頂点に達すると、頭が冷えて空っぽになった。するとあたりまえな考えが浮かんだ。吸入回転子の弁を開け、回転子を作動させ、真空遮断機を閉じ、ポンプを止めたのだ。彼はほっとして、自分に誇りを感じた。彼の計算通りになったからだ。針は迷い羊が牧舎に戻るようにしてゼロに戻り、再び従順に真空の側に傾いたのだった。

彼はあたりを見回した。大声で笑い、人にしゃべりたいと思った。手足が軽くなったように感じた。床の上で、煙草が丸い灰の筒になっているのが目に止まった。吸わずに燃え尽きてしまったのだった。時刻は五時二〇分で、空き缶の山の上に作られた差しかけ屋根の向こうに朝日が見え、温度計は二一〇度を指していた。彼はボイラーからサンプルを取り出すと、外気で冷やし、試薬で検査した。試験管は数秒間透明だったが、やがて牛乳のように白くなった。ランツァは火を消し、混合機と回転子を止め、真空遮断機を開けた。怒ったような蒸気の排出音が長々と響き、少しずつざわめきからつぶやきへ変化して、止まった。彼は抽出管を取り付け、コンプレッサーのスイッチを入れた。

すると、白い煙と、いつもの強い刺激臭を放ちながら、樹脂状の硫黄が、誇らしげに、どっと流れ出し、収集用の水盤に流れ込んで、つやつやした黒い平面を作ったのだった。

ランツァが柵のほうに行くと、入ってきたカルミネに出会った。すべて順調だ、と告げると、受け渡し状を渡し、自転車の空気を入れ始めた。

・14・ チタン

Titanio

フェリーチェ・ファンティーニに

台所には、マリーアが見たことのないような服装をした背の高い男が一人いた。頭には新聞紙で作った船形の帽子をかぶり、パイプをふかし、戸棚を白く塗っていた。

その白い塗料がすべてその小さな缶に入っているのが信じられなくて、マリーアはどうしても中をのぞいてみたいと思った。男は時々パイプを戸棚の上に置き、口笛を吹いた。そして口笛を止め、歌い始めた。時たま二、三歩後ろに下がり、片目をつぶった。何度かくずかごに唾を吐きに行き、手の甲で口をぬぐった。要するに見たこともない奇妙なことをたくさんするので、それを見ているのがとても興味深かった。戸棚が白く塗り上がると、男は缶と、床に置いてあったたくさんの新聞紙を集め、食器棚の脇に運び、食器棚を塗り始めた。

戸棚は真っ白で、ぴかぴかで、きれいになったので、さわらずにはいられなかった。マリーアは戸棚に近づいた。だが男は気づいて、言った。「さわらないで。さわってはだめだ」マリーアはびっくりして立ち止まり、尋ねた。「なぜ?」男は答えた。「そうしちゃいけないからさ」マリーアはしばらく考えて、また尋ねた。「なぜこんなに白いの?」男もまたその質問が難問であるかのようにしばらく考え、低い声で言った。「チタンだからさ」

マリーアはおとぎ話で人食い鬼が出てくる時のように、体に快い身震いが走るのを感じた。男をじっと見ると、手にも体にもナイフを持っていないのが分かった。だがどこかに隠しているかもしれなかった。そこで訊いてみた。「わたしのどこを切るの?」「おまえの舌を切ってやる」と答えるかもしれなかった。だが男はそっけなく言った。「どこも切らないよ。チタンだからね」

つまりとても強い男であるようだった。だが怒っている様子はなく、善良で友好的だった。マリーアは尋ねた。「おじさん、何ていう名なの?」「フェリーチェって言うんだ」と男は答えた。男は口からパイプを離さず、しゃべる時はパイプが上下に踊ったが、口から落ちることはなかった。マリーアは男と戸棚を交互に眺めながら、しばらく黙っていた。その答えに満足したのではなく、なぜフェリーチェと呼ぶのか訊きたかったのだった。だがあえてそうしなかった。それは、子供はなぜと質問してはいけないことを思い出したからだった。友達のアリーチェはアリーチェと言うのに子供だった。だからそんなに大きな男がフェリーチェと言うのは本当に不思議だった。だがその男がフェリーチェと言うのが少しずつ自然に思えてきて、そのうちそれ以外の名はありえないと考えるようになった。

塗装された戸棚は真っ白になっていて、それに比べると、台所の残りの部分は黄色く汚れているように見えた。マリーアは近くに行って見ても何も悪くないと考えた。見るだけで、さわらなければいい。だが爪先立ちで歩いて行くと、予期せぬ、恐ろしいことが起きた。男が振り向き、あっと言う間に近くに来たのだった。男はポケットから白いチョークを取り出すと、マリーアを囲むようにして、床に円を描き、言った。「ここから外に出てはいけないよ」そしてマッチをすり、何度も奇妙な形に口をゆがめてパイプに火をつけ、再び食器棚を塗り始めた。

マリーアはしゃがみこみ、長い間じっと輪を見つめた。彼女はそこから出られないと自分から納得しなければならなかった。指で一箇所をこすってみると、そのチョークの線が消えることが分かった。しかし男がそのやり方を認めないことはよく承知していた。

　その輪は明らかに魔法の輪だった。マリーアは床に無言のまま、静かに座っていた。時々爪先立ちで輪に触れそうになるまで前に出て、バランスを崩しそうになるまで体を突き出したが、戸棚や壁に指でさわるには、まだ手のひら以上の距離があることがすぐに分かった。そこで食器棚や椅子や食卓が少しずつ白くきれいになるのを眺めていた。

　長い時間がたって、男ははけと缶を置き、頭から船の形の新聞紙を取った。するとほかの男と同じような髪を持っていることが分かった。男はバルコニーの側から外に出た。マリーアは男が隣の部屋をひっかき回し、あちこち歩く音を聞いた。マリーアは叫び始めた。「おじさん！」初めは小さな声で、やがて声を大きくしたが、大声を出すことはなかった。結局のところ、男の耳に届くのが怖かったのだ。

　男はやっと台所に戻ってきた。マリーアは尋ねた。「おじさん、もう外に出てもいい？」男はマリーアと輪を見つめ、大声で笑い、よく分からないことをたくさん言った。だが怒っているようには思えなかった。「うん、いいとも、もう出ていいよ」と男はついに言った。マリーアはとまどったように男を見て、動かなかった。すると男はぼろきれを手に取り、輪をていねいに消して、魔法を解いた。輪が消えると、マリーアは立ち上がり、はね飛びながら出て行った。彼女はとてもうれしくて、大満足だった。

・15・ 砒素

Arsenico

男は客としては異例の姿をしていた。私たちの向こう見ずで慎ましい試験所には、種々雑多な品物の分析を依頼しに、老若男女、様々な人々がやって来たが、全員が明らかに、いかがわしく悪辣な商業の大いなる網の目に組み込まれていた。売り買いを職業としているものはすぐに見分けがつく。目つきは疑い深く、顔つきは油断がなく、詐欺を恐れるか企むかしており、夜の猫のように用心深かった。それは不滅の霊魂をむしばむ職業である。かつて宮廷人の哲学者、レンズ磨きの哲学者、牧師や戦術家の哲学者はいたが、私の知っている限り、卸売りや小売り商人の哲学者はいなかった。

エミリオがいなかったので、私がその男の相手をした。男は農夫の哲学者であったかもしれない。背は低いが、がっしりした体つきの、赤ら顔の老人で、手のひらの肉は厚く、その手は労働と関節炎のために変形していた。眼窩の下に大きな隈がだらりと下がっていたが、目の色は明るく、視線がよく動いて、若々しく見えた。チョッキを着ていて、ポケットから時計の鎖が下がっていた。男はピエモンテ方言を話したが、それは私をすぐに不都合な状態に押しこんだ。方言を話すものにイタリア語で返事するのは礼儀正しいこととは言えない。すぐに境界のあちら側のおえらいさんに、富裕層に、私と同名の作家が「ルイジーニ」と呼んだものたちの仲間にされてしまう。だが私のピエモンテ方言は、発音も活用も正しいのだが、ひどくなめらかで、柔弱で、教養があり、活力がなく、少しも本物らしく聞こえない。純粋の先祖伝来の言葉というよりも、ランプをつけて、机で、文法や語彙を勤勉に学んだ結果と思えてしまうのだ。

男は機知に富んだアスティ地方の言い回しを使った、素晴らしいピエモンテ方言で、砂糖を分析してほしいと言った。本当に砂糖なのか、あるいは中に何かひどいぺてんが入っていないか、知りたがった。いったいどんなぺてんなのだろうか？　どんな疑いを持っているのか、はっきり説明してくれたら、仕事は楽になる、と私は言った。だが先入観念を与えたくない、できる限り徹底的に分析をしてほしい、疑いは後で言うから、と男は答えた。男は半キロほどの砂糖が入った紙包みを私の手に残し、明日やって来ると言い、あいさつをして出て行った。エレベーターは使わず、四階ある階段をゆっくりと降りていった。急いでいるわけではなく、不安でもないようだった。

私たちのところには客はわずかしか来なかった。そこで分析の仕事は少なく、稼ぎはわずかだった。だから最新の迅速な機器は買えず、返答は遅く、分析には普通よりずっと多く時間がかかった。外に看板すら出せなくて、そのため環は狭まり、客はさらに少なくなった。だから客が分析用に残していくサンプルは、私たちの食料事情に無視できない貢献をしていた。エミリオと私は、普通分析には数グラムで足りることを教えないようにして、ワインや牛乳を一リットル、スパゲッティや石けんを一kg、パスタ料理を一箱、喜んで受け取っていたのだった。

だが老人が疑っているといういきさつが分かっていたので、その砂糖をやみくもに使ったり、味見をするのは、無謀というものだった。砂糖を少し蒸留水に溶かしてみた。溶液は濁った。何かが入っているのは確かだった。白金のるつぼ（これが私たちの宝だった）に一gの砂糖を入れ、熱してみた。実験室特有の汚れた空気中に、子供時代を思い出させる、家庭的な、焼けた砂糖のにおいが漂った。だが炎がすぐに青白くなり、まったく違うにおいが、金属的で、にんにく臭があり、無機的で、有機体に有害なにおいがしてきた。化学者に鼻がなかったら、ひどいことになっていただろう。その時点で、もはや誤る可能性はなかった。溶液を濾過し、酸性化し、キップのガス発生器を使って、硫化水素を通した。すると黄色い硫化物の沈澱ができた。無水砒素、つまり砒素だった。錬金術師たちの「男性」、ミトリダテス王やボヴァリー夫人の使った毒薬だった。

私はその日の残りをピルビン酸の蒸留に費し、老人の砂糖について考えた。現在、ピルビン酸がどのように作られるのか知らないが、当時私たちはソーダと硫酸をほうろう引きのシチュー鍋に入れて溶解し、重硫酸塩を作って、床にぶちまけて冷却し、コーヒー・ミルで粉末にした。そしてその重硫酸塩と酒石酸を混ぜて、二五〇度に熱すると、酒石酸が脱水され、ピルビン酸になり、滴下してくるのだった。私たちはこの作業を初めガラス器具で行なったのだが、法外な数を壊してしまった。そこで屑鉄商から、戦事物資放出公社から出た鉄製の缶を一〇個買い入れた。それはポリエチレンが出回る前にガソリン用に使われた缶で、私たちの目的にかなっていた。顧客はピルビン酸の品質に満足していて、新たな注文を約束していた。私たちは溝を飛び越え、地区の鍛冶屋に、黒い鉄板で、粗野な円筒形の炉を作らせた。それには手動の攪拌機がついていた。その炉を煉瓦で囲った井戸状の空間に収めた。底や壁には千ワットの抵抗器を四つ取り付け、それを許可なしにメーターのすぐ近くに接続した。これを読んだ化学者の同僚は、こうした前近代的な、屑屋風の化学に驚かないでほしい。当時こうして生きていたのは私たちだけでなく、化学者としても決して例外ではなかった。六年間続いた戦争と破壊のため、世界中で多くの文化的習慣が退化し、数多くの必要が緩和されたが、何よりもまず品位の必要性が問われなくなったのだ。

蛇管冷却器の端からは、ピルビン酸がねっとりした金色の滴になって集合管にしたたり落ち、宝石のように砕け散った。要するに、一滴一滴と「滴下」していた。一〇滴したたるごとに一リラもうかった。私はそれを見ながら老人と砒素のことを考えていた。老人は毒殺を企てたり、その対象になる人間には思えなかったし、ほかに何の結論も出せなかった。

男は翌日戻って来て、分析結果を知る前に手数料を支払うと言い張った。結果を伝えると、その顔にはしわだらけの複雑な笑いが広がった。男は言った。「とてもうれしいよ。いつも言っていたんだ、いつかこうなると」男は話したくてうずうずしていて、ちっとしたきっかけを与えてやればいいのは明らかだった。私が催促すると、次のような話しをした。だが本質的には話し言葉であるピエモンテ方言を、石碑向けの、硬質なイタリア語に翻訳してしまったので、雰囲気が少し損なわれていることを了解いただきたい。

「わしの仕事は靴直しだ。もし若い時から始めるなら、悪い仕事じゃない。座りっきりで、さほど疲れないし、人と会っておしゃべりもできる。もちろん金はもうからないし、一日中、他人の靴をさわっていなければならない。でもこれには慣れるし、古い靴のにおいも気にならなくなる。わしの店はパストレンゴ街とぶつかるジョベルティ街の角にあった。三〇年間、靴直しをしてきたんだ……（だが彼はもう消えつつある、カリエ、カリガリウスという言葉を使った）……サン・セコンドの靴直しとはわしのことだ。難しい足もみな知っているし、仕事をするにはハンマーとひもだけで十分なんだ。さて、ある若者がやって来た。ここらのものではないさ。背が高くて、いい男で、野心満々なやつだ。そいつが目と鼻の先に店を構え、機械をたんまり入れた。長さを伸ばし、幅を広げ、縫い、靴底を叩く機械だ。どんなものかは言えんね。見に行ったことはないんだから。人から聞いたのさ。やつは近所の郵便受けに全部、住所と電話番号を書いた名刺を入れた。そうさ、電話番号も。産婆でもあるまいに。

商売がすぐにうまく行ったと思うだろう。初めの何ヵ月かはそうだった。好奇心に駆られたり、わしらを競争させようと思って、客の何人かは行ったさ。初めは値段も安くしていたからな。だが利益が上がらないと見て、値段を上げざるをえなかった。注意してほしいんだが、あの男を悪く思うから、こういうことを言うんじゃないんだ。わしはこういうやつをたくさん見てきた。初めは華々しく成功し、だめになっちまう。靴直しや、そうでないやつもいた。だがやつは、人から聞いたんだが、わしを悪く思っている。わしに教えてくれたのさ。誰だか分かるかい？　老婆たちさ。足が悪くて、歩く楽しみがもう味わえず、靴を一足しか持ってないものたちさ。この婆さんたちがわしのところへ来て、わしが悪いところを直すのを座って待ちながら、情勢を知らせ、あれやこれやと話してくれるのさ。

やつはわしのことを根に持って、嘘八百を触れ歩いていた。ボール紙で靴底を張り替えるとか、毎晩酔っ払っているとか、保険金目当てに女房を殺したとか、わしの客の靴底から釘が出て、破傷風で死んだ、とかいう噂だ。だから、事態がこんなところまで来たので、ある朝、その日の注文の靴の中にこの紙包みを見つけても、少しも驚かなかったことが分かるだろう。わしはすぐにどんな粉か分かったが、確認したいと思った。そこで少しだけ猫に与えてみたが、二時間ほどたつと、片隅に行って吐いた。そこでまた少しを砂糖壺に入れて、昨日、娘とわしとでコーヒーに入れたんだが、二時間後に二人とも吐いてしまった。そして今、あんたが確認してくれた。わしは満足しているよ」

「告発するんですか？　証明書が必要ですか？」

「いいや、いらんよ。言った通り、哀れな愚かものなのさ。破滅させるつもりはない。仕事をするにも世界は広大で、誰にも場所はある。やつはそれを知らんが、わしは知っている。」

「それでは？」

「明日、婆さんの一人に紙包みを送り返させるさ、カードをつけて。いや、むしろ、わしが持って行こう。そうすればどんな顔つきか見れるし、二、三、説教もできる」老人は美術館にいるかのようにあたりを見回し、つけ加えて言った。「あんたのもいい仕事だな。注意力と忍耐心があればうまく行く。それのないものは、別の仕事を探したほうがいい」

老人はあいさつをすると、紙包みを手に取り、彼本来のゆったりとした威厳を見せながら、エレベーターに乗らずに降りて行った。

・16・ 窒素

Azoto

……そしてやっと夢に見ていた顧客が来た。私たちに専門的意見を求めるものだ。専門的相談とは理想の仕事である。手を汚さず、労苦に背骨を痛めることなく、黒こげになったり、中毒したりする危険も冒さずに、声望を得て、金がもうかる。ただ白衣を脱ぎ、ネクタイを締め、静かに注意深く問題に耳を傾ければいい。まるでデルフォイで神託を告げるような気分になることだろう。そこで答えをよく吟味し、重々しく曖昧な言い方で述べるのだ。顧客がそれを神託と感じるように、信頼が持てて、化学者協会で定められた料金に見あう、と考えられるようにするのだ。

その夢に見た顧客は四〇歳代で、背が低く、こぢんまりと太っていた。クラーク・ゲーブル風の口ひげをはやし、耳、鼻の中、手の甲など、いたるところに黒い毛を密生させていた。指などは、爪を覆い隠さんばかりにはえていた。彼は香水を振りかけ、ポマードをつけて、下品な様子をしていた。淫売宿の亭主か、それを演ずる大根役者のようだった。あるいは隔離すべきならずものにも見えた。彼はある化粧品工場の経営者で、ある種の口紅が面倒を引き起こしている、と説明した。よろしい、それでは見本を持ってきて下さい、と頼んだ。すると、そうはいかない、特殊な問題で、現場で見てもらいたい、と男は言った。私たちのどちらかが訪ねてくれれば、どんな不都合か理解できるでしょう。明日の一〇時でどうですか？　それじゃ明日、うかがいましょう。

その場所に車で行けたら素晴らしかっただろう。だがもし自動車を持っている化学者だとしたら、そして貧しい戦争帰還者で、日曜作家で、おまけに結婚したばかりでなかったなら、そこでピルビン酸を浸出したり、訳の分からない口紅製造者の後を追いかけているはずがなかった。私は二つある服の良いほうを着て、自転車を近くの庭先に置き、タクシーで来たふりをするほうがいいと思った。だが工場に入ると、そうした外見を取り繕う必要がないことに気づいた。工場は汚れた乱雑な倉庫で、すきま風が吹き抜けていた。その中を、一二人ほどの、尊大そうで、不潔で、怠惰で、派手に化粧した娘たちがぶらぶら歩いていた。経営者は誇らしげに、もったいぶって説明した。口紅をルージュ、アニリンをアネリン、安息香酸アルデヒドをアデライデと言った。作業は単純だった。ある娘がある種の蠟と脂肪を共通のほうろう引きの鍋で溶かし、香料と着色剤を少量加え、すべてを棒状の型に流しこんだ。すると別の娘が型を流水で冷やし、それから真っ赤な円筒形の口紅を二〇個作り出した。他の娘たちは加工と包装にあたっていた。経営者は娘たちの一人をぞんざいにつかまえると、手をうなじに回し、私の目に娘の口がよく見えるようにして、唇をじっくり観察するよう、促した。ほら、分かるでしょう、塗ってから何時間かたつと、特に暑い時は、口紅が溶けて、若い娘の唇のまわりにもある細かなしわに入りこみ、赤い筋でできた醜い蜘蛛の巣模様ができて、唇の輪郭がぼやけ、みなだいなしになってしまうんです。

私は少なからずどぎまぎしながら見てみた。赤い筋は確かにあったが、娘の口の右半分だけに限られていた。娘は検査中、動ずることなく、アメリカ製のチューインガムをかんでいた。当然のことなんです、と経営者は説明した。その娘や、他のすべての娘の唇の左半分は、フランス製の最上の製品で塗られていた。それは経営者がまねようとして、できなかった製品なのだった。口紅はこうして実際に比較することだけで評価される。毎朝、娘たち全員が、右側を彼の口紅で、左側を他社の口紅で塗らなければならなかった。すると、彼は、製品が口づけに耐えられるか調べるため、一日に八回、すべての娘とキスするのだった。

私はそのならずものに口紅の成分表と、双方の製品のサンプルを求めた。成分表を見て、どこに欠陥があるか、すぐに見当をつけたが、きちんと確認して、高みから託宣を下したほうがいいと思い、「分析」に二日間の猶予をもらった。自転車を回収し、ペダルをこぎながら、もしこの一件がうまく行ったら、ヴェロソレックス・バイクに買い換えて、もうペダルをこがなくてもすむかと思った。

実験室に戻ると、濾紙を一枚取り出し、二つのサンプルでそれぞれ赤い点をつけ、八〇度に温めた温熱機に入れた。一五分ほどたつと、左側につけた赤い点は、周囲に油じみた輪が広がりはしたが、点として残っているのに、右側の口紅の点は色あせて、拡散してしまい、硬貨大のピンク色の輪模様になってしまった。男の成分表には可溶性の着色剤があった。女性たちの皮膚(あるいは私の温熱機)の熱が脂肪を溶解点にまで達せさせる時、着色剤がそれとともに拡散してしまうのは明らかだった。別の口紅は、不溶性で、よく拡散している色素を含んでいるに相違なかった。だから色が広がらないのだ。ベンゼンで溶解し、遠心分離機にかけることで、それが簡単に確められた。物質は試験管の底にたまっていた。湖岸の工場で積んだ経験のおかげで、それが何か、つきとめられた。簡単には拡散しない、高価な色素だった。それに私のならずものは色素を拡散させる機械設備を何も持っていなかった。だがそれは彼のやっかいごとだった。彼のモルモット娘たちのハーレムと、不快なパーキング・メーター方式のキスで、彼が何とかすればいいことだった。私はもう自分の職業的義務を果たしていた。私は報告書を書き、それに印紙付きの請求書と、一目瞭然な濾紙の試験片を添えて、工場に出向き、それを手渡して、手数料をもらい、別れのあいさつをしようとした。

だがならずものは私を引き止めた。彼は私の仕事ぶりに満足し、取り引きをしたがった。アロキサンが何キロか手に入るだろうか？　彼だけに供給するという契約保証をしてくれたら、大金を支払う用意があった。彼はどこかの雑誌で読んだのだが、アロキサンは粘膜に接すると、それに長期間持続する赤い色を与えるとのことだった。なぜなら、それは口紅がそうであるように、ニスのような上塗りではなく、羊毛や綿を染め上げる時のような、正真正銘の染色であるからだった。

私はその申し出を飲みこみ、ともかく、何とか検討してみようと答えた。アロキサンは一般的な化合物ではなく、その実体はほとんど知られていなかった。私の古い有機化学の教科書にも、それについて五行以上書いてあるとは思えなかった。その時は、尿素の派生物で、尿酸と関係があるということしか、漠然と頭に浮かばなかった。

私は時間ができるとすぐに図書館に駆けつけた。つまり尊敬に値するトリーノ大学化学研究所の図書館である。当時それは不信心者にはメッカのように侵入不可能で、私のような信者にも入りこむのが難しかった。図書館の事務当局は、芸術や化学を振興しないほうがいいという、賢明な原則を貫いていることをまず頭に入れるべきである。ただ絶対的な必要に迫られたもの、抗し難い情熱につき動かされたものだけが、本を参照するために要求される自己犠牲の試練を心やすらかに甘受できるのだ。開館時間は短く、常軌を逸していた。照明は暗く、目録はごちゃごちゃで、冬でも暖房はなかった。椅子はなく、不便で、音がうるさい、金属性の腰掛けが使われていた。そしてきわめつけは図書館員だった。何も知らない田舎者で、横柄で、厚かましいほど醜悪だった。彼は入館希望者をその外貌とわめき声で威嚇するために、入口に置かれていたのだ。私は入館の許可を得て、試練を克服してから、まずアロキサンの組成と構造を急いで思い出してみた。その構造図は次の通りである。

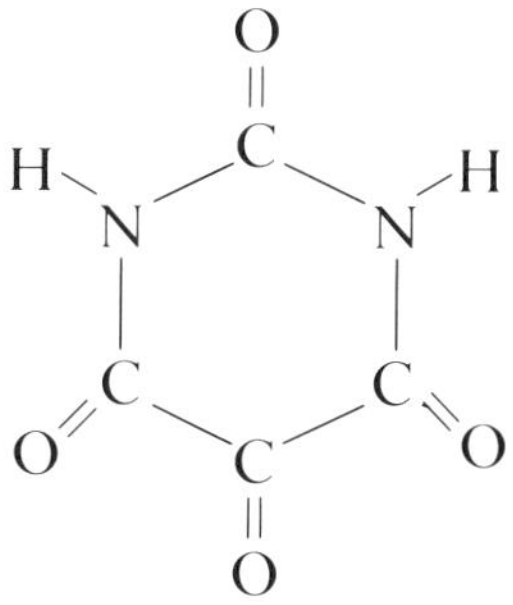

Oは酸素、Cは炭素、Hは水素、Nは窒素である。何とも優雅な構造ではないだろうか？　何か堅固で、安定していて、しっかりとつなぎ合わされたものを思わせる。実際、建築学と同様に、化学でも、「美しい」建物は、つまり釣り合いがとれていて単純な構造を持つものは、非常に堅固であるのだ。分子にも、大聖堂の天蓋や橋のアーチと同じことが起きるのだ。この説明はあながち的はずれとも、形而上学的とも思えない。「美しい」とは「望ましい」と同じで、人間は建物を建て始めて以来、最小限の費用で、最大の永続期間を狙って建物を作ってきた。建物を眺める審美的悦楽はその後でやって来

た。もちろんいつもこうだったわけではない。美が装飾、積み重ね、裾飾りと同一視された時代もあった。だがそれはおそらく逸脱の時代で、いつの時代にも認められる真の美は、直立する巨石、船の竜骨、斧の刃、飛行機の翼などの美だったのだ。

さて、アロキサンの構造的美点を認識し、評価し終えたら、我が対話相手の化学者よ、ひどく脱線が好きなようだが、本筋に帰ろうではないか。それはきみの生計を得るために、物質と内通することなのだ。今となっては、きみだけの生計ではないのだから。そこで私は「化学中央新聞《ヒェミシェス・ツェントラルブラット》」の書架をうやうやしく開け、一年一年、調べ始めた。「中央新聞《ツェントラルブラット》」は脱帽もののしろものである。それは雑誌の雑誌とも言うべきもので、化学が存在するようになって以来、世界中のあらゆる雑誌に載った化学記事を、むきになって簡潔に要約して収録していた。初めの頃は三、四〇〇ページの薄い本だった。それが今では、毎年、一三〇〇ページの本が一四冊も、やすやすと作り出されているのだった。それには論題と化学式で分類された堂々たる著者目録が付いていて、尊敬に値する、化石のような論文も見つけることができた。たとえば我らが父のヴェーラーが初めての有機合成について語った覚え書きや、サント＝クレール・ドゥヴィルが金属アルミニウムの初めての分離について述べた伝説的な覚書などがあった。

私は「中央新聞《ツエントラルブラット》」からバイルシュタインに飛び移った。これも継続的に改訂が行なわれている記念碑的な百科事典で、戸籍簿のように、新しい化合物がすべて、その調整法とともに、逐一記述されていた。アロキサンはほぼ七〇年前から知られていたが、実験室の珍品とみなされていた。記述されている合成法も学問的な価値しか持たず、（当時の戦争直後では）市場で手に入れることのかなわない高価な原料を使っていた。ただ一つ手に届きそうな方法は最も古いもので、実行はさほど難しいとは思えなかった。それは尿酸の酸化破壊によるものだった。まさに、そう、尿酸だった。痛風を起こし、暴食漢を苦しめ、尿結石を作る尿酸だった。それは疑問の余地なく異例な原料であったが、他の原料ほど手が出ないはずはなかった。

　事実、樟脳と蠟と長年の化学的労苦のにおいが漂う、不潔きわまりない書架でさらに調査を続けると、人間や哺乳類の排泄物にはわずかしかない尿酸が、鳥類の排泄物には五〇%、爬虫類の排泄物には九〇%含まれていることが分かった。上出来だった。私はならずものに電話をして、何日間か時間をくれれば、アロキサンは手に入る、月末までにアロキサンのサンプルを持って行く、そして値段と、月にどれくらい生産可能か伝える、と言った。貴婦人の唇を美しくするアロキサンが、鶏や錦蛇の糞からできるという考えは、私の心を少しもかき乱さなかった。化学者の仕事は（私の場合はアウシュヴィッツ体験でさらに強化されていたが）ある種の嫌悪感を克服し、無視することを私に教えていた。それは生来のものでも、必然的なものでもなかった。物質は物質であり、高貴でも卑しくもなく、無限に変容可能で、それが以前に何であったかは、まったく問題にならなかった。窒素は窒素であり、空気中から巧妙に植物に取り入れられ、それから動物へ、そして動物から人間に取り入れられる。我々の体内で機能を終えると、排泄されるが、窒素は無菌状態で無辜のまま窒素としてあり続ける。我々は、つまり我々哺乳類は、一般的には水の供給に問題がないので、それを尿素分子にはめこむことを覚え、尿素が水溶性なので、尿素のまま排泄してしまう。他の動物は、水が貴重なので（あるいは、その遠い祖先にとって、水が貴重だった）、窒素を尿酸に固定するという、天才的な工夫をした。尿酸は水に溶けないので、固形のまま排泄する。だから媒介として水に頼る必要はない。今日では同じようなことが行なわれている。都市ごみが圧縮されて固体になり、わずかの費用でごみ処理場に運ばれたり、地面に埋められているのだ。

だがもっと重要なことがある。排泄物から化粧品を作ること、あるいは「糞《アウルム》から金《・デ・》を作る《ステルコレ》」ことは、私を驚かせるどころか、楽しませ、心を暖かくしたのだ。それは原点に戻ることと同じだった。錬金術師が尿から燐を取り出した頃と同じだった。これは未体験の愉快な冒険で、高潔でもあった。なぜなら、再興させ、回復させ、高貴なものに高めるからだ。自然はこうしたものである。森の下ばえの腐敗から美しいしだ類が育ち、堆肥から牧草が育つ。ラテン語の「堆肥《レタメン》」とは、元気づけること、という意味ではないだろうか？　高校ではそう習ったし、ウェルギリウスもその意味で使っていて、私にとってもそういう意味を持ち始めたのだ。夕方、家に帰ると、結婚したばかりの妻にアロキサンと尿酸のことを話し、翌日、商用の旅に出ると告げた。つまり自転車で、鶏の糞を求めて、郊外の農家を回る予定を話したのだ（当時はまだ郊外に農家があった）。妻はためらわなかった。田野は好きだし、妻は夫に従うものだった。彼女も来ることになった。これは経済上の理由で、つましく、あわただしく行なわれた私たちの新婚旅行を補うものだった。だが私は幻想を持たないように自らをいましめた。純粋状態の鶏の糞を見つけることは、さほどやさしいことではないはずだったからだ。

事実、それは難しかった。まず第一に、鶏糞は（こう呼ばれていた。私たち都会人はその呼び名を知らず、窒素が含まれているため、野菜畑の肥料として珍重されていることも知らなかった）ただではくれず、高い値段で売られていた。第二に、それを買うものは、四つんばいで鶏舎に入ったり、麦打ち場で拾い集めながら、かき集めなければならなかった。そして第三に、実際に集められたものはそのまま肥料に使えたが、さらなる作業をするには向いていなかった。それは糞、土、石、餌、羽、鶏じらみ（これは翼の下に巣食っている、鶏のしらみである）の混じったものだった。いずれにせよ、少なからぬ金を払い、体を使って、服を汚して、勇敢な妻と私は、夕方、汗の結晶の鶏糞を一キロ、自転車の荷かごに入れ、フランス通りの家に戻った。

翌日、その原料を調べてみた。無用の「脈石」が多かったが、何かを取り出せそうだった。だが同時に、あることを思いついた。ちょうどその頃、地下鉄の地下道で蛇の展示会が開かれていた（地下道はトリーノに四〇年前からあるのだが、地下鉄はまだできていないのだ）。見に行ったらどうだろうか？　蛇は清潔な生き物で、羽もしらみも持っていないし、土をひっかき回したりしない。それに錦蛇は鶏よりずっと大きい。九〇％が尿酸のその糞はおそらく大量に手に入るに違いない。その大きさは小さすぎず、妥当な純度を保っていることだろう。今回は私一人で出向いた。妻はイヴの娘で、蛇が好きではなかったのだ。

展示会の責任者と従業員たちはびっくりして、軽蔑するかのように私を迎えた。いったいどんな資格でやって来たのか？　どこから来たのか？　何ごとでもないかのようにやって来て、錦蛇の糞を求めるなんて、何様だと思っているんだ。問題にならない、一グラムだって譲れない。錦蛇は少食で、月に二度しか食べず、排泄も同じだ。特にわずかしか運動をしない時は。そのわずかな糞は大金で取り引きされている。それに彼らや、他のすべての蛇の展示者や所持者は、大薬品会社と恒久的な独占契約を結んでいる。だからさっさと立ち去り、時間を無駄にさせないでほしい。

私は一日かけて鶏糞をざっとより分け、二日かけて内に含まれる尿酸を酸化して、アロキサンにしようとした。かつての化学者たちの能力と忍耐力は人間を越えていたに違いない。さもなくば、私の有機化学の経験が並外れて少なかったのだろう。私は不潔な蒸気と、倦怠感と、屈辱感しか得られなかった。黒く濁った液体が濾過器を使いものにならないように詰まらせただけで、教科書の記述通りに結晶化する傾向は少しも見せなかった。糞は糞のままであり、アロキサンは響きの良い名のままであった。これは、沼地から脱け出す道にはならなかった。それでは、自分ではいいと思ったのに、誰も読んでくれなかった本を書き、自信を失った作家の私は、いかなる脱出路を持てただろうか？　色あせてはいるが確実な無機化学の図式に戻ったほうがいいと思えた。

・17・ 錫

Stagno

「貧しき生まれは悪しきことなり」私はガスバーナーの炎に「海峡諸国」産の錫の鋳塊をさらしながら、この言葉を反芻していた。錫は少しずつ溶けて、その滴りが洗面器の水の中に音を立てて落ちていった。洗面器の底には、そのたびに新しい形をした、魅惑的な金属の塊ができていた。

金属には友好的なものと敵対的なものがある。錫は友好的だ。何ヵ月か、私とエミリオがそれを塩化錫に変えて鏡職人に売り、生計を立てているためだけではなく、さらに隠された理由のためだ。錫は鉄と相性が良く、「有害な鉄《ノケンス・フエルム》」からその残忍な性格を奪い去り、温和なブリキに変えるからである。かつてはフェニキア人がそれを売買していたし、今でも遠いおとぎの国で採掘し、精錬し、船積みしているからである（まさに「海峡諸国」がそうだ。眠れるソンダ諸島、幸福な島々や群島と言っても同じだ）。それは銅と結合し、周知のように永続的で、定評のある、掛け値なしの尊重すべき物質、青銅になるからである。それは有機化合物のように、つまり我々と同じように、低い温度で溶解する。そして最後に、それが、信じられないような、色彩豊かな名を持つ、二つの特異な特性を備えているからである。それは(私の知る限り)人の目や耳で確認されたことはないのだが、あらゆる教科書に連綿と書き継がれてきた現象である。つまり錫の「ペスト化」と「涙化」の現象である。

錫が塩酸と化合しやすいように、粒状にする必要があった。それでいいはずだった。おまえは湖畔の工場の翼の下にいた。工場は猛禽だったが、その翼は広くて頑丈だった。おまえはその保護を脱し、自分の翼で飛びたがった。だからこれでいいはずだった。今こそ飛ぶのだ。自由になりたいと思い、そうなった。化学者の仕事をしたいと思い、そうしている。さあ、毒物や口紅や鶏糞の中をかぎ回るのだ。錫を粒状にし、塩酸を注ぎ、濃縮し、別の容器に移して、結晶化させるのだ。もし飢えに苦しみたくなければ。飢えがどういうものか、十分に知っているではないか。錫を買い、塩化錫を売るのだ。

エミリオは実験室を両親のアパートの中に作り出してしまった。二人は敬虔で、物事にこだわらず、寛容だった。もちろん、彼に寝室を提供した時、その結果をすべて予期していなかったのは明らかだが、後には引けなかった。今では控えの間は濃縮塩酸の大びんの置き場になり、台所のガスレンジは（食事時以外は）ビーカーや六リットル用の丸フラスコで塩化錫を濃縮するのに用いられ、アパート全体が私たちの立てる煙で満たされた。

エミリオの父親は威厳のある好人物で、白い口ひげをたくわえ、朗々と響く声を持っていた。今までに多くの仕事についていたが、みな危険であったり、少なくとも風変わりなもので、七〇歳になるのにまだ新しい体験に貪欲で、周囲をはらはらさせていた。当時は、イギリス通りにあった古い市立畜殺場で屠殺されていた、すべての牛の血を扱う独占権を持っていた。彼は一日の多くの時間を不潔なほら穴で過ごしていた。壁は固まった血で暗褐色に染まり、床は腐った液体でぬるぬるし、兎ほどの大きさの鼠がうろちょろしていた。伝票や台帳も血で汚れていた。彼は血で、フリッテッレ、血のソーセージ、糊、ボタン、壁用ペイント、靴クリームなどを作っていた。新聞や雑誌はアラビア語のものしか読まなかった。それはカイロから取り寄せていた。長年住んでいて、子供三人もそこで生まれていた。荒れ狂った群衆に銃を撃ってイタリア領事を守ったこともあり、彼にとって心の故郷であった。彼は毎朝、パラッツォ門の市場に自転車で行き、野菜、もろこし粉、落花生油、さつまいもなどを買ってきた。彼はこうしたものと牛の血で、毎日、異なった、実験的な料理を作った。彼はそれを自慢し、私たちに味見させた。ある日、鼠を持ち帰り、頭と足を切って、妻にモルモットだと告げ、焼き肉料理を作らせた。彼の自転車にはチェーン覆いがなく、腰が少し膠着していたので、朝、ズボンの裾をクリップで止めたが、一日中それをはずすことがなかった。妻のエスター夫人はコルフ島で、ヴェネト地方出身の家系から出た人なのだが、やさしくて、物に動じなかった。二人は台所に塩酸を置くことが世の中で一番自然なこととでも言いたげに、家の中に実験室を作ることを許したのだった。私たちは塩酸の大びんを、エレベーターを使って四階まで運んでいた。エミリオの父親は威圧するような、尊敬すべき外貌を備えていたので、アパートの住民で文句をつけようとするものは一人もいなかった。

私たちの実験室は古物商の店や捕鯨船の船倉に似ていた。台所や控えの間や風呂場まで侵略していた枝葉の部分を除けば、それはただ一つの部屋とバルコニーから成っていた。バルコニーにはDKWのオートバイの部品が散乱していた。エミリオが分解された状態で買ったもので、いつか組み立てると言っていた。深紅色のガソリン・タンクは手すりの上に置かれ、エンジンにはハエ帳がかぶせられていたが、私たちの出すガスのため、赤く錆びていた。またアンモニアのボンベもいくつか置いてあった。それは私が来る以前の時代の遺物で、エミリオがアンモニアガスを飲料水のびんに溶かし、売りさばいて生計を立てていたが、近所を悪臭で汚染したのだった。バルコニーや部屋には、いたるところに、信じ難いほど大量のがらくたが散らばっていて、ひどく使いふるされ、古びていて、ほとんど見分けがつかないほどだった。じっくりと見定めないと、職業用の器具と家庭用品の区別がつかないのだった。

実験室の真ん中には、木とガラスでできた巨大な排気筒があった。それは私たちの誇りであり、ガス中毒死を避ける唯一の防御手段でもあった。そもそも塩酸が中毒死をもたらすわけではなかった。塩酸は、遠くから叫び声をあげるので、防御を整えやすい、開けっぴろげな敵の一つである。強い刺激臭を持っているから、可能なら、避難所に逃げこむのに遅れることはない。それにほかのものと混同することもない。一息それを吸いこむと、エイゼンシュタインの映画の馬のように、鼻から二筋、白い煙を出すし、口の中に、レモンを食べた時のような酸っぱさが広がるからだ。私たちの排気筒は一生懸命働いていたが、塩酸の煙はすべての部屋を襲った。壁紙は変色し、金属性の取っ手や窓枠は表面が曇ってざらざらになり、時々不吉な音が私たちを飛び上がらせた。釘が腐蝕されてだめになり、部屋の片隅にかけられた絵が床に落ちて壊れた。エミリオは新しい釘を打ちつけ、絵をもとの場所にかけ直した。

要するに私たちは塩酸で錫を溶かしていた。その後、その溶解液を定められた特定の重量まで濃縮し、冷えて結晶化するよう放置する必要があった。塩化錫は分離して、優美な無色透明の、小さな柱体になった。結晶化には時間がかかったので、多くの容器が必要だったが、塩酸がすべての金属を侵すので、容器はガラスか瀬戸物である必要があった。注文が多かった時期には、ありあわせの容器を使わなければならなかったが、エミリオの家にはたくさんあった。スープ皿、ほうろう引きの圧力鍋、アール・ヌーヴォー風のシャンデリア、そして溲びんまで動員された。

翌朝、塩化物を集め、水気を切った。その時は、手でさわらないよう注意しなければならなかった。さもないといやなにおいが手についた。この塩化物自体にはにおいがないが、皮膚と何らかの形で反応し、おそらくケラチンの二硫化物の橋梁部を還元して、なかなか消えない金属性の悪臭を発生させ、何日間も、化学者であることを人に告げるのだった。塩化錫は攻撃的だが、繊細でもあった。負けた時はめそめそ泣くような、スポーツの試合の、不愉快な対戦相手のようだった。無理してはならず、心ゆくまで自然に乾燥させる必要があった。もし暖めようとすると、たとえばヘアドライヤーを使ったり、スチームの上にのせたりする、最も穏やかな方法を用いても、結晶化に必要な水分が失われ、曇った色になり、愚かな顧客は買いたがらなくなった。愚かと言うのは、そのほうが都合が良かったからだ。水分が少なければ、錫がそれだけ多く、良い結果が出る。だがその通りだった、客は常に正しかった。特に鏡職人のように、化学を少ししか知らない場合は。

ゼウスの金属である錫の、寛大な温和さは、塩化錫には少しも残らなかった（それに一般的に言って、塩化物とは賤民で、概して卑しく、吸湿性を持ち、少しも役に立たない派生物である。その中で塩だけが例外だが、それはまた別の話だ）。これは活発な還元剤で、その二つの電子を解放しようとじりじりしており、わずかなきっかけでそうして、時には大災害をもたらした。その濃縮液が一しずくズボンに垂れただけで、新月刀で切られたかのように、ズボンがすぱりと切り裂かれてしまった。戦後のことで、私は日曜日用以外のズボンはなく、家に金はほとんどなかったのだ。

もしエミリオが冒険と自由な職業人の栄光を称賛して、しつこく誘わなかったなら、私は湖畔の工場を去ることなく、永遠に塗料の欠陥を直していただろう。私は同僚や上司に、四行詩節からなる、快活な無礼さいっぱいの遺言状を配るという、馬鹿げた虚勢を示して、工場をやめた。私は自分の冒している危険をかなりよく承知していたが、誤りを犯す自由は年とともに狭まるのだから、それゆえ、それを利用したいものは待ちすぎてはいけなかった。だがもう一方では、誤りが誤りであることを認めるのに待ちすぎてもいけなかった。私たちは毎月末に勘定をしたが、塩化錫だけでは、人は生きていけないことが、ますますはっきりしてきた。あるいは、少なくとも、結婚したばかりで、威厳のある家父長を後盾に持たなかった私は生きていけなかった。

私たちはすぐには降伏しなかった。丸一ヵ月、私たちは、オイゲノールからバニリンを、生き残るのを許すだけの効率で作り出そうと努めたが、うまくいかなかった。穴居人にふさわしい道具を用いて、受刑者向きの労働時間で、何百キロというピルビン酸を分泌した後、私は白旗を掲げた。私は仕事を見つけることにした。たぶんまた塗料に戻ることで。

エミリオは苦痛を覚えながらも、男らしく、二人の敗北と私の戦線離脱を受け入れた。だが彼の事情は違っていた。彼の血管には、遠い海賊の熱情、商人の創意、新しさを求める不安な切望に満ちた父親の血が流れていた。彼は誤ること、半年ごとに職業や居場所や生活を変えること、貧しくなることを恐れていなかった。階級的な思いこみもなく、灰色の作業着を着て、オート三輪で、私たちの労苦の結果の塩化錫を届けに行くのに、いささかも居心地の悪さを感じなかった。彼は敗北を受け入れたが、その翌日には、新たな考えを、私より人生に長けた人たちとの新たな組み合わせを思いつき、すぐに実験室を動員解除する作業にかかって、少しも悲しそうな様子を見せなかった。一方私は悲しみで一杯で、泣き出すか、犬がスーツケースの閉じられるのを見た時のように、月に向かって吠えたかった。私たちはサムエル氏とエスター夫人に助けられて（あるいは、迷惑をかけられ、邪魔されながら）、憂鬱な用事に取りかかった。何年も探していた家庭用品や、アパートの片隅に地質学的に埋もれていた風変わりな物が白日のもとに現われ出てきた。ベレッタ三八A機関銃の槓桿《こうかん》（これはエミリオがパルチザン部隊に属していて、谷をめぐり、各地の部隊に交換部品を配っていた頃のものだった）、細密画付きのコーラン、長い陶製のパイプ、柄《つか》に銀の象眼模様がある象眼付きの剣、黄ばんだ紙の山。この紙の中から、一七八五年に出された禁令が現われ、私は貪欲にも自分のものにしてしまった。それは異端の邪悪に対して特別に派遣された、アンコーナ辺境地区総異端審問官のトンマーゾ・ロレンツォ・マッテウッチ士が、不分明ではあるものの、尊大さたっぷりに、「いかなるユダヤ人も、あえてキリスト教徒から、何らかの楽器の講習や、舞踏のそれを受けることを禁じ、そうすることを命じ、明白に定める」旨を伝えた禁令だった。私たちはずっとつらい作業を、排気筒の取りはずしを翌日にのばすことにした。

エミリオの予想に反して、私たちの力だけでは足りないことが分かった。二人の大工を雇うのは私たちにはつらいことだった。エミリオは、排気筒を解体せずに土台から抜き出せるような足場を作るよう、命じた。この排気筒は要するにある職業、ある条件、そしてある技能の象徴、標章であり、そのままそっくり無傷のまま、中庭に保存され、今のところは見通しのつかない将来に、新しい生命と用途を見い出すべきものだった。

足場が組まれ、滑車が取りつけられ、誘導ロープが張られた。エミリオと私が中庭で悲しい儀式を見守るうちに、排気筒は窓から壮重に姿を現わし、重々しく揺れ、マッセーナ街の灰色の空にくっきりと輪郭を描き出した。滑車の鎖が手際良くかけられたが、鎖はうめき声をあげて、切れた。排気筒は四階から私たちの足元に落ちてきて、砕け散り、木片とガラス片になった。まだオイノゲールとピルビン酸のにおいがした。排気筒が砕けて、私たちの事業を始める意欲や勇気も砕け散ってしまった。

落下するわずかの瞬間に、私たちは自己防御本能から後ろに飛び下がっていた。「もっと大きな音を立てるかと思ったよ」とエミリオはつぶやいた。

・18・ ウラニウム

Uranio

SAC（顧客扶助係）の仕事は誰でもできるわけではない。これは複雑かつ微妙な仕事で、外交官の仕事に似通ったところがある。これをうまく果たすには顧客に信頼感を呼び起こすことが必要で、そのためには自分自身と会社が売っている製品への信頼感が不可欠になる。従ってこれは健康に良い活動で、自分自身を知り、性格を強化するのに役に立つ。これはおそらく工場勤務の化学者が行なう十種競技の種目の中では、最も健康的だ。雄弁と即興、気転と理解力と説得力を十分に鍛えるからだ。そしてイタリアや世界をめぐり、様々な人々と会うことができる。さらにもう一つの奇妙で有益な成果についても述べなければならない。自分の仲間を尊敬し、好意を抱いているふりをしていると、何年か仕事を続ければ、本心からそうなってしまうのだ。長い間狂気を装っていると、本当に気違いになってしまうのと同じことである。

この仕事では大部分の場合、初対面の時に、話相手よりも高い地位を得るか、勝ち取る必要がある。だが脅かしたり、圧倒したりせずに、静かに、礼儀正しく勝ち取らなければならない。自分が上位にいると感じていなければならないが、少しだけだ。手の届く範囲にあって、理解可能でなければならない。たとえば化学者でない人と化学の話をするのはいけない。これが、この職業のABCだ。だが逆の危険のほうがずっと深刻だ。つまり顧客に圧倒されることだ。これはしばしば起きることだ。なぜなら顧客は自分の家でゲームをしているからだ。つまり売っている製品を実際に使っているのは顧客のほうで、妻が夫の長所や短所を知り尽くしているように、その製品の美点や欠点を知っているのだが、扶助係のほうは、実験室か教育コースで得た、痛みのともなわない、公平無私な、しばしば楽観主義に流れる知識しか持ちえないからだ。最も好都合な状況とは、いかなる形であるにせよ、恩人として振舞える場合だ。自分の製品が顧客の気づいていないかもしれない、かつての要望や希望を満たす、と説得する。あらゆる点を計算すると、年度末には競争相手の製品よりも安くつくことが分かると説き伏せる。相手方の製品は、周知のことですが、初めはいいのですけれど、でも、もうこれ以上話させないで下さい……。また別のやり方でも恩を売ることができる（ここで扶助係の候補者の想像力が明らかになるのだ)。たとえばほとんど関係ないか、まったく関係のない技術的問題を解決する。役に立つ住所を教える。「雰囲気のある店」へ食事に招待する。自分の町を案内し、妻か恋人におみやげを買う手助けや忠告をする。ダービーの切符を直前に手配する(そう、こうしたこともするのだ)。私のボローニャの同僚は艶笑譚を集め、絶えず補充し、町や地方を回る前に、技術的報告書とともに、綿密に検討する。だが記憶力が悪かったので、顧客ごとに語った話をメモしておく。それは同じ人に同じ艶笑譚を繰り返すのは重大な過ちだからだ。

こうしたことは経験から学べるのだが、ミネルヴァ女神のように、生まれた時から技術＝営業員そのものという人たちもいる。私はそうではなくて、悲しいが、そう自覚せざるをえない。私が扶助係をするはめになった時は、本拠地であろうと、出張する場合であろうと、ためらいと悔恨を感じつつ、人間的暖かみを少しも覚えずに、いやいや行なうのだった。だがそれよりひどいのは、気が短かくてぶっきらぼうな顧客に、気短かに、つっけんどんに振舞ってしまうことだった。だが顧客は、小売り店に対しては自分たちも扶助係の立場にあるため、温和で従順な態度を示さねばならなかったから、外見上は温和で従順だったのだ。要するに私は扶助係には向いておらず、それになるのには遅すぎたのではないかと思っていた。

タバッソが私にこう言った。「……へ行って、現場主任のボニーノを訪ねなさい。いい男だ。もう我が社の製品は使っている。いつもうまく行っていた。それほど頭の鋭い男ではない。もう三ヵ月間ごぶさたをしている。技術的な問題はないはずだ。もし値段のことを言ってきたら、一般的なことを言うんだ。会社に報告します、私の管轄ではありません、とでも言うんだね」

私が来訪を告げると、個人的データを書きこむ用紙を示され、ボタン穴に下げるカードを手渡された。それは私自身をよそものと規定するもので、守衛の拒絶反応に対する免疫を保障した。私は待ち合い室に案内されたが、五分もたたないうちにボニーノが現われ、事務室に連れて行かれた。これは良い徴候で、いつもこう行くとは限らなかった。約束してあっても、扶助係を三、四〇分も、冷たく待たせる人がいたからである。それは扶助係を下位に置き、位階を押しつけるためであった。動物園のヒヒの大檻でも、より巧妙で卑猥な技巧を用いていたが、同じようなことが行なわれていた。だが類似はさらに広範囲に及んでいる。扶助係の戦術や戦略はすべて、求愛の用語で表現できるのである。扶助係の場合も、女性に言い寄る場合も、一対一の関係である。第三者を交えた契約や求愛は考えにくい。そして初めにダンスか儀礼的な幕開きがあり、そこでは買い手は、売り手が伝統的な儀礼に厳密に従う時にだけ受け入れるのだ。もしそうなったら、買い手はダンスに加わり、お互いに気に入ったら、つがいになる。つまり商品を購入するわけで、両者とも明らかに満足するのである。一方的な暴行はめったにないが、それがしばしば性的関係から取られた用語で語られるのは、決して偶然ではない。

ボニーノはしまりのない、小太りの小男で、ひげの剃り残しがあり、笑うと抜けた歯の跡が見えた。私は自己紹介し、ごきげん取りのダンスを始めたが、彼はすぐにこう語りかけてきた。「ああ、あなたは本を書いた人でしょう」私は自分の弱さを告白しなくてはならない。この異例の語り出しは、私個人には不愉快ではなかったが、私が代表している会社のためには少しも有益ではなかった。事実、これをきっかけに話は良くない方向に進んだ。あるいは、少なくとも異例な考察に迷いこみ、訪問の目的からそれ、職務を果たす時間が失われた。

「とても良い小説だった」とボニーノは続けた。「休暇中に読んで、妻にも読ませた。子供たちにはそうしなかった。動転するかもしれないからだ」こうした意見に普通私はいら立つのだが、扶助係を勤めている時は神経質になりすぎてはいけなかった。私は洗練された態度で礼を言い、話をしかるべきレールに、つまり塗料の件に戻そうとした。だがボニーノは抵抗した。

「ご覧の通り、私もあなたと同じようなことになりそうになった。私たちはオルバッサーノ通りにある兵営の中庭に閉じこめられた。だがある時、入ってくるのを見て、あなたなら誰のことか分かるでしょうが、誰も見ていない隙に壁を乗りこえ、五メートル以上はあったのだが、反対側に飛び降り、逃げ出した。そしてバドリオ軍と一緒にヴァル・スーサへ行った」

バドリオ軍に属していたものが自分のことをそう呼ぶのを、私は今までに聞いたことがなかった。私は防御の構えを整え、長時間の潜水に備えるかのように、自ら息を深く吸いこんだことに、自分自身でも驚いた。ボニーノの話がすぐに終わらないのは明らかだった。だが辛抱しなければならなかった。自分がどれだけ長い話を、隣人や、話を聞きたがった人、聞きたがらなかった人に押しつけたか考え、聖書の「申命記」第一〇章一九節に「あなたがたは外国人を愛しなさい、あなたがた自身もエジプトで外国人であったのだから」と書いてあるのを思い出して、椅子にゆっくりと座り直した。

ボニーノは上手な語り手ではなかった。本筋からそれたり、繰り返したり、脱線したり、脱線の脱線をしたりした。それに文章の主語を省き、人称代名詞で置き換える奇妙な癖があったので、その話がよけい訳のわからないものになった。彼が話す間、私は案内された部屋をぼんやりと眺めていた。それは明らかに彼の事務所として何年も使われていた。なぜなら彼自身と同じように、部屋も乱雑に散らかっていたからだ。窓ガラスはぞっとするほど汚れていて、壁は煤だらけで、空中には古い煙草のにおいが陰鬱によどんでいた。壁には錆びた釘が打ちこまれていた。そのいくつかは明らかに用を終えていて、残りは黄ばんだ紙を止めていた。その一枚が私の観測地点から読めたのだが、こう書かれていた。「主題。ぼろきれ。さらなる頻繁性のもとに……」別の場所には、使用済みのかみそりの刃、トトカルチョの用紙、共済組合の用紙、絵葉書などがあった。

「……すると彼は後について来い、いや先に立て、と言った。彼は私の後ろにつき、ピストルを突き立てた。その後、別のものが、相棒が来て、角のところで待っていた。私は二人にはさまれてアスティ街に連れて行かれた。ご存知だろうが、アロイシオ・スミトがいたところだ。私は時々呼び出され、吐いてしまえ、仲間はみなしゃべった、英雄気取りは無駄だ、と言われ……」

ボニーノの机の上には、軽合金製のピーサの斜塔の、出来の悪い模型があった。また貝殻を使った灰皿もあり、吸い殻とさくらんぼの種でいっぱいだった。アラバスター製で、ヴェスヴィオ山を形どったペン置き台もあった。見栄えのしない机だった。甘く見ても〇・六平方メートルしかなかった。経験を積んだ扶助係で、この悲しい机の科学を知らないものはない。はっきりと自覚してはいないかもしれないが、反射的な投影として、みすぼらしい机はその使用者が取るに足らないことを無情にも示してしまうと感ずる。採用されて八日か一〇日たった従業員が机を手に入れられないなら、そのものは破滅の道をたどる。殻のないやどかりのように、数週間の延命しか見こめない。逆に、出世を重ねて、最後には、ポリエステル張りで、ぴかぴかの、七、八平方メートルの机を使っていた人たちを知っている。それは明らかに大きすぎるが、その権力の大きさを暗号で語るには適している。机の上に何を置くかは、量で決められるわけではない。机の上をできる限り乱雑にし、ありったけの事務用品を置くことで、自分の権威を示す人がいる。さもなくば、さらにきめ細かくて、机の上に何も置かず、きちょうめんに清掃することで、地位を誇示するものがいる。ムッソリーニはヴェネツィア宮で後者のようにしていたという。

「……だが私もベルトにピストルをはさんでいるのを、そこにいる誰も気づかなかった。彼らが私を拷問にかけようとした時、私はピストルを取り出し、全員を壁に向かって立たせ、逃げ出した。だが彼は……」

彼とは誰だろう？　私は途方に暮れた。話はますますこんがらがってきた。時計は進んでいったが、顧客はいつも正しい、というのは真実だった。だが自分の魂を売ること、会社の指令に従うことにも限界があった。それにこの限界以外に、馬鹿馬鹿しくもなってきた。

「……できるだけ遠くへ逃げた。三〇分ほどすると、リヴォリの町の近くまで来た。道を歩いて行くと、近くの野原にドイツ軍の飛行機が、滑走路が五〇メートルもあれば着陸できる単発機が、着陸するのが見えた。二人のドイツ人が降りてきて、スイスへ行くにはどちらへ行けばよいか、とてもていねいに尋ねてきた。私はあたりの地理に詳しかったから、すぐに教えてやった。ミラーノまでまっすぐ行き、それから左に曲がればいいと。〃ありがとう《ダンケ》〃と二人は言うと、飛行機に乗りこんだ。だが一人が思い直して、座席の下を探り、飛行機を降りて、手に石のようなものを持ってやってきた。それを私に差し出すと、こう言った。〃これはお礼だ。苦労賃としてとってくれ。ウランだよ〃

分かるかね、戦争末期で、もう敗色が濃かった。原子爆弾を作っても間にあわなくて、ウランが必要なくなったのだ。ただ助かりたい、スイスに逃げたいとだけ考えていたんだ」

表情を制御するのにも限界がある。ボニーノは私の顔に不信の念を読み取ったに違いなかった。なぜなら話を中断し、いらだちを交えた声でこう言ったからだ。「あなたは信じないのか?」

「もちろん信じますとも」と私は勇気をふるい起こして答えた。「でも本当にウランだったのですか?」

「もちろんだとも。誰でもすぐ分かったさ。異常に重くて、さわると暖かかった。それにまだ家に置いてある。子供たちがさわらないように、バルコニーの物置きに入れてある。時々友人たちに見せるんだが、ずっと暖かだったし、今でもそうだ」そして彼は一瞬ためらってから、言葉をついだ。「それじゃ、こうしようじゃないか。明日、一かけら送ろう。そうすれば納得がいくだろうし、あなたは作家なのだから、いつか自分の話に加えて、この話も書くかもしれない」

私は礼を言って、しかるべく自分の住所を教え、新製品について説明し、かなり大量の註文をメモし、あいさつをして、この件は終わったと考えた。だが翌日、私の一・二平方メートルの机の上に、私宛ての小包みが乗っているのを見つけた。私は少なからぬ興味にかられて、ひもを解いた。中には煙草の箱半分ほどの大きさの金属塊が入っていた。それは実際にかなり重く、見慣れない外見をしていた。表面は銀白色で、黄色っぽい錆が薄く浮いていた。暖かくはなかったが、銅、亜鉛、アルミニウムといった、化学の分野以外の経験も含めた長い体験から親しくなった金属と、見間違うはずもなかった。合金だろうか？　あるいは本当にウランだろうか？　ここらあたりで金属ウランを見たものはおらず、教科書には銀白色をしていると書いてあった。だがそれほど小さな塊がいつまでも暖かいはずはなかった。おそらく家ほどの大きさの塊なら、核分裂のエネルギーでずっと暖かいはずだった。

適当な暇が見つかると、私はすぐに実験室に駆けこんだ。それは扶助係の化学者にとっては異例のことで、漠然とだが、不適切な行為とみなされていた。実験室は若者向けの場所で、そこに戻ると若返った気になった。一七歳の時に抱いたような、冒険と発見と不測の出来事への情熱がよみがえってきた。もちろん、ずいぶん前に一七歳ではなくなっていて、さらに擬化学的活動に長い間従事していたため、肉体は弱り、筋肉は萎縮し、体の動きはぎこちなくなり、試薬や器具の場所は分からず、基本的な反応以外はみな忘れ去っていた。だがまさにこのためにこそ、実験室を再び訪れることが喜びの源となり、強い魅力を発揮したのだった。それは若さと未知の未来が持つ魅力で、力に、つまり自由に満ちていた。

だが長年活動していなかったにもかかわらず、いくつかの職業上のこつや、いかなる状況下でも化学者であることを示すようないくつかのきまりきった行動は、忘れていなかった。未知の物質を、爪や小型ナイフで傷つけ、においをかぎ、「冷たい」か「暖かい」か、舌で触れてみて、ガラスに傷をつけられるかためし、光を反射させて表面を調べ、手のひらで重さを計ってみることなどである。秤なしで物質の比重を計ることはさほど容易ではないが、ウランは比重が一九で、鉛よりずっと重く、銅の二倍ある。だからボニーノがナチの飛行士＝宇宙飛行士からもらった物質は、ウランではありえなかった。

私は小男の偏執狂的な話の中に、執拗に繰り返されるその地域の伝説の反響を見た。それはヴァル・スーサのUFOの、空飛ぶ円盤の伝説で、中世の彗星のように予言をもたらし、降霊術者の精霊のように迷走し、いかなる実効も持たないのだった。

それでは、ウランでないなら、何なのだろう？　小さなのこぎりでその一片を切り取り（簡単にのこぎりで切れた）、ブンゼン・バーナーの炎にかざしてみた。あまり見られない現象が起きた。茶色の煙が上がり、ちりちりと螺旋状に立ち昇ったのだ。私は、一瞬の官能的な郷愁とともに、自分の中に、長年の無為のためにしぼんでいた、分析家の反射運動がめざめるのを感じた。私は釉薬のかかった陶製の小皿を見つけ、中に水を入れて、煙をあげる炎の上にかざした。すると、底に茶色の固着物が形成された。それはなじみのものだった。その固着物に硝酸銀溶液を一滴垂らすと、黒青色に変化した。その金属がカドミウムであることが確認できた。龍の歯をまいた英雄カドモスの遠い息子であった。

ボニーノがどこでカドミウムを見つけたのかは、さほど興味深いことではなかった。おそらく工場のカドミウム・メッキ部でだろう。それより興味深いのは、謎めいているが、彼の話の出所だ。彼はそれを真底、自分のものにしていた。というのは、後で知ったのだが、彼はそれを誰にでもひんぱんに語ったが、事実を示して具体化するのではなく、年がたつにつれて、よりめざましく、信憑性に欠けた事実をつけ加えたのだった。その起源にさかのぼるのは明らかに不可能だった。だが、扶助係で、会社や社会の義務、まことらしさの網の目に捕われていた私は、境界を打ち破り、自分好みの過去を作れるあるじになって、英雄の衣服を自らに着せ、スーパーマンのように緯線、経線、時空を越えて飛び回れる人物の、無限に自由な想像力をボニーノに認めて、うらやましく思ったのだった。

・19・ 銀

Argento

　ふだんは、謄写板印刷の案内状は、読まずにくずかごに投げ入れてしまうのだが、その案内状はそうした運命をたどるべきではないことにすぐに気づいた。卒業二五周年記念の、夕食会への招待状だったのだ。その書き方が様々なことを考えさせた。執筆者は相手に「きみ」と呼びかけ、まるで二五年間など存在しなかったかのように、古くさい学生用語をこれ見よがしに使っていた。そしてそれとは意図せずにだが、滑稽な調子で締めくくっていた。「……同窓愛を新たに確認して、我々の日々の生活の化学にまつわる出来事を互いに語り合い、我々の化学との銀婚式を祝おうではないか」この化学にまつわる出来事とは何なのか？　五〇歳の肉体の血管にコレステロールが沈澱していることか？　我々の様々な皮膜の皮膜間均衡のことか？

　執筆者は誰だろう？　私は頭の中で、生き残っている二五人から三〇人ほどの仲間を検討してみた。つまり生きているだけではなく、他の職業の背後に姿を消していないものたちである。まず初めに女性の仲間は除外した。みな家庭の主婦で、動員解除されており、語るべき「出来事」は持っていなかった。そして出世主義者、出世階段を登りつめたもの、被保護者、被保護者から庇護者に転じたものも除外した。こうしたものたちは比較を好まないのだ。また同じように比べられることを好まない挫折者も除外した。こうした会に失敗者たちは顔を出すかもしれないが、それは同情や援助を請うためだ。会を進んで企画する可能性は少なかった。残ったわずかの人員の中から、それらしい名前が出てきた。チェッラートだ。不器用な正直もので、熱意にあふれていたチェッラートだ。彼は人生からわずかのものしか受け取らなかったが、人生にわずかしか寄与していなかった。戦後、たまたま、わずかの時間、出会ったことがあったが、無気力であるにせよ、挫折者ではなかった。挫折者とは泳ぎ出して溺れたもの、目標を設定し、それにたどりつけなくて苦しんでいるもののことである。チェッラートはいかなる目標も定めず、何ごとにも身をさらさず、家にしっかりと閉じこもっていた。彼は明らかに学問研究の「黄金」期にしっかりとしがみついているに違いなかった。なぜならそれ以外の時期はみな鉛の時期だったからだ。

この夕食会に出席する見通しについて考えてみると、相反する感情が交錯した。中間的な性格の催しではなかった。磁石を羅針盤に近づける時のように、引力と反発を同時に感じさせた。行きたかったし、行きたくなかった。この二つの思いの動機は、よく考えてみると、さほど高貴なものではなかった。行きたかったのは、自分を他人と比べ、他人より人づきあいが良く、稼ぎや偶像に縛られてなく、すれてなく、使い尽くされてないと思えるのが心地良かったからだ。行きたくなかったのは、他人と同じ年齢を、つまり自分の年齢を思い知りたくなかったからだ。しわや、白髪や、「いつか死ぬこと《メメント・》を忘れるな《モリ》」という教訓の兆候を見たくなかった。出席者や欠席者の人数を数え、計算することをしたくなかった。

だがチェッラートには興味があった。私たちは時々、一緒に勉強をしたことがあった。彼は真面目で、自分を甘やかすことなく、独創性のひらめきは見せず、喜びもなく勉強し（喜びを知らないように見えた）、坑道内の鉱夫のように、教科書の章を次々に切り崩していった。ファシズムに加担して身を汚すことはなく、人種法という試薬には否定的反応を示していた。光輝くところはなかったが、落ち着いていて、信頼できた。私は今までの経験から、この信頼感こそが最も持続的な美徳で、年月とともに得たり失ったりするものではないことを知っていた。人は卒直な顔つきとしっかりした目つきを持って、信頼できる人物として生まれてくれば、一生そのままでいる。ゆがんで弛緩したまま生まれてきた人は、ずっとそのままだ。六歳の時に嘘をつく人は、一六歳でも、六〇歳でも嘘をつく。これは注目すべき現象で、ある種の友情や結婚が、習慣化し、倦怠感を味わせ、根拠がなくなっているにもかかわらず、何十年も続くことの説明になっている。私はこのことをチェッラートで試してみたかった。私は料金を振り込み、名前が分からない委員会に、夕食会に参加すると手紙を書いた。

彼の外貌はさほど変わっていなかった。背が高く、骨格がたくましく、色は浅黒かった。髪はまだふさふさとしていて、ひげはきれいに剃り上げられ、額や鼻や顎は大きく張り出し、デッサンされたばかりのようだった。当時と少しも変わらずに、動作はぎこちなく、せっかちで、手元が定まらなかった。実験室で伝説的なガラス器具の壊し屋だった頃と、少しも変わらなかった。

私たちは習慣通りに、会話の初めの部分を、近況を知らせあうことにあてた。彼は結婚していたが子供はなかった。だがこの話題を好んでないことが分かった。彼はずっと写真化学の分野で働いていた。イタリアで一〇年間、ドイツで四年間、そしてイタリアに戻っていた。確かに彼が夕食会の発起人であり、招待状の執筆者だった。そう認めることに、少しも恥ずかしそうな様子を見せなかった。もし職業上の比喩を使うなら、彼の学生時代はカラーの時代で、その後は白黒の時代だったのだ。彼は「出来事」に本当に興味を抱いていた（その表現がぶざまなことは、指摘せずにおいた）。彼の仕事には「出来事」が多かった。それは概して、まさに白黒でしかなかったのだが。私の場合はどうだったのか？　もちろん同じだ、と私は請け合った。化学上の「出来事」も、そうでないものも含めて。ただ最近は、化学上の「出来事」が頻度と強度を高めて、優勢になっていた。「その状況に応じられない《ニヒト・ダッ・ゲヴァアフゼン》」、無力感、いたらなさを感じないだろうか？　敵は鈍くてのろまだが、その数や重圧はすさまじくて、戦いは果てしがないと思えてしまう。毎年、一つ一つ、戦いに負けている気がする。そして傷つけられた誇りを癒すため、敵の隊列にほつれが見えるわずかの機会をとらえて、飛びかかり、素早く一撃を加えるだけで満足しなければならないのだ。

チェッラートもこの軍務を知っていた。彼も我々の知識の不十分さを経験し、それを幸運、直観、策略、そしてあふれるほどの忍耐で代用すべきことを学んできた。私は自分や他人の「出来事」を探している、それをきれいに配置して本にしたい、と言った。私は自分たちの仕事の強く苦い味を門外漢に伝えられるか、試したかった。私たちの仕事も、生きるという仕事のある特殊な一例、より勇猛な例にかわりなかった。世界が、医師、娼婦、水夫、殺人者、伯爵夫人、古代ローマ人、陰謀家、ポリネシア人の生き方を知っているのに、我々物質の変換者の生活ぶりを知らないのは、正しいこととは思えない、と私は言った。私はその本の中では、意図的に重化学を、巨大設備を持ち、膨大な売上高を誇る、勝利を収めた化学のことを、省くつもりだった。なぜならそれは集団の、つまり無名の作業だからだ。私には、孤独で、無防備で、乗り物を使わない、人間サイズの化学にまつわる話が興味を引いた。それは、わずかの例外を除けば、私自身の化学だった。だがそれは創始者たちの化学でもあった。彼らは集団ではなく、一人で、時代の無関心に取り囲まれながら働き、だいたいは金をもうけることなく、助けなしで、頭脳と、手と、理性と、想像力で、物質に挑んだのだった。

この本に協力する気があるか、彼に尋ねた。もしその気があるなら、話を一つしてほしい、だが一つ提案を許してくれるなら、私たちにまつわる話にしてほしい、つまり一週間も、一ヵ月間も、暗闇の中であくせく働くが、闇は晴れず、すべてを投げ出し、仕事を変えたいと思うのだが、やがて闇の中に光が見え、そちらのほうに手探りで行くと、光が明るくなり、カオスの後に秩序が見えるような話だ。チェッラートは真顔になって、実際に何度かそうした体験がある、きみを何とか満足させるよう努めよう、だが普通はいつも真っ暗で、ひらめきは見えず、ますます低くなる天井に絶えず頭をぶつけ、結局は四つんばいになって後じさりしながら洞窟を抜け出し、入った時より少し年老いたと感じるのがおちだ、と言った。レストランの、僭越にもフレスコ画が描かれている天井を見上げながら、彼が記憶を呼び起こしている間、私は素早く一瞥を投げた。彼は自らをゆがめることなく、上手に年をとっていた。むしろ、成長し、成熟していた。彼は昔と同じように重々しく、冗談や笑いの慰めは得られなかったが、それは少しも気にさわらず、二〇歳よりも五〇歳の時のほうがつきあいやすかった。彼は銀にまつわる話をしてくれた。

「きみには肝腎なことだけ話そう。肉づけはきみがすればいい。たとえばドイツでのイタリア人の生活ぶりだ。それにきみもあそこにいたんだろう。ぼくはX線用印画紙工場の検査部門にいた。これについて何か知っているかい？　いや、どうでもいいさ。X

線用印画紙は感度が低くて、黒ポチが出る可能性が低い（感度が高いと、黒ポチが出る可能性が高くなるんだ）。だから検査部にはたいした問題が起きなかった。アマチュア用の写真フィルムの場合、結果が良くなかったら、一〇人のうち九人は自分のせいだと思うだろう。あるいはあえて事故の起きたフィルムを送ってきても、住所が間違っていて届かないのが関の山だ。だがバリウムを飲んだり、腎臓造影剤を飲んだ後で、撮影がうまくいかなかったとする。そして二度目も失敗し、箱全体がだめだったとする。するとアマチュア用のフィルムと同じわけにはいかない。やっかいごとは坂を転がり出し、転がる間に大きくなって、手元に届く頃には災害のようになっている。こうしたことを、ぼくの前任者は、ドイツ流の講釈癖を発揮して、説明してくれた。それは作業の初めから終わりまで、製造部門で守るべき、風変わりな清掃の儀礼を正当化するためだった。きみに興味があるか分からないが、たとえば考えてみればいい……」

私は話をさえぎった。厳密な予防策、偏執狂的な清潔さ、少数点八けたの純度といったものは苦痛だった。ある場合にはそれが必要な措置であることは分かるが、しばしば、強迫観念が常識に勝っていて、五つの理にかなった規定や禁令のかたわらに、一〇の理不尽で不要な規則が巣食っているのを私は知っていた。それらは単なる精神的な怠惰か、厄除けのまじないか、やっかいごとを避ける病的恐怖のために、誰も取り除こうとしないものなのである。それは規則が抑圧的な規律を偽装するのに役立っている、軍隊生活と多少なりとも似ていた。チェッラートは飲み物を注いでくれた。彼の大きな手がおずおずとびんの首の部分に伸ばされた。まるでそのびんが羽をばたつかせて逃げ出すといわんばかりだった。そして彼はびんを私のコップに傾けたが、コップの縁に何度もぶつかるのだった。彼は事態がしばしば私の言う通りであることを請け合った。たとえば、その工場の女性労働者にはおしろいを使うことが禁じられていた。だがある時、一人の娘がポケットからコンパクトを落としてしまった。それは落ちて開き、空中に少なからぬおしろいをまき散らしてしまった。その日の製品は特に厳重な検査を受けたのだが、まったく異常なかった。だがもちろんおしろいの禁令はそのまま残ったのだった。

「……だがある細目については言っておかねば。さもないと話が分からなくなる。毛についての信仰があるんだ（これには、請け合っておくが、ちゃんとした理由がある）。工場の空気には少し圧力がかかっていて、中に送りこまれる空気は注意深く濾過されていた。服の上には特別な作業服を着て、頭には縁なし帽をかぶっていた。作業服と縁なし帽は、まぎれこんだ毛や布の毛ばだちを取り去るために、毎日洗濯に出された。靴と靴下は入口で脱ぎ、防塵スリッパにはきかえなければならなかった。

さて、これが物語の背景だ。そしてつけ加えておかなければならないが、五、六年ほど、大きな事故は起きていなかった。病院から感度が違っているとの抗議がぽつりぽつりと来ていたが、ほとんどの場合、使用期限切れのものだった。きみも知っている通り、やっかいごととはフン族のようにだく足でやって来るのではなく、疫病のように、静かにこっそりと忍び寄ってくるものなのだ。それはあるウィーンの診療センターから送られてきた速達で始まった。それは抗議するというよりも、注意を喚起するという、非常にていねいな調子の手紙で、証拠のX線写真が添えてあった。感度とコントラストは正常だったが、いんげん豆大の、白く細長いしみがあちこちに出ていた。それには不測の過失をわびる、悲痛な調子の返事を書いたが、ドイツ人傭兵が一人ペストで死んだので、もはや幻想は持たないほうがよかった。ペストはペストであり、知らぬ振りをしていても無駄だった。翌週になると、二通、手紙が来た。一通はリェージュからで、損害賠償を求めており、もう一通はソ連からだった。それを送ってきた通商公社の込み入った頭文字は忘れてしまった(たぶん自分で頭の中から追い出したのだ)。その手紙が翻訳されると、全員の髪が逆立った。もちろん問題の欠陥はいんげん豆の形をしたしみで、文面は非常に厳しいものだった。手術が三つ延期され、多くの勤務が無駄になり、何百キロという印画紙にクレームが来た。そこでどこかの裁判所に品質鑑定と国際裁判を申し立てる、と書いてあった。またすぐに専門家を送るよう、命じていた。

こうした場合、一部分牛が逃げ出した後、少なくとも家畜小屋を閉じようと努めるのだが、いつもそうできるとは限らない。印画紙がすべて出荷検査に合格したのは確かだった。従ってそれは後になって、会社や顧客の倉庫に入れられていたり、輸送中に、現われる欠陥だった。工場長はぼくを呼んで報告を求めた。その事を二時間、ぼくと非常にていねいに議論したのだが、ぼくにはゆっくりと、順序立てて、楽しみながら、ぼくの生皮をはいでいるような気がした。

ぼくたちは検査室と合意の上で、倉庫の印画紙をすべてロットごとに再検査した。二ヵ月以内の新しい印画紙は正常だった。それ以外のものに欠陥が見つかったが、すべてにではなかった。ロットは数百あったが、いんげん豆の不都合を示すのはその六分の一ほどだった。ぼくの補佐役は若い化学者で、頭の回転はさほど良くなかったが、奇妙な見解を述べた。欠陥を持つロットはある規則性を持って現われる。五つ、良いものが続き、一つ、欠陥品が出てくる。ぼくにはそれが手がかりに思え、それを突きつめようとした。まさに言う通りだった。水曜日に作られた印画紙だけが不良品だった。

きみも承知だろうが、遅れて出て来る欠陥は最も質《たち》の悪いものなのだ。原因を探している間も、生産は続けなければならなかった。だが原因（あるいは諸原因）がもう作用していなくて、生産している材料が他の災難の前触れではないと、どうやって確認できただろうか？　製品を二ヵ月間隔離し、再検査することはもちろんできた。だが品物の到来を待ちわびている世界中の倉庫にどんな言い訳ができただろうか？　そして支払い利子は？　それに名前は、名声は、「比類なき評判」は？　おまけに別のやっかいごとがあった。組成や技術を変えてみても、それが有効かどうか、欠陥を除去するか、増大させるか、確かめるのに、二ヵ月間必要だったのだ。

もちろん、ぼくは自分自身を無実だと思っていた。規定はすべて守っていたし、いかなる職務怠慢も認めていなかった。だがぼくの上役や下役など、他の全員も無実だと思っていた。それは原料の品質検査をしたもの、臭化銀の感光乳剤を作り、検査したもの、印画紙を包装したもの、箱詰を行なったもの、倉庫に入れたものたちだった。ぼくは自分に罪はないと思っていたが、実際にはそうではなかった。ぼくはその定義づけによって有罪だった。なぜなら部長がその部に責任があり、損害が出たなら罪があり、罪があるなら、罪を犯したものがいたからだった。これはまさに原罪と同じだった。自分は何もしていないのに、有罪とされ、罪を償わなければならなかった。それは金で弁償するのではなく、もっとひどかった。眠れなくなり、食欲が失せ、潰瘍や湿疹ができ、完璧な企業ノイローゼに向かって、大きな一歩を踏み出すことになるのだった。

抗議の手紙や電話が来続ける際中に、ぼくは水曜日の一件に懸命に頭をしぼった。きっと何らかの意味があるはずだった。水曜日の夜には、顎に切り傷があり、ナチのような顔をした、いやな感じの守衛が勤務についていた。このことを工場長に言うべきか、迷った。罪を他人にかぶせるのは決して得策ではなかった。そこで給与支払い簿を取り寄せてみると、そのナチはわずか三ヵ月前に雇われたことが分かった。いんげん豆のしみは一〇ヵ月前に作られた印画紙から出始めていた。いったい一〇ヵ月前に何が起きたのだろうか?

一〇ヵ月前には、厳格な検査の末に、印画紙を光から守る黒い紙の新しい供給元が決定されていた。だが欠陥品の包装には、二つの供給元の黒紙が交ざりあって使われていた。また一〇ヵ月前には(厳密に言うと九ヵ月前だが)、トルコ人の女性労働者の一群が採用されていた。ぼくはびっくりするのもかまわずに、一人一人と話し合った。水曜日か、火曜日の夕方に、いつもと違うことをするか、確かめたかったのだ。風呂に入るのか、あるいは入らないのか？　特別な化粧品を使っていないか？　踊りに行って、いつもよりも汗を多くかかないか？　火曜日の夜にセックスをするかどうかまでは訊かなかった。だがいずれにせよ、通訳を介しても、直接にも、何も得るところはなかった。

その間にこの件は工場全体に知れ渡り、ぼくは変な目で見られるようになった。それにぼくはただ一人のイタリア人部長だったから、背後で交わされている論評がどんなものか、十分に想像できた。決定的な援助の手は門番の一人が差し出してくれた。その門番はイタリアで戦ったことがあるので、イタリア語を少し話した。彼はビエッラ周辺のパルチザン部隊の捕虜になり、捕虜交換された経験の持ち主だった。だが恨みはなく、おしゃべりで、あらゆることを少しずつでまかせにしゃべり、果てしがなかった。この彼の気のきかないおしゃべりが解決の糸口になったのだった。ある日、自分は釣りが好きだだが、もう一年ほど近くの川で魚が釣れない、それは五、六キロ上流に皮なめし工場ができて以来だ、と言ったのだった。それに水が茶色に染まってしまう日もある、と教えてくれた。その時は気に止めなかったのだが、居住棟にある自分の部屋の窓ごしに、洗濯室から作業服を積んで戻ってくる小型トラックを見た時、この話を思い出した。ぼくは調べてみた。皮なめし工場は一〇ヵ月前から操業しており、洗濯室では魚が釣れなくなった川の水を使って作業服を洗っていた。だが水は濾過され、イオン交換浄水器で処理されていた。作業服は昼間洗濯され、夜に乾燥器で乾燥され、朝、サイレンの鳴る前に元の場所に戻されていた。

ぼくは皮なめし工場へ行ってみた。いつ、どこで、どのような間隔で、何曜日に大桶の中身を空けるのか、知りたかったのだ。ぼくは手荒く追い払われたが、二日後に保健所の医師を連れて再訪した。すると、一番大きな皮なめし桶は毎週、月曜日と火曜日の間の夜に空けることが分かった。中に何が入っているか、言いたがらなかったが、有機皮なめし剤はポリフェノールで、それを除去できるイオン交換樹脂などないことは知っているだろう。それにポリフェノールが臭化銀にいかなる作用を持つか、部外者のきみにも想像がつくはずだ。ぼくはなめし液のサンプルを手に入れ、実験室に行き、一万分の一の希釈液を作って、X線印画紙を置いた暗室で霧状にしてみた。その結果は数日後に出た。印画紙の感度が文字通りゼロになったのだ。実験室長は自分の目を疑っていたよ。これほど強力な阻害物質は見たことがないと言った。ぼくたちは同種療法医がするように、希釈度をさらに高くして実験を続けた。百万分の一の希釈液で、二ヵ月間放置すると、いんげん豆状のしみが得られた。「いんげん豆現象」が完全に再現されたのだった。すべてを計算してみると、数千個のポリフェノール分子が洗浄中に作業服の繊維に吸収され、微細な繊維のほこりになって印画紙に付着するだけで、しみができることが分かったのだった。

私たちの周囲の他の会食者たちは、大声で子供たち、休暇、給料のことを話し合っていた。私たちはバーに避難したが、少しずつ感傷的になり、実際には存在しなかった友情をまた暖めあうことをお互いに誓った。連絡を絶やさず、お互いに相手のために同じような話を集める、それは愚鈍な物質が、人間に親しまれている秩序に反抗するかのように、悪や障害を導き出す狡猾さを示す話だ。無鉄砲なカースト外の人間たちが、自分の勝利よりも、他人の破滅を欲して、小説の中で、辺境の地から、英雄の冒険を挫折させようとやってくるような話なのだ。

・20・ ヴァナディウム

Vanadio

そもそも塗料とは不安定な物質である。事実、その経歴の一時点で、液体から個体に変化しなければならない。これは適当な時に適当な場所で起こる必要がある。そうでない場合はやっかいでたいへんなことになる。塗料が倉庫で保存中に固まると（私たちは乱暴に「おしゃか《バルタ》」と呼んでいる）、商品は捨てなければならない。あるいは主成分の樹脂が合成の最中に、一〇トン、二〇トン用の合成炉の中で固まってしまうと、それは悲劇の様相を呈する。あるいは、塗料が塗られた後で固まらないと、笑いものになってしまう。「乾かない」塗料は、弾の撃てない銃や、孕ませられない種牛と同じことなのだ。

硬化の過程には、多くの場合、空中の酸素が役割を果たしている。酸素が果たす、生命にかかわるか、破壊的な様々な企ての中で、我々塗料屋に特に関係するのは、ある種の油に含まれるような小さな分子と反応する能力、分子同士の間に橋を作り、緊密で堅固な網の目に変える能力である。たとえば亜麻仁油はこうして空中で「乾く」のである。

私たちは塗料用の樹脂を一ロット輸入した。それは常温で、空気にさらすだけで硬化するものだったが、私たちは不安を抱いていた。樹脂を単独で検査すると、規定通りに乾燥したが、ある種の（代替不可能な）煤と調合すると、硬化能力がほとんどなくなってしまうのだった。私たちは何トンもの黒い光沢塗料を保留状態に置いた。それはあらゆる手直しを試みたにもかかわらず、塗布すると、まるで不吉な蠅取り紙のように、いつまでもべとべとしているのだった。

こうした場合、罪をとがめる前に、慎重に行動する必要がある。樹脂を納入したのはW社だった。ドイツの尊敬を集める大会社で、戦後連合軍が解体した、全能なるIGファーベン社の生き残りの一つだった。こうした人たちは、自分の罪を認める前に、自分の威信と、相手を裁判で消耗させる力を、すべて秤にかけるものなのだ。だが争いを避ける術はなかった。樹脂の他のロットは同じロットの煤と正常な反応を示していたし、樹脂はW社だけが作っている特殊なもので、私たちは契約にがんじがらめになっており、納期内に絶対にその黒い光沢塗料を納入しなければならなかった。

私は問題の要点を挙げた、礼儀正しい抗議の手紙を書いた。すると数日後に返事が来た。それは長大な、杓子定規な手紙で、私たちが試みてうまくいかなかった、分かりきった工夫を忠告していた。そして樹脂の酸化の仕組みについて、故意にぼかしたような説明がくどくどと書かれていた。私たちのあせりを無視し、基本的には、必要な検査をしている、としか言っていなかった。即座に別のロットを注文し、W社が特別な注意を払って、その樹脂と我々の煤の相性を検査するよう、すすめることしかできなかった。

この時の注文の確認とともに、第二の手紙が届いた。それは最初の手紙と同じくらいの長さで、L・ミュラー博士の署名があった。初めのよりも少し熱が入っていて、私たちの苦情を（非常に慎重に、用心深く）受け入れ、以前のものに比べるとはっきりしない忠告をしていた。彼らの実験室の小鬼たちが、「まったく予期できないやり方で《ガンツ・ウネルヴァルテターヴァイゼ》」、苦情のロットは、〇・一％のヴァナディウム・ナフテンを加えると正常になることを発見したのだった。その時まで、塗料の世界では聞いたことのない添加物だった。その未知のミュラー博士は彼らの主張をすぐに実行するよう、すすめていた。もしその有効性が確認できたなら、双方とも、国際的係争や再輸出という不測の事態や面倒を避けられる、と彼らは主張していた。

ミュラーという名だった。私は前世でその名の男に会っていた。だがミュラーはドイツではありふれた名だった。イタリアで同じ意味を持つモリナーリが沢山いるのと同じだった。なぜ過去のことにこだわり続けるのか？　だが技術用語でいっぱいの、重苦しい文体の二通の手紙を読み返してみると、脇に片付けることができず、木食い虫のように心の中で音を立てる、ある疑いを沈黙させることができなかった。だが、もういい、ドイツにミュラーは一二万人もいる、放っておいて、塗料を直すことを考えるんだ。

……すると不意に、今まで見過ごしていた第二の手紙のある特徴が目に入ってきた。それは二度繰り返されていたから、打ち間違いではなかった。「ナフテン」と書くべきところを「ナプテン」と書いてあったのだ。私は今となってははるか遠いあの世界での出会いを、病的なまでに正確に記憶していた。あの冷気と希望と恐怖に満ちていた、忘れ難い実験室で、あのミュラーも「ベータ・ナフチルアミン」と言わずに、「ベータ・ナプティルアミン」と言っていたのだ。

ロシア軍が戸ロに迫り、連合軍の飛行機が日に二、三回、ブナ工場を吹き飛ばしに来ていた。ガラスの割れていない窓はなく、水、蒸気、電気が止まっていた。だが合成ゴムの生産を始めるというのが命令であり、ドイツ人は命令の是非を論議したりしなかった。

私は二人の専門家囚人とともに実験室にいた。私たちは豊かなローマ人がギリシアから輸入した教化奴隷に似ていた。働くことは不可能だったし、無駄でもあった。私たちの時間のほとんど全部は、空襲警報で機械装置を分解し、警報解除でそれを組み立て直すことに費されていた。だがまさに、命令の是非は論議してはならなかったし、時々、視察官が瓦礫や雪をかきわけるようにして、私たちのところまで来て、実験室の仕事が規定通りに進んでいるか、確かめることがあった。時には石のように固い顔のＳＳが来たり、あるいは郷土守備軍の、鼠のようにおびえた、背の低い老兵が来たり、民間人の時もあった。中でも最もひんぱんに来た民間人がミュラー博士と呼ばれていた。

全員が真っ先に彼にあいさつをしたので、有力な人物らしかった。四〇歳ぐらいの、背が高く、体格のいい男で、洗練されているというよりも、粗野な印象を与えた。私は三回しか口をきいたことがなかったが、三度とも、その場にはまれな小心さを示した。まるで何かを恥じているかのようだった。最初は仕事の問題についてだけ話した（まさに「ナプティルアミン」の調合についてだった)。二度目は彼が、なぜ私のひげが伸びているのか、尋ねてきた。私たちは誰一人としてひげ剃りを持っていない、ハンカチさえもない、ひげは毎月曜日に事務所で剃るだけだ、と私は答えた。三度目は、木曜日もひげを剃ることと、小荷物倉庫《エフエクテンマガツイン》で一足の皮靴を得ることを許可する、とタイプライターできちんと書いてあるカードをくれ、私に「あなた」と呼びかけながら、こう訊いたのだった。「あなたはなぜそんなに不安そうな様子をしているのですか?」私は当時ドイツ語で考えていたので、頭の中でこう結論を出したのだった。「この男は何も分かって《デア・マン・ハト・カイネ・》いないんだ《アーヌンク》」

まず何よりも仕事が優先だった。私は共通の取り引き先の中から、急いでヴァナディウム・ナフテンを探そうとしたが、簡単ではないのが分かった。その製品は通常の量産品ではなく、注文により、少量作られるだけだった。私は注文を出した。

この「プトゥ」という発音が戻ってきたことは、私を激しい興奮状態に陥らせた。「他の側のものたち」と個々の人間として決着をつけることは、強制収容所《ラーゲル》を生き延びて以来、絶えることなく、強く持ち続けてきた希望だった。この希望はただ一部分だけ、私の本のドイツ人読者によりかなえられていた。だが誠実で一般的な改悛の念や連帯感の表明には満足できなかった。それは見たこともない人々の手紙で、彼らの別の顔は知らず、おそらく感情面以外のかかわりはなかった人々なのだった。私が夜に（ドイツ語で）夢見るまでに熱烈に待ち望んだ出会いとは、私たちを配置しながら、まるで私たちには目がないとでも言わんばかりに、目を見つめようとしなかった、あちらの側のものとの出会いだった。それは復讐のためではなかった。私はモンテクリスト伯ではなかった。それは尺度を作り直し、「その後」のことを考えるためだった。もし手紙のミュラーが私の知っているミュラーだったら、彼は完全な敵対者ではなかった。なぜなら、何らかの形で、一瞬のことだけだったかもしれないが、あわれみか、単なる職業的連帯感のかけらかを、感じたからだった。あるいはもっとひどいのかもしれない。最終的には化学者なのだが、同僚と道具をかねた奇妙な雑種でしかないものが、その場にふさわしい品位《アンシュタント》もなしに、実験室に通ってきていることに腹を立てただけなのかもしれない。だが彼の周囲のものたちはこれすら感じなかったのだ。彼は完璧な敵対者ではなかった。だが完璧とは、周知のように、物語られるべきことで、実生活で体験できるものではない。

私は以前から親しくしていたW社の代理人と連絡を取り、ミュラー博士のことを慎重に調査するよう頼んだ。年齢は？　容貌は？　戦争中はどこにいたのか？　その返事はほどなくして来た。年齢と容貌は一致していた。初めは合成ゴムの技術に習熟するためにシュコパウで働き、次いでアウシュヴィッツ付近のブナ工場で働いていた。私は彼の住所を手に入れ、ドイツ語版の『アウシュヴィッツは終わらない』を一部、個人的に送った。そしてそれに添えた手紙で、彼が本当にアウシュヴィッツのミュラーなのか、「実験室の三人」を憶えているか、尋ねた。この無からの帰還と、乱暴な口出しは許してほしいと願った。私は固まらない樹脂のことを心配している顧客であるほかに、あの三人の一人でもあったのだ。

私が返事を待っている間、会社の間では、巨大な振り子がゆっくりと振れるようにして、イタリアのヴァナディウムはドイツのものほど効果がないという点に関する、化学的で官僚的な手紙がやり取りされていた。それゆえ、なにとぞ最速に、製品の仕様書と、航空便にて、その製品を五〇kg送られたし、その料金はそちらで差し引かれたし……。技術上は問題は解決されつつあったが、欠陥のある樹脂のロットがどうなるか、分からなかった。値段を割り引いてもらって引き取るか、W社の負担で送り返すか、あるいは仲裁を依頼するか。その間にも、決まり事のようにして、お互いに「法的手段に訴える《ゲリヒトリヒ・フォルツゲーエン》」危険が迫って来ていた。

「個人的な」返事はなかなかやって来なかった。それは会社間の争いと同じように、神経をいらだたせ、気力を奪った。彼について私は何を知っていただろうか？　何も知らなかった。彼は意図的にか、無意識的に、すべてを消し去った可能性が大きかった。私の本と手紙は彼にとって、無作法で煩わしい侵入、きちんと落着いた沈殿物をかき回すぶざまな要請、「品位《アンシュタント》」の侵犯であった。返事はくれそうになかった。残念だった。彼は完全なドイツ人ではなかった。だが完全なドイツ人、完全なユダヤ人がいるだろうか？　それは単なる抽象概念でしかない。一般的なものから特殊なものに移行する時、常に刺激的な驚きが待ち構えている。輪郭のない、幽霊のような相手が、目の前で、少しずつか、あるいは不意に形を取り始め、厚み、気まぐれ、異常、破格構文を備えた同胞《ミトメンシュ》になる。すでに二ヵ月がたっていた。返事は来そうになかった。残念だった。

だが一九六七年三月二日付けで、返事がやって来た。ややゴシック風の活字のレターヘッドが使われていた。短かくて、抑制のきいた、前置き風の手紙だった。そう、彼はまさにブナのミュラーだった。私の本を読んで、人や場所を感動しながら思い出した。

私が生き延びてうれしく思った。そして「実験室の男たちの」残りの二人の消息を尋ねていた。ここまではおかしなところはなかった。本の中に名前が出ていたからだ。だが本で名をあげなかったゴルトバウムのことも尋ねていた。この機会に当時の覚書を読み直した、と書いていた。それについては私に喜んで語るつもりだ、望ましい個人的会合の席で、「それは私にとってもあなたにとっても有益で、あの恐ろしい過去を克服するために必要である《イム・ジンネ・デア・ベヴェルティグンク・デア・ゾー・フルヒトバレン・フェルガンゲンハイト》」からだった。そしてアウシュヴィッツで出会った囚人の中で、最も強く、永続的な印象を与えたのは私だった、と最後に言っていた。だがこれはおせじだと思えた。手紙の調子と、特に「克服」という言葉から、彼が私に何かを期待していると感じられた。

今度、返事を出すのは私の番だったが、当惑してしまった。企ては見事に成功し、敵は罠で捕えられた。そしてほとんど塗料業界の同僚のようにして私の目の前にいる。私と同じようにレターヘッドで手紙を書き、ゴルトバウムのことまで覚えている。まだかなりぼやけてはいたが、私から赦免のようなものを求めているのは明らかだった。それは彼が克服すべき過去を持ち、私はそうでないからだ。私は彼に欠陥品の樹脂の値引きを求めていただけだった。状況は興味深かったが、典型的とは言えなかった。判事を目の前にした悪人の状況と、部分的にしか一致していなかった。

まず第一に、何語で書くかが問題になった。もちろんドイツ語ではなかった。私は自分の役割には許されない、馬鹿げた誤りを犯すだろうからだった。自分の戦場でいつも戦うほうが良かった。そこでイタリア語で返事を書いた。実験所の二人は、どこでどのようにかは知らないが、死んでいた。ゴルトバウムもまた、強制収容所からの退避行の最中に、寒さと飢えで死んだ。私については、主要なことは、本と、ヴァナディウムに関する会社間の手紙のやり取りで知っているはずだった。

私は彼にしたい質問がたくさんあった。その数はあまりにも多く、彼にも私にも、内容が深刻すぎた。なぜアウシュヴィッツができたのか？　なぜパンヴィッツ〔『アウシュヴィッツは終わらない』の一二六〜一二九ページに記述のある、著者に化学の試験を課したドイツ人化学者〕のような人物がいたのか？　なぜ子供までガス室へ送ったのか？　だが私はまだある種の限界を越える時ではないと思い、私が本で明白に、あるいは暗黙裡に述べた見解を受け入れるか、訊くだけにした。はたして彼は、IGファーベン社が自発的に奴隷労働者を雇ったと考えているのか。ブナ合成ゴムの施設から七キロ離れたアウシュヴィッツの「施設」が、一日に一万人の命を飲みこんでいたのを、当時知っていたのか。そして最後に、彼が「当時の覚書」について書いていたので、一部コピーを送ってくれないか、と書いた。

「望ましい会合」については何も語らなかった。それが怖かったからだ。婉曲な表現を探し、慎しみ、嫌悪感、自制について語っても無駄である。恐怖こそがぴったりの言葉だった。私は自分がモンテクリスト伯だとは思っていなかったが、ホラティウス家やクリアティウス家の代表とも思っていなかった。私は自分がアウシュヴィッツの死者を代表できるとは考えなかったし、ミュラーを死刑執行人の代表とみなすのも、理にかなったことと思えなかった。私は自分を知っていた。私にはすぐに言い返す能力はなく、敵は私の気をそらし、敵というよりも人間として興味を引き、話を聞いていると、その話を信じてしまいそうになるのだ。怒りや正しい判断は、会場を出る階段を降りかけていて、もう役にたたない時に戻ってくる。だから手紙で連絡を取り続けるほうが良かった。

ミュラーは事務レベルでは、五〇kgの製品を送ったこと、W社は友好的な和解を頼みにしていることなどを書いてきた。そしてそれとほとんど同時に、家に待ち望んだ手紙が届いた。だがそれは期待していたものとは違っていた。範例となるような模範的な手紙ではなかった。この時点で、もしこの話が創作されたものなら、私は二種類の手紙しか提示できなかったろう。一つは救済されたドイツ人の、謙遜で、暖かく、キリスト教的な手紙、もう一つは頑固なナチの、傲慢で、冷淡で、ふらちな手紙である。だがこの話は創作ではなく、現実は創作よりもはるかに複雑である。櫛は通っていなくて、ざらざらで、丸味に乏しい。水平面にきちんとおさまるのはまれなのである。

手紙は八ページに渡り、写真が一枚入っていたが、それを見て震え上がってしまった。顔はまさにあの顔だった。齢を重ねていたが、気のきいた写真家の手で威厳が加えられていた。彼が私の頭上で、気のない、その場限りの同情の言葉を発したような気がした。「なぜあなたはそんなに不安そうな様子なんですか?」

それは明らかに書き慣れない人の手紙だった。誇張が多く、半ば率直で、脱線や大げさな賛辞だらけで、感動的であり、杓子定規で、すらすらと読めなかった。それはいかなる大ざっぱで全般的な判断にも挑戦していた。

彼はアウシュヴィッツの出来事を、区別なしに「人間」のせいにしていた。それを嘆き、私の本に出てきた、アルベルト、ロレンツォといった、「夜の武器も切先が鈍った」ものたちのことを考え、慰めを見い出していた。この言葉は私のものだったが、彼が使うと偽善的で場違いに思えた。彼は自分の身の上を語っていた。「初めはヒトラーの専制への一般的熱狂に引きずられ」、民族主義学生同盟に加盟したが、それはすぐに自発的に突撃隊（SA）の一部に組み入れられた。彼は除隊することを許され、「こうしたことも可能だった」と注記している。戦争中は防空隊に動員され、その時初めて、町の破壊を目の前にして、戦争に「怒りと恥辱」を感じた。一九四四年五月に（私と同じように！）化学者の資格の価値を認められ、IGファーベン社のシュコパウ工場に配属された。アウシュヴィッツの工場はそれをそっくり拡大したものだった。シュコパウではウクライナ人の娘たちを実験室の作業用に訓練する仕事をしていた。事実、彼女たちはアウシュヴィッツにいたのだが、ミュラー博士と奇妙に親しげな理由は、当時私には分からなかった。彼は一九四四年の一一月になってから、娘たちとアウシュヴィッツに移された。その時、アウシュヴィッツの名は、彼にも、彼の知り合いにも、いかなる意味も持たなかった。だが彼が到着した時、技術部長に簡単に紹介されたのだが（おそらくファウスト技師だろう）、技術部長は「ブナのユダヤ人にはただ最低の仕事だけ与え、同情は許されない」と警告したのだった。

彼はパンヴィッツ博士の直属になった。パンヴィッツ博士は私の職業能力を確めるために、奇妙な「国家試験」を科した人物だった。ミュラーは彼の上司に最低の意見を持つことを披露し、一九四六年に脳腫瘍で死んだ事実を明らかにした。ミューラー自身がブナの実験室機構の責任者だった。彼は試験のことは何も知らず、彼自身が三人の専門家を、特に私を選んだ、と言明した。この情報によると、私が生き延びたのは彼のおかげということになる。これはありそうにないが、不可能ではない。私とは、対等な人間同士の、友情に近い関係を結べた、と断言していた。私と化学上の問題を議論し、そうした状況で、どれだけ「貴重な人間的価値が、単なる野蛮さから、他の人間によって破壊されているか」考え込んだ、と述べていた。私はそうした会話を覚えていないだけでなく（前に述べたように、その当時の私の記憶力は非常に良かった）、あの崩壊と相互不信と絶望的な疲労という環境の中で、そうした会話を想定することだけでも現実離れしており、後になってからの、無邪気な「願望」の所産としか説明できない。おそらく彼はその状況を多くの人に語ったのだろうが、この世でただ一人、その話を信じられないのが私だということが分からなかったのだ。おそらく善意から、都合のいい過去を作り出したのだろう。彼はひげ剃りと靴の件を覚えていなかったが、同じような別の件を覚えていて、それはありそうに思えた。彼は私が猩紅熱にかかったと知って、私が生き延びられるか心配になった。それは特に囚人が徒歩で撤退すると知った時だった。彼は一九四五年一月二六日に、SSによって「人民前衛隊」に配属された。それは軍務不適格者、老人、子供からなる寄せ集めの軍隊で、ソビエト軍の通行を阻むことになっていた。だが前に述べた技術部長が兵站地に逃げ出す許可をくれて、何とか命が助かったのだった。

私がIGファーベン社について発した質問については、確かに囚人を雇ったが、それは保護するためだった、と率直に答えた。実際に彼は、八平方キロに及ぶ機械装置を持ったブナ・モノヴィッツ工場全体が、「ユダヤ人を保護し、生存を助ける」ために作られたのであり、ユダヤ人に同情するなという命令は「偽装《アイネ・タルヌンク》」のためだった、という（気違いじみた）意見を述べていた。「君主は批判するな」、IGファーベンをとがめるな、ということなのだ。彼は今でもその後継会社のW社の社員であり、自分が食べている皿に唾をはくことなどしないのだ。彼がアウシュヴィッツに滞在していた短い期間中、「ユダヤ人の殺戮を推測できるいかなる要素も知ることがなかった」。逆説的で、腹立たしいが、例外ではなかった。当時、静かなるドイツ国民の大多数は、できるだけ物事を知らないように努め、従って、質問もしないようにするのを、共通の技法にしていた。明らかに彼も、誰にも、自分自身さえにも、質問をしなかったのだ。晴れた日には、ブナ工場からも、焼却炉の火が見えたというのに。

最終的破局の直前に、彼はアメリカ軍に捕えられ、何日間か戦争捕虜のキャンプに入れられたのだが、彼はそこを無意識のうちの諷刺をきかせて「原始的設備」と決めつけていた。ミュラーは実験室で会った当時と同様に、手紙を書いている時も「何も分からない」ままでい続けた。彼は一九四五年の六月末に家族のもとに戻った。私が知りたいと書いた彼の覚書の、本質的な部分はこの通りだった。

彼は私の本に、ユダヤ教精神の超克、敵を愛せよというキリスト教的掟の完成、人間への信頼のしるしを見て取り、会合の必要性を繰り返して手紙を結んでいた。ドイツでも、イタリアでも、私の都合のいい時や場所に、合流する用意ができていた。だがリヴィエラ地方が好ましい、と告げていた。二日後、会社間の通信網を通して、W社の手紙が届いた。それはもちろん偶然ではないのだが、長い個人的な手紙と同じ日付けで、署名も同じだった。和解の手紙で、自らの過ちを認め、いかなる提案にも応ずると言明していた。すべての過ちが害悪になるものではない、と言っていた。今回の事故がヴァナディウム・ナフテンの効力を明らかにしたので、今後は、いかなる顧客向けにも、樹脂にそれを直接混入することにした、とのことだった。

いったいどうすればいいのか？　ミュラーは「羽化」した。さなぎの殻を破って抜け出し、輪郭はくっきりして、焦点は合っている。彼は破廉恥漢でも英雄でもない。誇張した表現や、善意、悪意による嘘を濾し取ってしまうと、ある曖昧な人間像の典型が残る。それは盲人の国に少なからず存在する、単眼の人物の一人なのである。彼は私が敵を愛する美徳を持つとして、それに値しない名誉を授けてくれた。だが遠い昔に私に特典を与えてくれ、厳密な意味での敵ではなかったにもかかわらず、私は彼を愛せそうになかった。彼を愛していなかったし、会いたくもなかった。しかし彼には少しだけ尊敬の念を抱いていた。それは単眼であるのは必ずしも快適ではないからだ。彼は怠惰ではなく、耳が聞こえないふりはせず、冷笑的ではなかった。十分に適応できず、過去の精算を迫られ、帳尻はうまく合っていない。彼はおそらく少しごまかすことで、帳尻を合わせようとしていた。元突撃隊員にこれ以上の多くを求められるだろうか？　私は海水浴場や工場で他の多くの正直なドイツ人と会った時、彼と比較してみたが、彼を支持せざるをえなかった。彼がナチズムを断罪する口調は臆病で遠回しだが、自己正当化をしようとはしていなかった。彼は対話を求めていた。彼は良心を持ち、それを平静に保つために苦闘していた。彼は初めの手紙に「過去の克服」Bewältigung der Vergangenheitについて書いた。私は後になって、これは今日のドイツの決まり文句、婉曲語法であり、広く「ナチズムの贖罪」と理解されていることを知った。だがそれに含まれる語幹のwaltは、支配、暴力、強姦といった言葉にも表われており、「過去の克服」を「過去をゆがめる」「過去に暴行を加える」と翻訳しても、その深い意味からさほど離れない、と私は信ずる。だがそれでもこうして決まり文句に逃げこむほうが、他のドイツ人たちに見られる、咲き誇る鈍感さよりましなのだ。彼の克服しようとする努力は不器用で、やや滑稽で、いら立たしく、悲しいが、品格がある。それに私に靴を一足くれたではないか？

自由時間が取れた初めての日曜日に、私はとまどいを全身に感じながら、できる限り誠実で、釣り合いが取れ、品位のある返事を書こうとし始めた。下書きを書いてみた。私は実験室に入れてくれた礼を述べ、敵を許し、おそらく愛する準備はできているが、それは改悛の確実なしるしを見せた時、つまり敵であることを止めた時に限る、と言明した。逆の場合、敵であり続け、苦しみを作り出す意志に固執する時は、もちろん許すべきではない。そのものを立ち直らせようと努め、そのものと議論することはできるが（そうすべきである！）、そのものを許すのではなく、裁くのが私たちの義務となる。ミュラーが暗黙のうちに尋ねてきた、彼の行動についての判断に関しては、彼が行なったとしていることよりも、はるかに勇気あふれる行為を私たちに対してなしとげた、二人の同僚のドイツ人の実例を慎重に引用するに留めた。すべての人が英雄として生まれるわけではなく、すべての人が彼のように正直で無気力である世界なら、彼の行動も認められるかもしれないが、そうした世界は現実にはありえない。現実には武装集団が存在し、アウシュヴィッツを作り、正直で無気力な人たちはその地ならしをしたのだった。だからこそアウシュヴィッツに対して、すべてのドイツ人が、そして人類全体が責任があり、アウシュヴィッツ以降は無気力であることは正当化できないのである。リヴィエラでの会合については何も書かなかった。

その日の晩、ミュラー本人がドイツから電話をかけてきた。だが通信状態が悪く、私も電話でドイツ語を聞き取るのは簡単にできなくなっていた。彼はやっと声を出しているようで、声が時々途切れ、口調は興奮していた。六週間後の五旬節にフィナーレ・リグーレに来るので、会えないだろうかと言った。私は不意をつかれて、肯定の返事をした。彼のほうで訪問の詳細を決めてほしいと頼み、もう不用になった下書きをしまいこんだ。

その八日後にミュラー夫人から、ロタール・ミュラー博士の不意の死を告げられた。年齢は六〇歳だった。

・21・ 炭素

Carbonio

この本を読んでいる方はここまで来て、これが化学の教科書ではないと、しばらく前から気づいていたことだろう。私のうぬぼれもそこまでは達していない。「私の言葉はか細く、やや素人っぽくもある」というヴォルテールの言葉こそがふさわしい。またこの本は自伝でもない。もし部分的で象徴的な範囲内で、あらゆる文章が、あらゆる人間の作品が自伝でないというのだとしたら。しかし何らかの形での歴史であるのは確かだ。これは、そう望んでもいるのだが、極小史である。ある職業とそれにまつわる敗北、勝利、悲哀の歴史である。それは誰もが、自分の職歴が終わりつつあり、もはや技芸が及び難い存在でなくなる時、語りたいと思うものなのだ。人生のこの時点まで来て、化学者として、周期律表や、バイルシュタインやランドルトの膨大な索引を目の前にして、自らの職業上の過去の悲しい断片や戦利品が散らばっているのを見ないものはいるだろうか？　どんな教科書でも開いてみると、記憶がどっと押し寄せてくる。私たちの中で、自らの運命を、臭素、プロピレン、NCO群、グルタミン酸に、しっかりと消し難く結びつけたものがいる。そして化学の学生は全員、いかなる教科書を目の前にしても、その一ページに、一行に、ある公式に、ある言葉に、彼の未来が、判別し難いが、「後で」はっきりする文字で書かれていることを、自覚すべきなのだ。成功、あるいは失敗か過ち、勝利、あるいは敗北を経験した後に。もはや若くない化学者は、同じ教科書の「運命の」ページを再び開いては、愛か嫌悪感を覚え、陽気になったり、絶望に陥ったりするのである。

このように、青年時代に訪れた浜辺や渓谷と同じようにして、あらゆる元素が何かを誰かに語りかけるのである（各々に別々のことを）。だが炭素は例外にすべきかもしれない。というのはすべての人にすべてを語るからだ。つまり、アダムが祖先としては特別な人物でないように、特別の元素ではないのだ。もちろんもはや今日では人生をグラファイトやダイアモンドに捧げた苦行僧的化学者は存在しないとしたらの話なのだが（どうして存在しないわけがあろうか）。しかしながら、私はこの炭素に古い負債を負っていた。それは私にとって決定的な日々に負ったものだった。生命を形作る元素である炭素に、私は初めての文学的な夢を向けたのであり、私の生命が価値を持たない時と場所でその夢を執拗に育んだのだった。さて、ここである炭素原子の話を物語ることにしよう。

「ある特定の」炭素原子について語るのは妥当なのだろうか？　化学者にはわずかな疑問が残っている。今日まで（一九七〇年の時点で）、一個の原子を見たり、分離する技術は知られていないのである。だが語り手の私にはそうした難問はない。今は語り始めたくてうずうずしているのだ。

さて、我らが登場人物は三つの酸素原子と一つのカルシウム原子と結びついて、石灰岩の形で、何億年もの間横たわっている。その背後には我々の計り知れない、非常に長い宇宙的な歴史が控えている。彼には時は存在しない。あるいは日々の、季節的な、緩慢な温度変化としてしか存在しない。それも、この話には幸運なことなのだが、その岩層が地表からさほど離れていないからである。彼の生活は、その単調さを考えると恐ろしくなるほどなのだが、熱さと寒さの無情な交代にほかならない。つまり（いつも同じ頻度で）やや窮屈だったり、ややゆるやかだったりする変動を繰り返すのである。これは、潜在的には生命力あふれる彼にとっては、カトリック教の地獄に匹敵するような牢獄である。従って彼には、現時点に至るまで、物語りの時制である過去形ではなく、叙述の時制である現在形が用いられている。彼は熱変動の穏やかな振動にわずかに影響を受けながらも、永遠の現在に凍結されているのである。

だが物語りの作者にとって本当に幸運なことに、さもなくば物語りは終わってしまうのだが、原子が属している石灰岩層は地表に位置している。人間やそのつるはしの届くところに横たわっている（つるはしやそれに準ずる新しい機械に栄光あれ。それは現在でも、人間と元素との何千年にも及ぶ対話の、最も重要な仲介者なのである）。ある適当な時に、作者である私はそれを気まぐれに、一八四〇年と設定するのだが、あるつるはしの一撃が彼を引き離し、石灰炉に送りこんで、彼を変化する事物の世界にほうりこんだのだった。彼は生石灰から分離するまで熱せられた。生石灰はいわば足を地につけて、さほど華やかではない運命に直面することになったのだが、それについては語らない。彼はかつての仲間の三つの酸素原子の二つとしっかり手を握り、煙突から外に出て、空中を漂い始めた。彼の物語は不動のものから、激動のものになったのだった。

彼は風に捕えられ、地表に叩きつけられ、一〇キロ上空に巻き上げられた。鷹に吸われ、その肺に急降下するように入ったが、その豊かな血液中に入りこむことなく、吐き出された。三度海水に溶け、一度滝の水に溶解したが、空中に排出された。八年間、風に乗って旅をした。ある時は高く、ある時は低く、海上や、雲の中や、森、砂漠、果てしない氷の広がりの上を飛んだ。それから捕えられ、有機体内での冒険をすることになった。

実際のところ、炭素は特異な元素である。大きなエネルギーを使わずに自分自身を安定した鎖につなげることができる唯一の元素で、地上の生命（我々が知っている唯一のもの）にはまさにこの長い鎖が必要なのである。それゆえ炭素は生命物質の基本元素となる。だがその昇進、生き物の世界への入場は容易ではなく、ようやく近年になって（まだ完全にではないのだが）解明された、定められた複雑な道のりを経なければならない。もし炭素の有機体化が、植物の葉の緑があるところではどこでも、何十億トンという規模で、毎日のように、私たちの回りで行なわれていないなら、それは奇蹟と呼ばれる資格を十分に持っているだろう。

ここで語っている原子は、二つの衛星につきそわれて気体状態のまま、一八四八年に、ぶどうの木の列の間を風に運ばれて漂っていた。彼はある葉をかすめ、中に吸収され、太陽の光に固定される幸運にめぐりあった。ここで私の言葉が不正確で暗示的になったとしても、それは私の無知のためだけではない。この決定的な出来事、二酸化炭素、太陽光、葉緑素が行なう、三者の一瞬の作業は、今のところ明確な形では記述されていないし、今後も長い間、そうできないと思える。これはそれほど、人間が行なう、場所ふさぎで、緩慢で、困難な「有機」化学とは違っているのだ。この繊細で迅速な化学は、二、三〇億年前に、我らが無口の姉妹である植物によって「発明」されたのだった。植物は実験も論議もせずに、生存している環境の温度と同じ温度で、その作業を行なっている。もし理解することがイメージを描くことだとしたら、この不意の出来事《ハプニング》をイメージで描くことなど、私たちにはできない。その尺度は一ミリの百万分の一で、その時間は一秒の百万分の一、そしてその当事者は本来の性質からして目に見えないのである。これにはいかなる言葉での記述も不備で、どれも五十歩百歩になる。だから私の以下のものでもいいわけだ。

　彼は他の無数の（ここでは無用な）窒素や酸素の分子とぶつかり合いながら、葉の中に入る。そして彼を活生化するある大きな、複雑な分子に付着し、それと同時に、光輝く太陽光の束の形で、天から決定的な告示を受け取る。彼は一瞬のうちに、蜘蛛に捕えられた昆虫のように、仲間の酸素から引き離され、水素と燐（と信じられている）に結びつけられ、長い短いはさほど関係ないのだが、ある鎖に、生命の鎖に組み込まれる。これがすべて静寂のうちに、常温、常圧で、しかも無料のまま、迅速に行なわれるのだ。親愛なる同僚諸氏よ、これと同じことができるようになったら、「神と等しい」存在となり、世界の飢餓の問題を解決できるだろう。

だが私たち自身や私たちの技芸を辱しめる、良いことや悪いことがさらにある。今まで語ってきたのは炭酸ガス、つまり炭素の気体化したものである。生命の第一素材をなすこの気体、成長するものがみなそこから汲み出す貯蔵品、あらゆる肉体の最後の目的は、大気の主要構成物ではなく、取るに足らない残余、誰も気づきもしないアルゴンよりも三〇倍も希薄な「不純物」でしかないのだ。もしイタリアが大気全体だとしたら、生命形成の有資格者は、たとえばメッシーナ県にある、人口一万五千のミラッツォの住民だけなのだ。これは人間の尺度で見るなら、皮肉な離れ技、曲芸師の冗談、理解し難い全能性―尊大さの誇示である。というのはこの常に更新される大気の不純物から我々ができるからだ。我々動物、植物、そして人間が、四〇億の異なった意見、何千年もの歴史、戦争、恥辱、高貴さ、誇りを持つ我々が。それに幾何学的に見れば、惑星上の我々の存在も滑稽なものとなる。もし約二・五億トンになる人類全体が地表に均一な厚さで上塗りされるように配置されたなら、「人間の背たけ」は肉眼では見えないだろう。その上塗りの厚さは一ミリの一万六千分の一だろうからだ。

さて、我らが原子は中に組み入れられた。建築学的意味で、ある構造の一部となった。彼は五つの仲間と、姻戚関係を作り、結びついた。仲間たちは彼とそっくりで、物語の虚構だけが区別を許すほどである。それは美しい環状構造、ほぼ正六角形の構造を持っていて、溶解している水と、複雑な交換と均衡の関係を持っている。なぜならすでに水に、いや、ぶどうの樹液に溶解していて、この溶解状態が変身を運命づけられている（私は「望んでいる」と言おうとしていた）すべての物質の義務であり特権だからだ。なぜ環状なのか、なぜ六角形なのか、なぜ水に溶解するのか、知りたい人がいるなら、安心してほしい。これは私たちの学問が、誰にも手の届く、説得力ある論議で答えてくれる、さほど多くない疑問の一つなのだが、ここでは場違いなのだ。

はっきり言ってしまうと、彼はぶどう糖の分子を形作るようになったのだ。これははっきりとしない、どっちつかずの運命で、これによって彼は動物世界と初めて接触する準備ができたのだが、より高度な責任、つまり蛋白質の一部分となることは認可されなかった。こうして彼は樹液のゆっくりした流れに乗って、葉から、葉柄、枝を通って、幹に行き、そこからほとんど熟している房まで降りていった。その後のことはぶどう酒商人に関係する。私たちに関心があるのは、彼がアルコール発酵を逃れて（これは好都合だった、それを言葉で表現できないからだ）、性質を変えずにぶどう酒の中に入ったことである。

ぶどう酒の運命は飲まれることであり、ぶどう糖の運命は酸化されることだ。だがすぐには酸化されなかった。彼を飲んだ人は一週間以上、彼を、体を丸めて静かに横になっている状態で、不意の運動用の非常栄養として、肝臓に留めておいた。次の日曜日に、その人は、おびえた馬を追うことで、運動をする羽目になった。そこで六角形の構造とおさらばすることになった。またたく間に糸がほつれ、再びぶどう糖となり、血液に運ばれて、腿の筋肉繊維まで達し、疲労の元で、その質の悪い先駆けである、二つの乳酸の分子に荒々しく引き裂かれた。ただ少し後になって、つまり数分たってから、肺のあえぎが、これを落ち着いて酸化できるだけの酸素を摂取できたのだった。こうして新しい二酸化炭素の分子が大気中に戻った。そして太陽がぶどうの枝に与えた一片のエネルギーが、化学的エネルギーから機械的エネルギーに転化し、怠惰な熱の状態に移行して、走った人がかき回した空気とその人の血液をほんの少し暖めた。「生命とはこうしたものだ」。だが実際にはこう記述されることはめったになかった。つまり内部に入りこみ、自分に有利なものを引き出し、高貴な太陽光から低温度の熱に堕落するエネルギーの下降の歩みに寄生することである。均衡、つまり死をもたらすこの下降の歩みに、生命は湾曲部を描き、そこに巣くうのである。

私たちはまた二酸化炭素に直面するのだが、ご容赦いただきたい。これも余儀ない過程なのだ。他の物を想像したり発明するのはできるのだが、地上ではこれが普通なのだ。彼はまた風に舞い上げられるのだが、今回は遠くへ行く。アペニン山脈を越え、アドリア海を渡り、ギリシア、エーゲ海、キプロスを通過する。レバノンにたどりついて、また舞踏が繰り返される。我らが原子は、今回は、長期間持続する構造の中に捕えられた。それはもはや数少なく、尊ぶべきレバノン杉の幹の中であった。彼は前に述べた段階を経て、彼の属するぶどう糖が、じゅずを作る粒のように、長いセルローズの鎖に組み入れられた。彼は岩の時のような、何百万年という、目のくらむような地質学的期間、じっとしているわけではなかったが、何世紀間も固定されるとは言えた。レバノン杉は長生きする植物だからだ。彼を一年間放っておいても、五〇〇年間放っておいても、私たちの自由である。だが二〇年後に（一八六八年のことである）、一匹の木食い虫が首をつっこんできた。その虫は、その種に特有の、盲目的で執拗な貪欲さを発揮して、樹皮と幹の間に穴を掘った。それは穴を掘りながら成長し、穴は大きくなっていった。虫はこの物語の主人公をがつがつとむさぼり、体組織に組み入れた。そしてさなぎになり、春になって醜い灰色の蛾に羽化して、外に出て、陽光の輝きに目がくらみ、ぼんやりとしながら、太陽光で体を乾かした。彼はというと、蛾の数千ある目の一つにいて、方角を知る粗雑で簡単な視覚を得るのに貢献していた。蛾は交尾し、卵を生んで死んだ。蛾の小さな死骸は森の下ばえの中に横たわり、体液を失っていったが、キチン質の体は長い間、ほとんど破壊されずに残った。雪と太陽がその死骸を覆ったが、腐蝕することはなかった。それは落葉と腐葉土に埋もれ、脱け殻に、「物」になったが、我々とは違って、原子の死は、取り返しのつかないことではないのである。森の下ばえの、目に見えないが、あまねく存在する、疲れを知らない墓掘り人たちが、腐葉土中の微生物が、さっそく作業を開始した。もはや盲目と化した目を持つ蛾の外皮はゆっくりと分解され、かつてのぶどう酒飲みであり、レバノン杉であり、木食い虫であったものはまた空中に飛び立ったのだった。

彼を一九六〇年まで三回、地球のまわりを周回させることにしよう。これは人間の尺度からするとひどく長いのだが、この間隔の妥当性を示すため、平均よりもかなり短いという事実を指摘しておこう。それは、確実な話なのだが、二〇〇年間である。二〇〇年ごとに、堅固な素材(たとえばぴったりの例としては、石灰岩、石炭、ダイアモンド、あるいはある種のプラスティック)に凍結されていないあらゆる炭素原子は、光合成という狭い扉を通って、生命のサイクルに出入りしているのである。それではほかの扉はあるのだろうか？　人間が作り出したいくつかの合成法がある。それは発明者である人間の、卓越性の称号であるが、今のところ、量的には無視してかまわないような重要性しか持たない。それは葉緑素の扉よりもはるかに狭い。意識的にか、無意識なのか、人間は今までのところ、この分野で自然と競おうとしなかった。つまり空中の二酸化炭素から、食物、衣服、暖房、そして近代生活に必要なさらに込み入った何百もの物質に必要な炭素を、取り出してこなかった。それは必要がなかったからだ。今までに、有機化されたり、少なくとも変換された炭素の巨大な貯蔵庫を発見してきたし、今でも発見しているからだ(だがあと何十年続くか分からないが)。植物や動物界以外に、この資源は石炭や石油の鉱床から成り立っている。だがこれらも遠い過去に行なわれた光合成の遺産である。このことから、光合成は炭素を生命化する唯一の道というだけでなく、太陽エネルギーを化学的に利用できる唯一の道とも言えるのである。

このまったく気ままな話が、真実であることは証明できる。私は無数の異なった話を語れるが、それはみな真実なのだ。移行の性質、その順序、日時、すべてが文字通り真実である。原子の数は途方もなく多いから、その物語が、気まぐれに考え出したどんな話とも一致するような原子は、常に見つかるだろう。私は終わりのない話を語れる。たとえば花の色や香りを作る炭素の話だ。あるいは、小さな植物性プランクトンになり、小さな甲殻類に食べられ、順々に大きな魚に飲みこまれて、海中で二酸化炭素に戻る炭素の話だ。そこでは食べたものがすぐに食べられるという、生と死の、永遠の、恐ろしい鬼ごっこが繰り広げられている。また文書庫の文書の黄ばんだページや、有名な画家のキャンバスの上で、威厳のある半永久性を獲得した原子の話、花粉の一粒になる特権を得て、岩に化石化した痕跡を残し、私たちの興味をかき立てた原子の話、あるいは降下して、人間の精子の形をした不思議な使者の一部になり、分裂、倍加、融合といった、我々一人一人が生まれてくる、微妙な過程に参加した原子の話だ。だがここではもう一つだけ、最も秘密の話を語ろう。しかしながら、主題はあまりにも及び難く、手段は弱々しく、その深い本質に対して、不首尾な言葉で事実を覆う仕事についている、という自覚を、初めから持っているものの謙虚さと自制をこめて、それを語ることにする。

彼はコップに注がれた牛乳の中にいて、また私たちの間に戻ってきた。彼は非常に複雑な長い鎖の中に組み込まれているのだが、その鎖のほとんどすべては人間の体に受け入れられることになっている。彼は飲みこまれる。あらゆる生命組織は、他の生命体からもたらされるあらゆる寄与に対して、激しい警戒心を宿しているので、鎖は入念に切断され、その断片は一つ一つ、受け入れられたり、はねつけられたりする。我々の気にかけている断片は消化器の隔壁を越え、血流の中に入る。彼は移動し、ある神経細胞の扉を叩き、中に入って、その一部をなしていた別の炭素に取って変わる。この細胞はある頭脳の、私の頭脳の一部である。この物語を書いている私の頭脳で、問題の細胞は、問題の炭素が含まれている細胞は、今まで誰も記述したことがない巨大で微細なゲームをしながら、この現在の書くことに使われている。それはちょうどこの瞬間、はいといいえの迷宮的なもつれ合いから抜け出し、私の手が紙の上である種の動きをするようにする。それは記号である螺旋状の線で紙にしるしをつける。それは二つのエネルギー・

レベルの間で、上に、下に、二重に跳びはね、私の手が紙の上にこの点を書くように導く。そう、この点だ。

訳者あとがき

竹山博英

「周期律」という言葉にはなぜかなつかしい響きがある。それは高校の化学の時間に、元素を質量の順に並べると、同じような元素がある周期性を持って現われるという事実を教えられた時の、新鮮な驚きに結びついている。無秩序と思えた自然の中に、隠された神秘的な秩序があったのである。筆者のプリーモ・レーヴィはこの周期律について、「鉄」の章で(六七頁)、「だから、この頃に、骨を折りながら解明しつつあったメンデレーエフの周期律こそが一篇の詩であり、高校で飲みこんできたいかなる詩よりも荘重で高貴なのだった。それによく考えてみれば、韻すら踏んでいた」と書いている。彼は元素の作り出す秩序の中に詩を見ていたのである。

本書『周期律』は、二一の短編のすべてに元素の名をつけるという、変わった構成をとっている。レーヴィはそれぞれの元素にまつわる思い出を語りながら、その元素と自分とのかかわりを書いている。彼は一般人が日常生活でその存在すら意識していない様々な物質に、化学者として深くかかわり、そこから常人に持ちえないような考えや意見を引き出し、それを言葉で表現している。彼は物質の世界に詩《ポエジー》を探す化学者であったのだ。本書の魅力はここにある。ある物語はユーモラスで、ある物語はほのぼのとさせ、ある物語は悲しく、ある物語は推理小説を読むような知的興奮を味わせる。これは文学者であり化学者でもあったレーヴィならではの、独自の詩《ポエジー》の世界である。

だが美しい「詩」と言い切れないものが本書にある。レーヴィは「戦う化学」「戦う化学者」という言い方を本書の中で使っている。彼にとって化学とは「至高の真理に通ずる新たな鍵」であった。彼はこの確信を持って物質界に挑み、数多くの挫折を経験しながら、いくばくかの勝利を得た。それは同じ化学の道を志した創始者たちにも言えることだった。「彼らは集団ではなく、一人で、時代の無関心に取り囲まれながら働き、だいたいは金をもうけることなく、助けなしで、頭脳と、手と、理性と、想像力で、物質に挑んだのだった」(三一〇頁)彼はこうした化学者に共感を寄せている。「私には、孤独で、無防備で、乗り物を使わない、人間サイズの化学にまつわる話が興味を引いた」とも彼は書いている。彼は一人で物質に挑む数多くの同僚への讃歌としても、本書を書いたのである。

だが「戦う」という言葉にはさらなる含みがある。六七頁から六八頁にかけて、ファシズム流の真実への不信が述べられている。証明されない独断を真理として押しつけ、何も考えないように強いるファシズムに対し、化学が対抗物になりうるという考えが表明されている。それは化学が「一歩一歩、証明可能で」、「明白明瞭」であるからである。レーヴィは化学をファシズムと戦う武器とも意識していたのである。

私は今から一二年前に、レーヴィが強制収容所体験を書いた『アウシュヴィッツは終わらない』を訳出したが、その時によく分からなかったレーヴィの青春時代が、特にファシズムといかなるかかわりあい方をしたのか、本書を訳出してよく理解できた。本書の五四頁から五五頁にかけて書かれているように、彼は自分がファシズムの禁じた不純物であることを意識し、不純物の持つ大きな意味を自覚したのであった。イタリアを代表する女流作家のナタリア・ギンズブルグは本書について、「ある個人の出来事の中に、ある世代の物語が示されている」と書いている。レーヴィの世代は反ファシズム運動の第二世代に属していて、初期の反ファシズム運動の時代にはまだ子供であったが、やがて反ファシズム運動からレジスタンス闘争に入る中で、実際に銃を取って戦い、多くの犠牲者を出したのだった。

このレジスタンス闘争は本書にも大きな影を落としている。「鉄」に出てくる、本書で最も印象深い人物の一人であるサンドロは、レジスタンス闘争の中で、悲惨な最後をとげた。そしてレーヴィも同じように銃殺刑に会う状況に追いこまれたが、ユダヤ人であったため、アウシュヴィッツ強制収容所に送りこまれ、奇跡的に生還できたのだった。

このアウシュヴィッツ体験は、文章を書くことにレーヴィを駆り立て、作家にしたという意味で、非常に重要な体験であったが、本書でも大きな役割をはたしている。それは直接的には「セリウム」の章で語られ、間接的には「ヴァナディウム」の章で扱われている。レーヴィのアウシュヴィッツへのこだわりは「ヴァナディウム」でかなり明確に述べられているが、そのこだわりを理解し、登場人物やその背景を理解するためには、『アウシュヴィッツは終わらない』の一読をすすめたい。

本書の冒頭には「過ぎ去った災難を語るのは楽しいことだ」というイデッシュ語の格言が掲げられている。彼は本書だけでなく、あらゆる作品を、この言葉を念頭に置きながら書いていたようだ。彼は自伝的要素の濃い作品と、空想力をはばたかせた幻想的作品を書きわけたが、悲惨な状況を書く時にも見られる、ある透明な明るさは、この書く喜びから来ていると思える。本書にもその明るさは、夕暮れの大気を輝やかせる透明な光のように満ちているのである。

本書の構成を見ると、自伝的な物語の中にやや異色な短編がまざっていることが分かる。中ほどあたりで出てくる「鉛」と「水銀」は、「ニッケル」の章で語られているように、ファシズム統治下の暗い状況の中で、孤独をまぎらわすようにして書かれたものだ。それは時代の記念碑のようにして、本書の中に挿入されている（原書では字体もイタリック体に変えてある）。

一方、冒頭の「アルゴン」は、自伝的でもなければ、空想的でもなく、本書の中では異彩を放っている。ピエモンテ方言とヘブライ語が結合した、耳慣れぬ言葉に満ちたこの作品は、ややとっつきにくい面もあるのだが、ナタリア・ギンズブルグはこの作品を「肖像画のギャラリーのようで……本書の中で最も素晴らしい作品の一つ」と評している。そして「かつてあったある世界が永遠に消えてしまった、それはこの世界の人々が死んでから長くたつということだけではなく、ドイツの強制収容所が同じような人々を皆殺しにしたからだった……大量虐殺が彼らを地上から葬り去っただけでなく、その種さえも殺してしまった。それはもういかなる場所でも再生できないのである」と書いている。レーヴィが「アルゴン」を冒頭に置いたのは、遠い祖先の来歴を明らかにするだけでなく、地上から抹殺されたある文化への深い思いからだとも思える。

最後に置かれた「炭素」の章は「アルゴン」と呼応するような形をとっている。この作品は「金」の中で明らかにされているように、ファシズムの圧制下の閉塞的状況の中で着想を得て、彼がファシストに捕えられ、銃殺刑を覚悟し、アウシュヴィッツの地獄をくぐり抜けた後で書かれたものである。そうした意味で、死を覚悟した「金」の章で、この「炭素」への言及があるのは、象徴的なことのように思える。彼は「炭素」の章の初めの部分で、「生命を形作る元素である炭素に、私は初めて文学的な夢を向けたのであり、私の生命が価値を持たない時と場所でその夢を執拗に育んだのだった」と書いているのである。

この物語は炭素の一原子の循環を扱っているが、炭素が生命の鍵を握っているがゆえに、生命の循環の物語にもなっている。つまり、原子のレベルで見た時の、不滅の生命の物語にもなっているのである。ここに銃殺という形の死と直面し、アウシュヴィッツという筆舌に尽くし難い地獄を生き抜いた著者の生命観、宇宙観が表現されている。「アルゴン」が取り返しのつかない過去を見ているのだとしたら、「炭素」は著者が死んだ後にも続く、永劫の未来に開かれた、生命の循環を見すえているのである。著者が作品の最後に点を打ち、作品は完結するが、炭素の原子はその完結を一瞬の出来事として乗り越え、未来に続く循環の輪の中に入って行く。それは今は亡きレーヴィの、そして我々自身の、未来に開かれた旅でもあるのだ。

本書は *Il sistema periodico*, 1975, Einaudi, Torino の全訳である。底本には一九七六年刊行の第四版を使用し、*Opere vol. 1* (1987, Einaudi) と、*Il sistema periodico* (Letture per la scuola media 52) (1979, Einaudi) を参照した。特に後者には、ナタリア・ギンズブルグの序文と、レーヴィ自身の注がついており、参考になった。

なおレーヴィの作品は、以下のものが刊行されている。

『アウシュヴィッツは終わらない』(一九四七、一九五八)(邦訳　一九八〇　朝日選書)

『休戦』(一九六三)(邦訳　一九六九　早川書房)

Storie naturali, 1967（短編集『ひどく自然な物語』）
Vizio di forma, 1971（短編集『形の欠陥』）
『周期律』（本書）
L'osteria di Brema, 1975（詩集『ブレーメンの居酒屋』）
La chiave a stella, 1978（短編集『星型のスパナ』）
La ricerca delle radici, 1981（アンソロジー『根源の探究』）
Lilít e altri racconti, 1981（短編集『リリス』）
『今でなければ　いつ』（一九八二）（邦訳　一九九二　朝日新聞社）
Ad ora incerta, 1984（詩集『不定の時』）
L' altrui mestiere, 1985（短編集『他人の仕事』）
I sommersi e i salvati, 1986（評論『溺れるものと救済されるもの』）
Racconti e saggi, 1986（短編集『短編と評論』）

最後に、本書の翻訳を依頼されてから、様々な事情があって、完成にまで思いもかけぬ時間がかかってしまい、工作舎編集部に多大のご迷惑をかけることになった。辛抱強く翻訳の終わるのを待ってくれた、編集部の石原剛一郎氏には、心から感謝の言葉を述べたいと思う。

一九九二年八月

竹山博英

著者紹介

●プリーモ・レーヴィ● Primo Levi

一九一九年、イタリア北部の工業都市トリーノで、ユダヤ人の家系に生まれる。祖父は銀行家、父は技師で、恵まれた知的環境の中で育つ。三七年、トリーノ大学に入学し、化学を専攻する。四三年九月、イタリアがドイツ軍に占領された際、レジスタンス活動に参加するが、一二月に捕えられ、アウシュヴィッツ強制収容所に抑留。四五年一月、ロシア軍により奇跡的に救出される。

帰国後、化学工場に勤めながら作家活動を開始。収容所での体験を書いた『これが人間か』（邦訳：旧題『アウシュヴィッツは終わらない』、朝日新聞出版、二〇一七）*Se questo è un uomo*（一九四七）で高い評価を得る。この本は世界中で、ファシズムの暴虐を告発する記録文学として、『アンネの日記』と並んで読み継がれている。その後、『博物誌』（邦訳：『天使の蝶』、光文社文庫、二〇〇八）*Storie naturali*（一九六七）、『形の欠陥』*Vizio di forma*（一九七一）などでは作風を一変させ、幻想小説風のアプローチで現代文明の病を諷刺。その背後にはアウシュヴィッツで得た人間存在への深い洞察が感じ取れる。一九七九年には『星型のスパナ』*La chiave a stella*（一九七八）で、イタリアで最も権威ある文学賞のひとつであるストレーガ賞を受賞。

本書『周期律』*Il sistema periodico*（一九七五）のほか、代表作に、『休戦』（邦訳：岩波文庫、二〇一〇）*La tregua*（一九六三）、『リリス』（邦訳：晃洋書房、二〇一六）*Lilít e altri racconti*（一九八一）、『今でなければ　いつ』（邦訳：朝日新聞社、一九九二）*Se non ora, quando?*（一九八二）、

『溺れるものと救われるもの』（邦訳：朝日新聞出版、二〇一四）*I sommersi e i salvati*（一九八六）、インタビュー集に『プリーモ・レーヴィは語る』（邦訳：青土社、二〇〇二）*Conversazioni e interviste 1963-1987*（一九九七）がある。創作活動が円熟の極みに達した八七年四月、投身自殺を遂げた。

訳者紹介

● **竹山博英** ●（たけやま・ひろひで）

一九四八年、東京生まれ。七八年、東京外国語大学大学院言語科学研究科博士課程前期課程修了。七九〜八一年、ローマ大学留学。立命館大学文学部教授を経て立命館大学名誉教授。イタリア現代文学・民俗学専攻。

著書に『シチリア　神々とマフィアの島』（朝日新聞社、一九八五）、『マフィア　シチリアの名誉ある社会』（朝日新聞社、一九八八）、『マフィア　その神話と現実』（講談社現代新書、一九九一）、『マフィア戦争』（集英社、一九九一）、『シチリアの春』（朝日新聞社、一九九四）、『ローマの泉の物語』（集英社新書、二〇〇四）、『イタリアの記念碑墓地』（言叢社、二〇〇七）、『プリーモ・レーヴィ　アウシュヴィッツを考えぬいた作家』（言叢社、二〇一一）など。

P・レーヴィ関連の訳書に『これが人間か（旧題：アウシュヴィッツは終わらない）』（朝日新聞出

版、二〇一七)、『今でなければ いつ』(朝日新聞社、一九九二)、『溺れるものと救われるもの』(朝日新聞出版、二〇一四)、『休戦』(岩波文庫、二〇一〇)、『リリス』(晃洋書房、二〇一六)など。

その他の訳書にO・ファラーチ『生まれなかった子への手紙』(講談社、一九七七)、L・シャーシャ『真昼のふくろう』(朝日新聞社、一九八七)、G・レッダ『父 パードレ・パドローネ』(朝日新聞社、一九九五)、L・カンフォラ『アレクサンドリア図書館』(工作舎、一九九九)、F・フェリーニ他『フェリーニ、映画を語る』(筑摩書房、一九八五)、『映画監督という仕事』(筑摩書房、一九九六)、B・ベルトルッチ『ベルトルッチ、クライマックス・シーン』(筑摩書房、一九八九)、C・ギンズブルグ『ベナンダンティ』(せりか書房、一九八六)、『神話・寓意・徴候』(せりか書房、一九八八)、『闇の歴史』(せりか書房、一九九二)、『ピノッキオの眼』(せりか書房、二〇〇一)、G・アヤーラ他『マフィアとの死闘』(NHK出版、二〇〇〇)、C・レーヴィ『キリストはエボリで止まった』(岩波文庫、二〇一六)、編訳『現代イタリア幻想短編集』(国書刊行会、一九八四)などがある。

周期律——元素追想　新装版

発行日……一九九二年九月三〇日初版　二〇二四年八月二〇日新装版第二刷
著者……プリーモ・レーヴィ
訳者……竹山博英
編集……石原剛一郎
エディトリアル・デザイン……西山孝司
カバー・表紙デザイン……宮城安総
手動写植印字……東京オペレーションズ
印刷・製本……株式会社精興社
発行者……岡田澄江
発行……工作舎　editorial corporation for human becoming
〒169-0072　東京都新宿区大久保2-4-12　新宿ラムダックスビル12F
phone: 03-5155-8940　fax: 03-5155-8941
www.kousakusha.co.jp / saturn@kousakusha.co.jp
ISBN 978-4-87502-487-3